डॉ. नरेन्द्र दाभोलकर

सामाजिक कार्यकर्ता डॉ. नरेन्द्र दाभोलकर का जन्म 1 नवम्बर, 1945 को सतारा, महाराष्ट्र में हुआ। एम.बी.बी.एस. की पढ़ाई कर चुके डॉ. दाभोलकर ने 1982 में अंधविश्वास उन्मूलन कार्य प्रारंभ किया। 1989 में 'महाराष्ट्र अंधश्रद्धा निर्मूलन समिति' की स्थापना की। आजन्म समिति के कार्याध्यक्ष रहे। अंधविश्वास उन्मूलन विषय पर दर्जन-भर पुस्तकों का लेखन किया। पुस्तकों को अनेक पुरस्कार मिले। 20 अगस्त, 2013 को अज्ञात तत्त्वों द्वारा गोली मारकर उनकी हत्या कर दी गई। मरणोपरांत भारत सरकार द्वारा उन्हें 'पद्मश्री' से सम्मानित किया गया।

अंधविश्वास उन्मूलन

तीसरा भाग

सिद्धांत

डॉ. नरेंद्र दाभोलकर

संपादन

डॉ. सुनीलकुमार लवटे

अनुवाद

डॉ. विजय शिंदे

स

सार्थक

राजकमल प्रकाशन का उपक्रम

मूल मराठी ग्रंथ 'तिमिरातुनी तेजाकडे' का हिंदी अनुवाद

ISBN : 978-81-267-2794-0

मूल्य : ₹ 199

पहला संस्करण : 2015
पाँचवाँ संस्करण : 2025

सार्थक
राजकमल प्रकाशन का उपक्रम

प्रकाशक
राजकमल प्रकाशन प्रा.लि.
1-बी, नेताजी सुभाष मार्ग, दरियागंज
नई दिल्ली-110 002
शाखाएँ : अशोक राजपथ, साइंस कॉलेज के सामने, पटना-800 006
पहली मंजिल, दरबारी बिल्डिंग, महात्मा गांधी मार्ग, प्रयागराज-211 001
1, अनमोल सोराबजी सन्तुक लेन, धोबी तलाव, मरीन लाइंस, मुम्बई-400 002
वेबसाइट : www.rajkamalprakashan.com
ई-मेल : info@rajkamalprakashan.com

मुद्रक
विकास कंप्यूटर एंड प्रिंटर्स
ट्रॉनिका सिटी-201 102

ANDHAVISHWAS UNMOOLAN : SIDDHANT
by Narendra Dabholkar

महाराष्ट्र के समाजसुधारकों को—
इस राह का प्रकाश और पाथेय आपका ही!
उसे स्मरण कर कृतज्ञतापूर्वक समर्पित
और
'यह संकल्प मैं आजन्म निभाऊँगा'
—इस प्रतिज्ञा के साथ

मंतव्य

अंधविश्वास उन्मूलन विषय पर लिखी मेरी दर्जन-भर से अधिक पुस्तकें हैं। पाठकों द्वारा पसंद किए जाने और प्रोत्साहन मिलने की वजह से उनके संस्करण भी दर्जन-भर से अधिक हो चुके हैं। इस विषय पर मैं पत्र-पत्रिकाओं में निरंतर लिखता आ रहा हूँ। भाषणों की तादाद पूछेंगे, तो वे हजार से अधिक रहे होंगे। यह सब बताने-समझाने का कारण यह स्पष्ट करना भर है कि मैं पिछले 25 वर्ष से अंधविश्वास उन्मूलन, वैज्ञानिक दृष्टिकोण, विवेकवाद जैसे विषयों पर कलम, कागज और कृति से कथनी और करनी का अद्वैत निभा रहा हूँ। इतना सब होने पर भी मुझे यह पुस्तक लिखने की आवश्यकता क्यों महसूस हुई, इसे मैं समझाना चाहता हूँ।

इस विषय संबंधी मेरा आकलन विचार-विमर्श, वाद-विवाद, चिंतन से विकसित हुआ है। मेरी विनम्र धारणा के अनुसार प्रस्तुत विषय पर लिखने का कारण, इस पर समग्र चिंतन करने की परंपरा का अभाव-सा नजर आता है। हाँ, प्रस्तुत विषय पर पूर्ववर्ती समाज-चिंतक, सुधारकों ने छिटपुट जरूर लिखा है; परंतु वह प्रसंगवश किया गया लेखन है। मेरे पूर्व प्रकाशित दो-तीन मराठी पुस्तकों में उसका विवेचन है, पर स्थूल। आज जब मैं उन्हें पढ़ता हूँ, तो उनकी मर्यादाएँ मुझे अखरती हैं एवं बेचैन भी करती हैं। आज महाराष्ट्र में अंधविश्वास उन्मूलन का जो और जैसा आंदोलन सक्रिय है, उसके जैसा कोई आंदोलन मुझे भारतवर्ष में नजर नहीं आता। अंधविश्वास उन्मूलन आंदोलन बहुआयामी, प्रगतिशील प्रयास है। इस विषय के प्रति जिज्ञासा एवं आस्था रखनेवाले विशाल समुदाय के लिए इस पर विवेचनापूर्ण सामग्री न होने के कारण मैंने यह विस्तृत पुस्तक लिखने का संकल्प किया। इसमें मेरे पूर्व विवेचित अंश भी शामिल हैं, पर नए पाठकों के लिए वे पूर्णत: नए ही हैं। इस पुस्तक से पाठकों का प्रस्तुत विषय संबंधी आकलन सुस्पष्ट होगा, उसमें समग्रता एवं संपूर्णता आएगी, इसका मुझे पूरा विश्वास है।

इस पुस्तक के तीन भाग हैं। पहले भाग में अंधविश्वास उन्मूलन से संबंधित बुनियादी बातों का जिक्र है। दूसरे भाग में महाराष्ट्र अंधश्रद्धा निर्मूलन समिति द्वारा किए गए कृतिशील संघर्ष का ब्योरा है। उसमें विभिन्न आंदोलनों, प्रबोधन कार्यक्रम तथा भंडाफोड़ जैसे प्रयासों का वर्णन है। इससे अंधविश्वास उन्मूलन विचार की बुनियाद स्वयं स्पष्ट होती है और चिंतन की पुख्ता जमीन उजागर होती है। वैसे देखा जाए तो इस आंदोलन का दायरा बड़ा व्यापक है। परंतु किसी पुस्तक की अपनी मर्यादा होती है। दूसरी बात यह है कि लेखक की हैसियत से इस लेखन को मेरे कार्य की परिधि में समेटा गया है। अंधविश्वास उन्मूलन के प्रयासों की सूची असल में लंबी है। परंतु पुस्तक की सीमा को देखते हुए इसमें एक-दो प्रातिनिधिक प्रसंगों, घटनाओं का ही जिक्र आया है। परंतु उन प्रसंगों से इस कार्य का एक समग्र चित्र जरूर उभर आता है। तीसरा भाग सैद्धांतिक है। अंधविश्वास उन्मूलन के सभी पहलुओं को उसमें लाया गया है।

यह तीसरा भाग सैद्धांतिक विवेचना का है। यह भाग असल में विचार-मंथन का जरिया है। ईश्वर, धर्म, अध्यात्म, धर्मनिरपेक्षता जैसे विषयों पर विवेकवादी चिंतकों ने समय-समय पर दुनिया भर में अपने विचार स्पष्ट किए हैं। उनमें मतभेद तथा मत-मतान्तर हैं। आंदोलन के अनुभव के आधार पर तथा अपने व्यक्तिगत चिंतन से इस संदर्भ में मैंने अपनी राय व्यक्त की है। यह जरूरी नहीं कि वह महाराष्ट्र अंधश्रद्धा निर्मूलन समिति की नीति और अधिकृत मत है। वैसा मेरा दावा भी नहीं है। परंतु एक बात निश्चित है कि यह बात समिति कार्यकर्ताओं के विचाराधीन जरूर है। इस संदर्भ में समिति की पत्रिका 'अंधश्रद्धा निर्मूलन वार्तापत्र' में समय-समय पर विचार व्यक्त किए जा चुके हैं। मेरी विनम्र धारणा में समिति कार्यकर्ताओं में उस पर आम सहमति है। ईश्वर की संकल्पना पर क्या राय-बात हो? मानव इतिहास में धर्म के योगदान का मूल्यांकन कैसे किया जाए? इस तरह की अनेक बातों पर ग्रंथ में व्यक्त विचार अंधविश्वास उन्मूलन की ओर एक सही कदम है, ऐसी मेरी मान्यता है, धारणा है। श्रद्धा, अंधश्रद्धा और आध्यात्मिक आकलन—इन दो विषयों पर व्यक्त विचारों के संदर्भ में भी यही कहा जाएगा। महाराष्ट्र के समाजसुधारकों के कार्य और चिंतन पर विस्तृत विवेचन समय का तकाजा है। वह गहन एवं व्यापक विषय है। उनमें से मैंने सिर्फ बुद्धिप्रामाण्यवाद और अंधविश्वास उन्मूलन को ही यहाँ जगह दी है। वैसे देखा जाए तो

महाराष्ट्र के समाजसुधारकों ने खेती से लेकर राजकाज, तंत्रज्ञान जैसे विविध विषयों पर अपने विचार व्यक्त किए हैं। महाराष्ट्र के समाज ने उसको कमोबेश स्वीकार भी किया है। परंतु जहाँ तक इन समाजसुधारकों की अंधविश्वास उन्मूलन और बुद्धिप्रामाण्यवाद संबंधी धारणा का मसला है, उसे समाज ने दरकिनार करना ही श्रेयस्कर समझा। यह मेरा अपना निरीक्षण है और मत भी। प्रस्तुत ग्रंथ में इन सबकी विवेचना और चर्चा है। धर्मनिरपेक्षता के संदर्भ में यहाँ व्यक्त विचारों पर गौर करने की आवश्यकता की ओर मैं सुधी पाठकों का ध्यान आकर्षित करना चाहूँगा। धर्मनिरपेक्षता का बीज भारतीय भूमि में फूले-फले तथा अंकुरित हो, इस अपेक्षा के साथ महाराष्ट्र के समाजसुधारक उन्नत और प्रगतिशील समाज के निर्माण हेतु धर्म के कृतिशील पक्ष पर विचार करते आए हैं। महाराष्ट्र के समाजसुधारकों के धर्म संबंधी विचार और कुछ न होकर विवेक जागरण ही है। ऐसी रचनात्मक धार्मिकता में धर्मनिरपेक्षता की बुनियाद बनने की संभावना है। यह विचार समाज में कृतिशीलता से होना आवश्यक ही नहीं अपितु अनिवार्य भी है। विवेकवाद पर कोरे विमर्श की अपेक्षा विवेक के जरिए निजी नैतिकता को जाज्वल्य बनाने तथा उसे संघटित करके समाज में हस्तक्षेप करने का साधन बनाने की संभावना में मेरी और समिति की रुचि है।

प्रस्तुत पुस्तक लिखने में अनेक मराठी चिंतक, साहित्यकारों का पूर्व लेखन मेरे लिए कारगर सिद्ध हुआ। तर्कतीर्थ लक्ष्मणशास्त्री जोशी, गं.बा. सरदार, मे.पु. रेगे, दि.के. बेडेकर, डी.बी. बंदि, सुबोध जावड़ेकर, स.मा. गर्गे, आ.ह. सालुंखे, रावसाहेब कसबे, यशवंत सुमन, प्रभाकर संझगिरि जैसे लोगों के नाम इस संदर्भ में उल्लेखनीय हैं। और भी कई नाम हो सकते हैं। मेरे कार्य एवं विकास में इन सबका योगदान है जिसके लिए मैं इन सबका कृतज्ञ हूँ। इसके बावजूद ग्रंथ में जो खामियाँ हैं, वे सब मेरी हैं।

अंधविश्वास उन्मूलन संबंधी संक्षिप्त विचार व्यक्त कर इस भूमिका को मैं समेटना चाहूँगा। सन् 1980 के दशक में जब अंधश्रद्धा निर्मूलन समिति का कार्य शुरू हुआ, तब लोग इस कार्य को बाबावाद, भानमती, भूत-प्रेत, टोना-टोटका के विरोध में खड़ी प्रगतिशील मुहिम के रूप में देखते थे। उन दिनों यह आंदोलन दोयम दर्जे का माना जाता था। पिछले दो दशकों में यह आंदोलन एक-एक पड़ाव पार कर अब अंधविश्वास उन्मूलन का शास्त्रीय विचार, वैज्ञानिक दृष्टिकोण,

धर्मनिरपेक्ष कृति, विवेकवादी विचारधारा बन गया है। विवेकवाद के जिस मुकाम पर हम पहुँचे हैं, वहाँ हम दो बातों का खयाल रखते आए हैं। एक यह कि ईश्वर और धर्म को लेकर जो लोग नैतिक आचरण करने के पक्षधर हैं, समिति उनका सम्मान करती है। परंतु समिति खुद सद्विवेक की नीति की पक्षधर है। दूसरी महत्त्वपूर्ण बात यह है कि विवेक-शक्ति को संगठित कर समिति शांतिपूर्ण ढंग और रास्ते से सामाजिक जीवन में हस्तक्षेप की हिमायती है। समिति चाहती है कि आज का सामाजिक जीवन भविष्य में वर्तमान से बेहतर बने। यह लाजिमी है और अनिवार्य भी। दूसरे शब्दों में कहा जाए तो यही इस विवेकवादी आंदोलन का मकसद है।

व्यक्ति को विवेकशील बनाकर ही विवेकवादी समाज-निर्माण का लक्ष्य हासिल किया जा सकता है। इसमें दो राय हो ही नहीं सकती। समिति का वही उद्देश्य है और कार्य भी। अंधविश्वास उन्मूलन समिति की क्रमशः यही प्राथमिकताएँ हैं। समिति उसे विवेकवादी मूल्यपरिवर्तन के कृतिशील संवाद का प्रस्थान बिंदु मानती है। इस संदर्भ में एक और प्रश्न किया जाता है, उस पर विचार जरूरी है।

जानकारी तथा ज्ञान शास्त्रीय विचार-प्रणाली की पहली कड़ी है। वर्तमान जटिल माहौल में आज अप्रत्याशित ज्ञानस्रोत एवं संदर्भ हमारे हाथ आते हैं। व्यक्ति को इसका फैसला करना होता है कि उसमें से उचित क्या है और अनुचित क्या। जैसे कि स्वास्थ्य का विचार। बहुत सारी सामग्री से समुचित जानकारी का चयन हमारी समझदारी को सिद्ध करता है। आहार, स्वास्थ्य, व्यायाम संबंधी जानकारी में से उचित का ही हमें चयन करना होता है। उनके प्रयोग में वैज्ञानिक विचार करना ही पड़ता है। आहार, व्यायाम के पर्यायों में से इष्ट-अनिष्ट का विचार अनिवार्य होता है। यहाँ तक ठीक है। परंतु आगे जाकर सफलता के सोपान चढ़ते वक्त लोग पारंपरिक आधारों का ही बहुतायत में सहारा लेते नजर आते हैं। सफलता का विचार भी शास्त्रीय ढंग से ही होना चाहिए। परंतु उसके लिए जप, तप, यज्ञ-याग, होम-हवन, टोना-टोटका, पूजा-अर्चना, अनुष्ठान, ताईत, व्रत-वैकल्य, गंडा-दोरा जैसे उपाय लोग करते नजर आते हैं। यदि दो-टूक बात करनी हो तो यह बताना जरूरी है कि लोग व्यावहारिक लाभ के लिए वैज्ञानिक दृष्टिकोण को तिलांजलि देते हैं। शास्त्रीय विचार-प्रणाली और वैज्ञानिक दृष्टिकोण में बुनियादी अंतर होने की बात को सरासर

नजरअंदाज किया जाता है। शास्त्रीय विचार-प्रणाली में निरीक्षण, तर्क, अनुमान, गणितीय प्रमाण, प्रयोगादि शामिल होते हैं। 'अन्वेषणशीलता' जैसा मूल्य इस संदर्भ में ध्यातव्य है। 'वैज्ञानिक दृष्टिकोण' से निर्मित जीवन-दृष्टि शास्त्रीय विचार-प्रणाली में अपेक्षित नहीं होती। यही कारण है कि शास्त्रीय विचार-प्रणाली का अनुसरण करनेवाले लोग आमतौर पर खुलेआम अंधश्रद्धा का ही आचरण करते देखे जाते हैं। ऐसा करते समय उन्हें यह महसूस नहीं होता कि वे कुछ गलत कर रहे हैं। शास्त्रीय विचार-प्रणाली 'गणितीय' तरीके से विचार करती है। दूसरे शब्दों में इसे व्यावहारिकता भी कहा जा सकता है। वैज्ञानिक दृष्टिकोण का संबंध मूल्यनिष्ठा या मूल्यविचार से है। वह एक तरह की प्रतिबद्धता है। यह एक तरह से दूर की कौड़ी हासिल करना है। वैज्ञानिक दृष्टिकोण में अन्वेषणशीलता अनिवार्य होती है। परंतु उसके साथ सम्यकता, निर्भयता, कृतिशीलता, नैतिकता का होना भी जरूरी है। वैज्ञानिक दृष्टिधारक मनुष्य एक विशिष्ट जीवन दृष्टि को आत्मसात् करता रहता है। यही कारण है कि वह अन्वेषणशीलता का प्रयोग सम्यकता से करता है। वह इस बात से भली-भाँति वाकिफ होता है कि उसके कार्य की सफलता या असफलता किसी बाह्य सुष्ट या दुष्ट शक्ति पर निर्भर नहीं होती। वह इस बात से पूरी तरह से आश्वस्त होता है कि विश्व स्वायत्त रूप से अस्तित्व में है। वह स्वयंभू है। यह सम्यक् दृष्टि ही उसे निर्भय बनाती है। दैववाद और अगतिकता से वह कोसों दूर होता है। यह निर्भयता उसे कृतिशील बनाती रहती है। वैज्ञानिक दृष्टिकोण तारतम्य का दूसरा रूप है। वैज्ञानिक दृष्टिकोण धारण करनेवाले व्यक्ति के नैतिक होने की संभावना अधिक होती है। इसका सीधा-सामान्य कारण यह होता है कि वह व्यक्ति अक्सर यही सोचता, व्यवहार करता देखा जाता है कि वह दूसरों के साथ वही व्यवहार करता रहे जिसकी उसे दूसरों से अपेक्षा रहती है। इस व्यवहार में निहित कार्य-कारण भाव से वह पूरी तरह से वाकिफ होता है और आश्वस्त भी। वही उसकी नैतिकता की नींव होती है। विवेकवादी व्यक्ति नीतिमान समाज निर्माण को तरजीह देता रहता है। यही कारण है कि वह ईश्वर और धर्म की संकल्पना का प्रयोग नीतिपूर्वक करनेवाले लोगों का सम्मान करता है।

पुस्तक में इसकी विवेचना इसलिए अनिवार्य थी कि बार-बार यह सवाल किया जाता रहा है कि शिक्षित व्यक्ति और विज्ञान के अध्येता अंधविश्वास के शिकार कैसे बन जाते हैं? इसका सीधा

जवाब है कि वे लोग शास्त्रीय विचार-प्रणाली का प्रयोग भौतिक लाभ के लिए करते हैं। तभी वे परंपरा के शिकार होते हैं। यह स्वाभाविक इसलिए है कि हजारों वर्षों की परंपरा का उन पर प्रभाव होता है। उनके विचार में वह धर्म का अनुष्ठान है। वे अपने इर्द-गिर्द के लोगों जैसा व्यवहार करते देखे जाते हैं। इनसे एक तरह की गुलामी का अनुसरण ही होता रहता है। गुलामी सबसे घातक होती है। राजकीय या आर्थिक गुलामी में शोषण निहित होता है। उसके खिलाफ संघर्ष, प्रबोधन संभव है। इसके विपरीत गुलामी में विरोध, संघर्ष, निषेध की गुंजाइश ही नहीं होती। परंतु यथास्थिति में रहनेवालों को गुलामी सुखकर महसूस होती है और वे आँखें मूँदकर गुलामी को सिर-आँखों पर उठाते रहते हैं। वे किसी तरह की अस्थिरता, बदलाव या बेचैनी मोल लेने के पक्ष में न होने के कारण धारा के साथ बहना पसंद करते हैं। तभी तो वे गुलामी का समर्थन, संरक्षण, संगठन और और संवर्धन करते देखे जाते हैं। गुलामी के उदात्तीकरण से भी वे बाज नहीं आते। इसी वजह से संघर्ष करना कठिन हो जाता है। मात्र प्रबोधन से यह लड़ाई संभव नहीं। कृतिशीलता इसकी अनिवार्य शर्त है। इसके लिए स्वतंत्र विचार, निर्भय मन और ठोस कृति की आवश्यकता होती है। इनके साथ नैतिकता की सतर्कता भी अनिवार्य होती है।

प्रस्तुत पुस्तक के पठन-पाठन से यदि समाज एक कदम भी आगे बढ़ेगा, तो मुझे खुशी होगी। वही मेरे लेखन की सार्थकता, कृतार्थता होगी।

—डॉ. नरेंद्र दाभोलकर

संपादकीय

डॉ. नरेंद्र दाभोलकर अपने 'महाराष्ट्र अंधश्रद्धा निर्मूलन समिति' के कार्य के जरिए न सिर्फ महाराष्ट्र में अपितु समूचे भारतवर्ष में प्रगतिमूलक आचार, विचार और सिद्धांत के जरिए चिंतक और कृतिशील सामाजिक कार्यकर्ता के रूप में परिचित हैं। सन् 1989 में आपने उपरोक्त समिति की स्थापना की और उसके जरिए महाराष्ट्र के कोने-कोने में अंधविश्वास के खिलाफ अलख जगाया। वैसे महाराष्ट्र में समाजसुधारकों की और सुधारवादी विचार, उपक्रम और गतिविधियों की लंबी परंपरा रही है। उसके चलते महाराष्ट्र के सभी क्षेत्रों में एक तरह का प्रगतिशील माहौल रहा है। महात्मा फुले, 'सुधारककार गोपाल गणेश आगरकर, लोकहितवादी गोपाल हरि देशमुख, महर्षि विल रामजी शिंदे, महर्षि धोंडो केशव कर्वे, राजर्षि शाहू नरेश, डॉ. बाबासाहब आंबेडकर, संत गाडगेबाबा, स्वातंत्र्यवीर सावरकर, प्रबोधनकार ठाकरे आदि ने अंधविश्वास उन्मूलन में बड़ा योगदान दिया है। धर्म, ईश्वर, जातिभेद, स्त्री-पुरुष समानता, स्त्री शिक्षा, विषमता, शोषण, रूढ़ि-परंपरा आदि के संदर्भ में इन सुधारकों ने बड़ी भूमिका निभाई है। इसके चलते जाति-धर्मनिरपेक्षता, स्वातंत्र्य, समता, बंधुता, लोकतंत्र, विज्ञाननिष्ठा, विवेकवाद जैसे जीवन-मूल्य यहाँ अपनी जड़ें जमा पाए। यही कारण है कि भारतवर्ष में महाराष्ट्र की पहचान अग्रणी, कृतिशील राज्य के रूप में है।

स्वातंत्र्योत्तर काल में इस परंपरा का निर्वाह करते हुए डॉ. नरेंद्र दाभोलकर की दूरदृष्टि, संगठन कौशल, कार्य की निरंतरता, उपक्रमशीलता, संयोजन कुशलता के कारण महाराष्ट्र अंधश्रद्धा निर्मूलन समिति ने विवेकवादी विज्ञाननिष्ठ समाज-रचना का सपना देखा। सभी जाति, धर्म, तबके के कार्यकर्ताओं का निर्माण, वैचारिक रूप से समान संगठनों की एकता, पत्रकारिता, प्रकाशन, माध्यम, प्रबोधन, लोकजागरण—क्या नहीं किया डॉ. नरेंद्र दाभोलकर ने ? यही कारण

है कि वे धर्मांध, जातिवादी, पाखंडी तत्त्वों के लक्ष्य बने रहे और अज्ञात बंधूकधारियों ने उनकी 20 अगस्त, 2013 को निर्मम हत्या कर दी। हत्यारों का लक्ष्य डॉ. दाभोलकर के संगठन और विचार को कुचलना था। हुआ उलटा। उनकी हत्या की प्रतिक्रिया समूचे भारत में हुई। राज्यसभा तक ने हत्या की निंदा की। महाराष्ट्र सरकार सक्रिय हो उठी। दाभोलकर की मृत्यु के कुछ ही दिनों पूर्व महाराष्ट्र अंधश्रद्धा निर्मूलन समिति ने सन् 1995 से की जा रही जादू-टोना प्रतिबंध अधिनियम पारित करने की माँग के प्रति महाराष्ट्र सरकार की निष्क्रियता, उपेक्षा और उदासीनता को उजागर करते हुए 'कृष्णपत्रिका' का प्रकाशन किया था। हत्या से उभरे लोकक्षोभ के आगे घुटने टेककर महाराष्ट्र सरकार अंततः 'महाराष्ट्र नरबलि और अन्य अमानुष, अनिष्ट एवं अघोरी प्रथा तथा जादू-टोना प्रतिबंधक एवं उन्मूलन अधिनियम-2013' अध्यादेश के जरिए अमल में ले आई। पर उसके लिए डॉ. नरेंद्र दाभोलकर को शहीद होना पड़ा।

महाराष्ट्र अंधश्रद्धा निर्मूलन समिति की करीबन 200 शाखाएँ राज्यभर में कार्यरत हैं। उसके जरिए राज्य में हजारों कार्यकर्ता सक्रिय हैं। उनमें छात्र, युवक, अध्यापकों की बड़ी तादाद है। समिति अंधविश्वास उन्मूलन, बुवाबाजी का पर्दाफाश, वैज्ञानिक जागरण, विवेकवादी जीवनदृष्टि का प्रचार, प्रसार, विवेकवाहिनी, व्यसन विरोध, अंतर्जातीय तथा धर्मीय विवाह समर्थन, ज्योतिष, भानमती, डाकिन, जादू-टोना का विरोध, धर्म चिकित्सा, पर्यावरण जागृति, यज्ञ संस्कृति, पुरोहितशाही, कर्मकांड का विरोध, प्रदूषण मुक्त त्योहार (दीवाली, होली) आदि उपक्रम कर सभी जाति, धर्म निहित शोषण एवं भेदमूलक व्यवहार, परंपरा का विरोध कर उसकी जगह रचनात्मक गतिविधियाँ चलाती है और उनका समर्थन करती है। समाज का बड़ा तबका अपने सक्रिय सहयोग से इन गतिविधियों की मदद करता है।

डॉ. नरेंद्र दाभोलकर ने अपने जीवनकाल में अंधविश्वास उन्मूलन संबंधी एक दर्जन से अधिक पुस्तकें लिखीं। उनके दर्जन से अधिक नए एवं संशोधित संस्करण प्रकाशित हुए। उनमें से 'तिमिरातुनी तेजाकड़े' (तमसो मा ज्योतिर्गमय अर्थात् अँधेरे से प्रकाश की ओर) पुस्तक महाराष्ट्र अंधश्रद्धा निर्मूलन समिति के विचार, आचार, और सिद्धांत को समग्रतः प्रतिबिंबित करती है। अतः उनके प्रथम स्मृतिदिन के उपलक्ष्य में यह सार संग्रह प्रकाशित करने का संकल्प उनकी हत्या के तुरंत बाद मैंने और मेरे तीन छात्रों ने मिलकर किया। प्रस्तुत पुस्तक

की उत्तराधिकारी डॉ. नरेंद्र दाभोलकर की पत्नी तथा सामाजिक कार्यकर्त्री श्रीमती डॉ. शैला दाभोलकर ने इसकी तुरंत अनुमति दी। उनके बेटे-बेटी डॉ. हमीद दाभोलकर, मुक्ता दाभोलकर तथा अंनिस के कार्याध्यक्ष अविनाश पाटील ने इसको बढ़ावा दिया। उन सबको हार्दिक धन्यवाद!

संपादक के रूप में मैं आरंभ में ही इस बात को स्पष्ट करना चाहूँगा कि 'अंधविश्वास उन्मूलन : सिद्धांत' तीसरा भाग, अनुवादक डॉ. विजय शिंदे की असाधारण मेहनत का फल है। इस कार्य के प्रति उनकी निष्ठा और समर्पण का मैं गवाह हूँ। मैं एक ही उदाहरण से इन महानुभाव की भलमनसाहत को उजागर करना चाहूँगा। जब समिति की ओर से उन्हें अनुवाद के लिए मानदेय राशि की पेशकश की गई तो उन्होंने विनम्रता से उसे लेने से इनकार कर कहा, 'इस महत्त्वपूर्ण सामाजिक कार्य में यह हमारा छोटा-सा योगदान समझिएगा।' इस संवेदनशीलता और सामाजिक कृतज्ञता भाव से हम सब अभिभूत हैं और उनके ऋणी भी!

संपादन करते समय मैंने अनुभव किया कि पुस्तक में कहीं-कहीं दोहराव है। उसे निकाला जा सकता था। पर ऐसा करने से उस जगह उस बात की विवेचना में अधूरापन आता। अतः मूल पुस्तक को प्रमाण मानकर अनुवादित पुस्तक का संपादन किया गया है। प्रस्तुत पुस्तक के प्रकाशन की जिम्मेदारी राजकमल प्रकाशन समूह, नई दिल्ली ने सहर्ष स्वीकारी। प्रकाशन समूह के कार्यकारी निदेशक एवं हमारे सहृदय श्री अशोक महेश्वरी जी के हम हमेशा ऋणी रहेंगे। हम उनके प्रति हृदय से कृतज्ञता प्रकट करते हैं।

—डॉ. सुनीलकुमार लवटे

अनुक्रम

ईश्वर

पृथ्वी पर मनुष्य का जन्म होने से पहले प्राणिजगत् था। उस दुनिया में परमेश्वर नामक कल्पना का अस्तित्व में आना बिलकुल संभव नहीं था। आगे बंदर, एप और वनमानुष तक उत्क्रांति हो गई। इस वनमानुष के पास भाषा नहीं थी और ईश्वर की कल्पना भी नहीं थी। फिर एक मनुष्य दूसरे मनुष्य को मदद करने लगा, श्रम-सहकार पर आधारित उत्पादन व्यवस्था तैयार हो गई। भाषा का निर्माण हो गया। कल्पनाएँ तैयार हो गईं। ज्ञान आया। विकास और परिवर्तन की आरंभिक अवस्था में ईश्वर की कल्पना थी, इसके सबूत नहीं मिलते हैं। ईश्वर की कल्पना का निर्माण कब हुआ, इस पर अगर सोच-विचार करें तथा इसे ज्यादा से ज्यादा पीछे खींचे तो भी दस सहस्र वर्षों के पीछे हम नहीं जा सकते हैं। मानव वंश के वैज्ञानिक बताते हैं कि आदिम झुंडवादी समाज-रचना के पतन के साथ ही ईश्वर की कल्पना का उदय हुआ है। वास्तव में संभव यह लगता है कि मनुष्य के सहज विकास के साथ उसकी वासनात्मक और अहंभावात्मक दुनिया का धीरे-धीरे विस्तार हो गया होगा और उसके अनुरूप ईश्वर के काल्पनिक चित्र उसके मन में अंकित होते गए होंगे। जो भी हो, एक बात स्पष्ट रूप से सच है कि मनुष्य ने ही वर्तमान दुनिया के तमाम देवताओं को जन्म दिया है। सारे देवताओं की और उससे जुड़ी कल्पनाओं की निर्मिति मनुष्य दिमाग की उपज है। उसके नीति-नियम-कानून कैसे हों और कैसे न हों, इसकी रूपरेखा भी मनुष्य ने ही निर्मित की है। मनुष्य ने कल्पनाशक्ति के आधार पर अन्य प्राणिजगत् की अपेक्षा अपने लिए मनमुताबिक दुनिया का निर्माण किया है। वह समय-दर-समय स्वयं में विकास, स्थिरता, शांति और सुख के लिए नई-नई खोज करता गया। इन्हीं खोजों में से एक खोज है ईश्वर की, परमेश्वरीय कल्पना की। स्वयं खोजी नई-नई बातों को अपने-आप पर आजमाने की मनुष्य की आदत भी पुरानी है। अर्थात् ईश्वरीय कल्पनाओं की नई निर्मिति को उसने अपने-आप पर खूब आजमाकर देखा। इस आजमाइश में दुनिया की बहुत सारी ताकत और समय की बर्बादी हो गई है। हमेशा यह साबित करने की कोशिश की गई है कि समय की बर्बादी नहीं तो मनुष्य का हित ही हुआ है। ईश्वर को लेकर ये दो परस्पर भिन्न मत प्रवाह में बने रहे कि ईश्वर की कल्पना का अभिलक्षित अर्थ

क्या है और उसका मूल्यांकन कैसे किया जाता है। मनुष्य की प्राकृतिक तौर पर दो अभिलाषाएँ हैं—एक पेट की भूख मिटाना और दूसरी लैंगिक भूख की पूर्णता। अपनी क्षुधा की पूर्ति करना, उसके द्वारा स्वयं का अस्तित्व बनाए रखना और मनुष्य जाति की निरंतरता को जारी रखना ही इन अभिलाषाओं के प्रयोजन थे। ये प्रयोजन आज भी हैं और कल भी रहेंगे। परंतु इसी दौरान मनुष्य ने स्वयं 'बौद्धिक क्षुधा' नामक तीसरी अभिलाषा को खोज निकाला। इसी बौद्धिकता के बलबूते पर मनुष्य ने अपना सारा संसार बनाया है। बुद्धि की प्रयोगशीलता से परमेश्वर कल्पना का जन्म हुआ है। यह मनुष्य की प्रतिभा का श्रेय था। अंतर्मन की पवित्रता, स्थायित्व और सुरक्षा की सारी काल्पनिक बातें उस ईश्वरीय अस्तित्व पर उसने अजमानी चाहीं। इसी के फलस्वरूप बहुत जल्द ऐसा समय भी आया कि वही कल्पना उस पर हावी होने लगी।

ईश्वर का सचमुच अस्तित्व है, ऐसा अगर मानें तो वह सारे संसार में एक ही होना चाहिए। ईश्वर, अल्लाह और अन्य देवताओं का अलग-अलग होना संभव नहीं है और माना भी नहीं जाना चाहिए। सभी धर्मों के साक्षात्कारी महात्माओं को एक ही ईश्वर का दर्शन होना चाहिए, परंतु ऐसा कभी हुआ नहीं। इन महात्माओं का दार्शनिक ज्ञान भिन्न है। इसका मूलत: कारण यह है कि उन प्रतिष्ठित महात्माओं ने स्वयं के अंतर्मन से ईश्वर की जो कल्पना की, जो विचार किया, उसे प्रतिष्ठित किया। ईश्वर की खोज कहीं बाहर करने की अपेक्षा अपने अंतर्मन में करना इन प्रबुद्ध इनसानों ने उचित समझा। अर्थात् स्वयं के अंतर्मन और बौद्धिक क्षमता से प्राप्त ज्ञान के आधार पर ईश्वर का जो दर्शन हुआ, उसे उन लोगों ने जनहित के लिए प्रसारित करना आरंभ किया। संसार के विस्तृत और व्यापक विस्तार में बहुत छोटे, भ्रमित, हकबकाए मनुष्य के लिए कल्पना से खोजा गया ईश्वर बहुत बड़ा आधार लग रहा था और मन को शांति दे रहा था। संसार का निर्माणकर्ता ईश्वर को मानना प्रज्ञा का द्योतक नहीं है, ऐसी स्पष्ट और साफ बातों को भारत में विचार के तौर पर हमेशा रखा गया। प्राचीन काल में नालंदा विश्वविद्यालय के प्राचार्य और भारतीय तत्त्वज्ञानी धर्मकीर्ति ने जड़बुद्धि के लक्षण बताए हैं। उनका कथन है कि 'वेदप्रामाण्य मानना, सृष्टिकर्ता ईश्वर को मानना और पाप-निवारण के लिए उपवास करना मूर्खतापूर्ण व्यवहार हैं।' ऐसी स्थिति में ईश्वर का अस्तित्व तर्क की कसौटी पर साबित करना असंभव है। वास्तविकता यह है कि ईश्वर होना चाहिए, ऐसा हमें लगता है। अत: ईश्वर है ऐसा साबित करनेवाली दोषपूर्ण तर्कवादिता भी अनेक लोगों को सही लगती है। वामन मल्हार जोशी के 'नीतिशास्त्र प्रवेश' ग्रंथ के उक्त कथन पर विचार करना जरूरी है। राम-कृष्ण, बुद्ध, महावीर, यीशु-ख्रीष्ट, मोहम्मद पैगंबर, बसवेश्वर, गुरुनानक महामानव थे, ईश्वर नहीं। उनके विचार और कृति मानव की उच्चतर प्रतिभा की परिपक्वता

का दर्शन कराती है। हम अगर ऐसा सोचें तो संपूर्ण समाज का आत्मविश्वास बढ़ाने में सहायता मिलेगी। उन्हें ईश्वर मानने से मनुष्य की हानि होती है या लाभ, इस पर विचार करना पड़ेगा।

ईश्वरीय अस्तित्व : विविध विचार-प्रवाह

मानव वंश के विकास-क्रम में एक मकाम पर देव, देवदूत, स्वर्ग, आत्मा आदि सिद्धांत और कल्पनाओं ने जन्म लिया। लोकमानस पर इन कल्पनाओं की पकड़ मजबूत हो गई। शोषकों ने शोषण व्यवस्था बरकरार रखने के लिए इस कल्पना को बड़ी चालाकी के साथ इस्तेमाल किया। सत्ताधीशों और सांस्कृतिक दृष्टि से अगड़े लोगों ने देव और धर्म को शोषण का हथियार बनाया। चार्वाक, दिग्नाग जैसे प्राचीन भारतीय विचारकों ने ईश्वरीय कल्पना को नकारा है। गौतम बुद्ध ने मूर्तिपूजा को नकारा है। चक्रधर ने वेदों की कई ईश्वरीय बातों को नकारा है। लेनिन, माओ और मार्क्सवादी विदेशी विचारकों ने तथा भारत में भगतसिंह, नानासाहब गोरे, माधवराव बागल, रामस्वामी पेरियार आदि विचारकों ने ईश्वर को स्पष्टता से नकारा है।

ईश्वर है अथवा होना चाहिए, ऐसा माननेवाला उच्चवर्णियों का दूसरा एक वर्ग होता है। ईश्वरीय अस्तित्व के कारण विषमताओं को बनाए रखने में मदद मिलती है। अपनी जाति के लोगों की शोषण प्रक्रिया को सुरक्षा मिल जाती है। कर्मकांड, दुष्ट रूढ़ियों, जातीयता, अंधविश्वास का संवर्धन होता है। इसमें से कोई भी विचार प्रतिष्ठित गण्यमान्यों को स्वीकार्य नहीं है। उपरोक्त समाज-विघातक प्रवृत्ति के साथ जिंदगी-भर ये लोग ईमानदारी के साथ लड़ाई लड़ते हैं। फिर भी विशिष्ट स्तर पर वे लोग ईश्वर की कल्पना को स्वीकार कर लेते हैं। महात्मा ज्योतिबा फुले, महर्षि विट्ठल रामजी शिंदे, क्रांतिसिंह नाना पाटील, सानेगुरुजी आदि इसके उदाहरण हैं। ईश्वर की कल्पना को स्वीकार करें या संबंधियों की अनर्थकारी बातों को नकारकर नि:स्वार्थ रूप से कुछ लोग ईश्वर की कल्पना मानते हैं। ईश्वर को मानने के कारण उनकी प्रगतिशील प्रतिभा को ठेस पहुँचती है, यह पता होने पर भी वे लोग ईश्वर की कल्पना को स्वीकार करते हैं। अत: ईश्वर को माननेवाले प्रतिगामी अथवा यथास्थितिवादी हैं और न माननेवाले प्रगतिवादी अथवा गतिवादी, ऐसा सहजता से कहना न्यायसंगत नहीं है।

परंपरा से चलते आए संस्कारों के फलस्वरूप कई लोग भगवान को मानते हैं। उसके पीछे कोई वैचारिक आधार नहीं है। अत: अपनी मान्यताओं का पुरजोर समर्थन भी इनसे नहीं हो पाता है। अज्ञान और अंधविश्वास के कारण परंपरा को तोड़ना बहुत मुश्किल हो जाता है। जाति पंचायत से बाहर निकाले जाने का डर सर पर मँडराता रहता है। भविष्य कथन करनेवाले और पुजारी-भिक्षुकों का व्यवसाय ठीक-ठाक चले इसलिए रचे गए पाखंड आदि कारणों से ईश्वर को माननेवालों की

बड़ी तादाद है। उनकी मान्यताओं पर यहाँ चर्चा करने की जरूरत नहीं है। लेकिन समाज में एक ऐसा भी तबका है जो ईश्वर की कल्पना के किसी भी विवाद में बिना पड़े उसके अस्तित्व को स्वीकारता है। वह बड़ा तबका ईश्वर को मान्यता देते हुए यह भी कहता है कि यह स्वीकृति व्यक्ति और समाज के लिए फायदेमंद है। उनके विचारानुसार परमेश्वर मनुष्य की मानसिक जरूरत है। उसने विश्व की निर्मिति की है। उसका हमेशा सब पर आशीर्वाद बना रहता है। वही सुबुद्धि देता है और वही तारणकर्ता भी है। भक्ति से प्रसन्न होकर शक्ति प्रदान करता है। सजा भी देता है। उसके होने से बड़ी-बड़ी आपदाओं से हमारी रक्षा होती है। विश्वास के साथ ऐसे ईश्वर का स्वीकार करें तो जीवन सुखमय हो जाता है। अत: ईश्वर के अस्तित्व को स्वीकारना चाहिए, ऐसा वे प्रतिपादित करते हैं।

नास्तिकतावादियों का साफ कहना है कि इस संसार में ईश्वर का अस्तित्व नहीं है। ईश्वर के अस्तित्व को मानना गलत, झूठ, पिछड़ापन है। मानव-मन की कल्पना मात्र है। भगवान आपदाओं से रक्षा करता है, यह मानना भी बहुत बड़ी गलतफहमी है। पलायनवादी मानसिकता का द्योतक है या यों कहें कि काल्पनिक दुनिया में विचरना है। जीवन में आपदाओं का शास्त्रसम्मत आकलन करके निर्भयता से मुकाबला किए बिना ईश्वर को मानना मात्र आत्मप्रतारणा है। नास्तिकतावादियों को लगता है कि मनुष्य जाति जितनी जल्दी इस गलतफहमी को दूर करेगी, उतनी उसकी भविष्यकालीन विकास-यात्रा तेजोमय तथा गतिशील बनेगी। उनका यह स्वतंत्र विचार-प्रवाह पूरी दुनिया में फैल चुका है और वह प्राचीन भी है। लेकिन व्यावहारिक कसौटी पर अत्यंत लघु, क्षीण और असफल रहा है। इतिहास यह बताता है कि इस विचार-प्रवाह के पुरस्कर्ताओं ने तर्कातीत, आशयपूर्ण, मूलगामी और प्रखर संघर्ष किया है। वैचारिकता की कसौटी पर वे हारे नहीं हैं। लेकिन लंबे समय तक संसार-भर के बड़े समूहों पर अपने विचारों का प्रभाव कायम रखने में सफल नहीं हुए हैं। ताजा सर्वेक्षण और आँकड़ों के मुताबिक यह बात सामने आ रही है कि संसार-भर में ईश्वर के अस्तित्व को नकारनेवालों की संख्या लगातार बढ़ रही है।

सूक्ष्मातिसूक्ष्म चेतन शक्ति मूलत: प्रखर शक्ति रखती है। लेकिन उसकी गति और स्थिति निरपेक्ष नहीं सापेक्ष है। गतिशीलता नियमबद्ध नहीं है, यह प्रतिपादित करते हुए ईश्वर के अस्तित्व को साबित करने की कोशिश करना सही नहीं है। विचार करने लायक तथा महत्त्वपूर्ण बातों को नजरअंदाज कर यही प्रतिपादित करने की कोशिश होती है कि ईश्वर है या नहीं ? इस प्रश्न को प्रखर शक्ति के अस्तित्व और अभाव के साथ जोड़कर देखना मूलत: गलत है। पंचतत्त्वों का महाशक्तिशाली रूप अबाधित है। ईश्वर की कल्पना और पंचतत्त्वों का बुनियादी फर्क यह है कि उनमें मन, इच्छा और भावना नहीं है।

कुछ वैज्ञानिक ईश्वरीय तत्त्व को स्वीकार करते हैं। फिर भी ईश्वर की अवधारणा विज्ञान की एक संभावनात्मक कृति मानना विज्ञान के लिए जरूरी नहीं है। वैज्ञानिक ईश्वरवादी हो तो भी विज्ञान ईश्वर को मान्यता नहीं देता है। ईश्वर को लेकर विमर्श करनेवाले तीन प्रकार के तर्कशास्त्रीय विद्वान हैं। धर्मग्रंथ तथा पवित्र ग्रंथों को प्रामाणिक आधार (प्रमाण) मानकर चलनेवाला एक वर्ग। इस वर्ग में साधु-संत, पीठों के धर्माचार्य और उसी धर्म के अनुयायियों का समावेश होता है। इन्हीं ईश्वर समर्थकों की वैज्ञानिक धरातल पर पवित्र धर्मग्रंथ, अद्‌भुत साक्षात्कार और तर्कातीत दलीलों को आधार मानकर विमर्श किया जाता है। इन तीन आधारों में से शब्द-प्रामाण्य अर्थात् धर्मग्रंथों का प्रमाण दोयम आधार के नाते स्वीकारा जाता है। दूसरा वर्ग साक्षात्कारियों का है। उनके मतानुसार असल में हार्दिक अनुभव ही ईश्वरीय सत्ता का बुनियादी समर्थन करनेवाला आधार है। तार्किक बौद्धिकता उसका प्रमाण नहीं है। इसलिए उनके मतानुसार धर्मग्रंथ और युक्तिवाद दोनों ही मूल विषय की तह तक नहीं जा सकते हैं। उपरोक्त दोनों आधारों को प्रामाणिक मानें तो ईश्वर तत्त्व का अस्तित्व अनिश्चित बन जाता है। साक्षात्कारों से ही परमेश्वर का अस्तित्व असंदिग्ध सिद्ध होता है। तीसरा वर्ग युक्तिवादी तत्त्ववेत्ताओं का है। ये धार्मिक तत्त्ववेत्ता पश्चिमी देशों में स्थापित हो चुके थे। प्लेटो, ऍरिस्टॉटल, डेकार्थ, लाक आदि पाश्चात्य चिंतकों ने परंपरागत धर्म-संप्रदायों से प्रेरणा पाई और ईश्वर के समर्थन में अनेक तर्क दिए। इसमें से पहला सत्ताशास्त्रीय तर्क है इस दृश्य दुनिया के अस्तित्व से अधिक श्रेष्ठ, परिपूर्ण अस्तित्व की कल्पना करना। इसका परिपूर्ण अस्तित्व ही ईश्वर है। इस संदर्भ में वे प्रतिपादित करते हैं कि परिपूर्ण वस्तुओं की हम कल्पना करते हैं। इसका कारण यह है कि हम जो-जो देखते हैं या अनुभव करते हैं उसकी विशेषताएँ हमें अपूर्ण लगती हैं। परिपूर्ण गुणों की प्रतीति इन्हीं अपूर्ण गुणों से होती है अर्थात् वही परिपूर्ण सर्वसंपन्न वस्तु ईश्वर है। दूसरा विश्व-रचनाशास्त्र पर अधिष्ठित तर्कशास्त्र है। इस तर्कवाद में विश्व के कार्य-कारण भाव का आधार लिया जाता है। उनके मतानुसार विश्व के कार्य-कारण भावों का आरंभ जहाँ से शुरू होता है, वह आदिकारण ही ईश्वर है। तीसरा रचनाकार से जुड़ा हुआ तर्कवाद है। सृष्टि की रचना अत्यंत संगत है। उदाहरणार्थ—मानवी शरीर का प्रत्येक अवयव—आँख, कान, नाक, स्पर्शेंद्रिय, रसनेंद्रिय एक-दूसरे के पूरक हैं। अत: स्वाभाविक तौर पर कहा जाता है कि यह रचना किसी अत्यंत कुशल कलाकार की है। मनुष्य शरीर के समान ही प्राणिमात्र के शरीर की रचना, सूर्यमाला, नक्षत्रमाला, पृथ्वी पर स्थित सारे पदार्थ सबमें विसंगति नहीं है। इसलिए विश्व का रचनाकार सर्वज्ञ और सर्वशक्तिमान कलाकार ही हो सकता है।

इन सारे प्रमुख तर्कवादों को इमॅन्युअल कांट ने खारिज करते हुए ईश्वर कल्पना को साबित करने के लिए नीति-अधिष्ठित तर्कवाद का विवेचन किया है। उनका

कहना था कि कई लोग शुद्ध नीति-नियमों का अनुसरण करते हैं, उसमें से कइयों के हिस्से दरिद्रता, दुख और पीड़ा आती है। इसके विरुद्ध अनेक लोग बड़े-बड़े अपराध करके भी सुखी और संपन्न जीवन जी लेते हैं। ऐसे उदाहरण देखें तो लगता है कि संसार में न्याय-नीति का कोई स्थान नहीं है। फिर भी मनुष्य के हृदय में स्थित शुद्ध विवेक-बुद्धि शुद्ध विवेकनिष्ठा को बनाए रखती है। केवल शुद्ध नैतिक व्यवहार के आधार पर इस लौकिकवादी युग में शायद ही कोई समर्थन पा सकता है। ऐसा माना जाता है कि अंत में सत्य की जीत होती है। पर अंत का अर्थ मृत्यु के पश्चात् ही लिया जाना मजबूरी है। शुद्ध नीतिवान और अपराधी के न्याय-प्राप्ति की बात मानें तो मृत्यु के बाद के अस्तित्व को स्वीकार करना पड़ेगा। मतलब अमर आत्माओं की उपस्थिति को अनुमति देनी पड़ेगी। इन अमर आत्माओं को न्याय देनेवाला सर्वसाक्षी, न्यायी और सर्वसमर्थ कोई माने तो वह ईश्वर ही होगा।

इस विश्लेषण के बाद यहाँ यह स्पष्ट करना जरूरी है कि ईश्वर के अस्तित्व को साबित करने की जद्दोजहद अमेरिकी लोग 'इंटेलिजेंट डिजाइन' नामक संगठनात्मक काम के सहारे कर रहे हैं। सिएटल स्थित डिस्कवरी इंस्टिट्यूट संस्था की सहायता से इसका कार्य चल रहा है। इन आंदोलनकारियों का मानना है कि संसार की गुत्थियों को सुलझाने में वर्तमान विज्ञान असमर्थ है। सृष्टि के जैविक, भौतिक और रासायनिक संरचना में युगों-युगों से परिवर्तन हो रहे हैं। सृष्टि की ये गुत्थियाँ और विविधता केवल डार्विन के सिद्धांत के आधार पर स्पष्ट नहीं हो सकती हैं। अर्थात् कहा जाता है कि संसार की निर्मिति से आज तक जो कुछ भी हो रहा है, वह सर्वशक्तिमान अदृश्य शक्ति के द्वारा ही हो रहा है। अत: विश्व निर्मिति की तह तक अगर पहुँचना है, तो डार्विन के सिद्धांत के साथ 'इंटेलिजेंट डिजाइन' सिद्धांत पर भी विचार करना चाहिए। अमेरिका में 'इंटेलिजेंट डिजाइन' कल्पना के कई निर्माणकर्ता रहे हैं। इस स्थिति में उसका कड़ाई से परीक्षण करना जरूरी है। अमेरिकी वैज्ञानिकों को 'इंटेलिजेंट डिजाइन' संकल्पना अमान्य है। वे विरोध कर रहे हैं। उनको लगता है कि ऐसी धारणाओं का अगर सम्मान करें तो शिक्षा व्यवस्था में धर्मवाद व देववाद का प्रवेश होगा और वैज्ञानिक व तर्कवादी भूमिका का खात्मा होगा। किसी भी प्रकार का विज्ञान सर्वमत और लोगों की इच्छा पर निर्भर नहीं है। वस्तुनिष्ठता, संभावनाएँ और अनुभवजन्य सबूतों को मानता है। 'इंटेलिजेंट डिजाइन' अदृश्य शक्ति है, अत: उसका निरीक्षण संभव नहीं है और प्रयोग करना भी मुश्किल है। एकाध बात सच मानकर उसे स्वीकारने के लिए विज्ञान ने कुछ कसौटियों को तय किया है। सारी दुनिया में ये कसौटियाँ एक समान हैं। इन कसौटियों के सामने पाश्चात्य 'इंटेलिजेंट डिजाइन' की संकल्पना नहीं टिकती है। उक्त संकल्पना निर्माता के बारे में कुछ भी बताती नहीं है और उस निर्माता के मन में जीवसृष्टि निर्माण करने की इच्छा क्यों निर्मित हो गई, उसके बारे में भी कुछ बताया नहीं है। कोई अदृश्य

शक्ति संसार के नीति-नियम तय करती है, वही शक्तिमान है और नियंत्रणकर्ता है मानना संपूर्णतः आधारहीन है। इस संसार की एक विशिष्ट रचना है, इसलिए उसका कोई रचनाकार होना चाहिए, और वह ईश्वर है ऐसा हमेशा तर्क दिया जाता है। संसार की रचना है, अगर माना भी गया तो वह कौन से प्राकृतिक आधारों के कारण है, उसे ढूँढ़ने के लिए विज्ञान कटिबद्ध है। उसके लिए अदृश्य निर्माता को स्वीकृति देने की जरूरत नहीं है। विश्व की संपूर्ण रचना को तहस-नहस करनेवाले तूफान, बारिश, सूखा, भूचाल जैसे संकट आ जाते हैं, तब यह निर्माता हाथ पर हाथ धरे क्यों बैठता है? विज्ञान कार्य-कारण भाव वाले तत्त्व को प्रामाणिक मानता है। 'इंटेलिजेंट डिजाइन' वाले इस तत्त्व को झुठलाते हैं। यह कार्य-कारण भाव सबूत और प्रयोग के आधार पर मान्य होता है। 'इंटेलिजेंट डिजाइन' वालों को उनके द्वारा बताई गई बातों को कार्य-कारण भाव के साथ जोड़कर प्रामाणिक साबित करने का साहस करना चाहिए। संसार की निर्मिति अगर ईश्वर ने की है मानें तो उस पर विज्ञान कई सवाल उठाता है—जैसे संसार की निर्मिति की प्रक्रिया रुकी है या शुरू है? संसार की निर्मिति के बाद अब अगली सृष्टि कौन सी है? इन सवालों के उत्तर 'इंटेलिजेंट डिजाइन' वालों के पास नहीं है।

ऊपरी तर्क-वितर्कों पर कई बार सवाल उठाए गए हैं। देवधर्म के बिना समाज में नैतिक मूल्य टिक सकते हैं। सुख और आनंद प्राप्त करना मनुष्य का स्वभाव है। स्वयं मनुष्य जिस सुख और आनंद की अपेक्षा करता है वही दूसरों को भी देना चाहिए। अपने साथ कोई बुरा बर्ताव करे, यह हमें पसंद नहीं और वही बर्ताव दूसरों के साथ भी न करें आदि बातों का उसे ज्ञान है। नीति-मूल्यों की पहचान, पर्यावरणीय प्रेम, सारी दुनिया के इनसानों के हित के लिए तत्पर रहने हेतु ईश्वरीय कल्पना की जरूरत नहीं है। पर यह बात ध्यान देने लायक है कि एकाध व्यक्ति ईश्वर के अस्तित्व को स्वीकारता है या नहीं, इससे उसको त्याज्य माना नहीं जा सकता है और उसकी विश्वसनीयता भी नकारी नहीं जाती है। किसी भी व्यक्ति का मूल्य उसके रहन-सहन, आचरण, व्यवहार और उसमें निहित मानवतावादी दृष्टिकोण कैसे हैं, इस पर निर्भर है। इस परीक्षण के लिए वैयक्तिक चरित्र और सामाजिक चरित्र अलग मानकर शब्दछल करने की कोई जरूरत नहीं है।

ईश्वर की कल्पना का स्वीकार मूलतः तीन चीजों के लिए किया गया है। पहला, यह कि ईश्वर के आधार पर भय, असहायता, असुरक्षा पर विजय पाना। दूसरा, जीवन अधिकाधिक सुख के साथ जीने का मौका ईश्वर कृपा से पाए और तीसरा, चिरस्थायी सुख का हकदार बनने के लिए। इन सारी अपेक्षाओं की पूर्ति ईश्वर की कल्पना से होने की बातें कही जाती हैं और वह कल्पना मन मोह लेती है। मानवी विचार और संगठन के द्वारा इन तीनों बातों का उचित और सच्चा विकल्प ढूँढ़ने की जरूरत है और उसका आचरण करना चाहिए। भय, असहायता और

असुरक्षा पर अगर जीत पानी है तो लोकतांत्रिक मानवतावादी संगठन को बढ़ावा देने की जरूरत है। ईश्वर की कृपा से सुख पाने की मंशा भोगवाद का परिचय देती है; ऐसी अपेक्षा रखनेवाले अगर महात्मा गांधी के एक वाक्य को याद करें तो बेहतर रहेगा, 'यह पृथ्वी सारे जीव और जगत् की भूख-प्यास को मिटाने में समर्थ है परंतु किसी एक इनसान की अतिरिक्त लालच को पूरा करने में असमर्थ है।' जिन चीजों का उपभोग किया जाता है, वह साधन-सामग्री सीमित है। इस उपभोक्तावाद की मंशा रखनेवाले और उसका बेसब्री से इंतजार करनेवाले बहुसंख्य लोग हैं। अर्थात् मर्यादाविहीन अतिरिक्त मंशाएँ अगली पीढ़ी के लिए बंजर धरती का निर्माण करेंगी। ईश्वर से हमेशा सुख की माँग करनेवाले अगर विवेक से रहेंगे तो सबके लिए हितकारक होगा। जन्म-मृत्यु के चक्र से मुक्ति और चिरंतन सुख की प्राप्ति ईश्वर की कल्पना करने से नहीं होती। चिरस्थायी सुख-प्राप्ति का मार्ग कर्मवादिता है या उसके लिए किया गया कड़ा परिश्रम। मनुष्य को सफलता उसके कर्म से ही मिलती है यदि फिर भी उसे सफलता नहीं मिल रही है तो परिश्रम से मिल सकती है। अर्थात् ईश्वरीय कल्पना को विकल्प देनेवाली जीवन कल्पना को स्वीकारने की साहसिकता होनी चाहिए।

अंधविश्वास निर्मूलन आंदोलन को अगर सफल बनाना है तो देश और दुनिया के सभी बुद्धिवादियों का मानना है कि ईश्वर की कल्पना का आमूल उच्चाटन जरूरी है। बुद्धिवादियों का यह भी कहना है कि जो ईश्वर की कल्पना के बारे में तटस्थता का दावा करते हैं, उनका दावा खोखला है। कुछ लोगों को लगता है कि अंधविश्वास निर्मूलन समिति लोगों को सहभागी बनाकर काम करनेवाला संगठन है। ऐसे संगठनों को जनता के गुस्से से यदि बचना है तो लचीले आचार-विचार अपनाने पड़ेंगे। दूसरी ओर अंधविश्वास उन्मूलन के कार्यों का विरोध करनेवाले लोग इसी बात का आधार लेकर आंदोलन को बदनाम करने की सोचते हैं। वे समाज को यह बताने की कोशिश करते हैं कि अंधविश्वास उन्मूलन समिति नास्तिकता का प्रचार करने की मंशा रखनेवाली संस्था है। आज इसको प्रचारित करने की क्षमता समिति में नहीं है, अतः वे सावधानी से भूमिका निभा रहे हैं। कल उनका संगठन जब ताकतवर बनेगा तब वे ईश्वर को जरूर नकारेंगे। इन सभी आरोप-प्रत्यारोपों और मत-भिन्नता के कारण ईश्वर के बारे में अंधश्रद्धा निर्मूलन समिति का जो कहना है उस पर कोई विचार नहीं करना चाहता है। इस संदर्भ में समिति का स्पष्टीकरण और विश्लेषण शास्त्रीय दृष्टि से स्वीकारने लायक है और यह समिति के भविष्य को मजबूत भी करता है।

मैं ईश्वर को मानता हूँ या नहीं? यह प्रश्न महाराष्ट्र में मुझसे बार-बार पूछा गया। इसका समिति जवाब ऐसे देती है कि प्रश्न संदर्भहीन है। क्योंकि सवाल पूछने से पहले ईश्वर क्या है, इसको व्याख्यायित नहीं किया गया है। अगर इस जवाब को

गंभीरता से लें तो अंधविश्वास निर्मूलन में ईश्वर की कल्पना को किस नजरिए से देखें यह पता चलता है। सवाल करनेवाला व्यक्ति ईश्वर की कल्पना से ध्वनित होनेवाले अनेक अर्थों को देखे बिना प्रश्न पूछ बैठता है। उसमें ध्वनित होनेवाला प्रत्येक अर्थ अहमियत रखता है। ईश्वरीय कल्पना को लेकर प्रत्येक व्यक्ति के मन में अलग-अलग धारणाएँ होती हैं। उनमें से कुछ धारणाएँ स्वीकार्य होती हैं, कुछ नकारने लायक। कुछ को स्वीकार करते वक्त संदेह होता है। मुझे लगता है कि हर एक व्यक्ति के अलग नजरिए को ध्यान में रखते हुए ईश्वर की कल्पना का मूल्यांकन करना होगा।

ईश्वर की पहली कल्पना निर्माणकर्ता के रूप में उभरकर सामने आती है। महात्मा फुले ने इस कल्पना को स्वीकारा है। इस विश्व की निर्मिति उसने की है, ऐसी कल्पना है। इस विषय को लेकर समिति की भूमिका क्या है? 200 साल पहले अगर कोई पूछता कि जीवसृष्टि का कार्य ईश्वर ने किया है, तो उत्तर आता है कि मालूम नहीं। लेकिन आज विज्ञान सूर्यमाला और उसमें स्थित पृथ्वी की निर्मिति का कारण तथा आधार बता सकता है। अत: संसार निर्मिति के लिए कारण ईश्वर है, कहना गलत है। संपूर्ण विश्व की निर्मिति लगभग 12-15 अरब साल पहले हुई है। उसका निर्माणकर्ता कौन है, ऐसा अगर सवाल पूछे तो विज्ञान के पास भी इसका सार्थक उत्तर नहीं है। सामान्यत: दो संभावनाएँ बताई जाती हैं। एक संभावना यह है कि विश्व की निर्मिति ईश्वर ने की है और दूसरा उसका निर्माण अपने-आप हुआ है। ये संभावनाएँ जब कोई ठोस आधारों के साथ सामने रखने में सफल होगा तभी इस सिद्धांत की वैज्ञानिक आधार पर पुष्टि होगी। लेकिन फिलहाल विश्व की निर्मिति को लेकर समिति की भूमिका अज्ञेयवादी है। अज्ञेयवाद का सीधा अर्थ यह निकलता है कि विश्व की निर्मिति के बारे में पूछा गया सवाल उत्तरहीन है। समाज में विश्लेषित बातों से दो संभावनाएँ मुखरित होती हैं—एक विश्व की निर्मिति का कारण कोई निर्माणकर्ता है या दूसरा स्वयं कार्य-कारण भाव से निर्माण हुआ है। समिति इसमें से स्वयं कार्य-कारण भाव को अधिक विश्वसनीय मानती है। जिन विचार-प्रवाहों ने सृष्टि का निर्माणकर्ता ईश्वर को माना है, उसका स्पष्टीकरण यह होता है कि जब-जब निर्मिति होती है तब-तब निर्माता होगा ही। कागज, पेन, मेज, कुर्सी हो या दुनिया की कोई भी अन्य चीज, वह निर्मिति ही है, इसलिए उसका कोई निर्माता है। उसी प्रकार दुनिया भी एक निर्मिति ही है और उसके पीछे एक निर्माणकर्ता भी है और वह निर्माणकर्ता ईश्वर है। ऐसे मुद्दों को चालाकी के साथ सामने रखा जाता है। परंतु ऐसी बातें करनेवालों के लिए उन्हीं का कथन और एक प्रश्न पैदा करता है कि उनके द्वारा बताई गई बातों को मानें तो एक सवाल शेष रहता है, निर्माणकर्ता भी एक निर्मिति है; तो फिर उसे किसने निर्मित किया। इसका जवाब उन स्वीकारकर्ताओं के पास नहीं है। घूम-फिरकर बात वहीं आती है कि निर्माणकर्ता

का निर्माण किसी से होता नहीं है। वह स्वयं निर्मित है। अर्थात् स्वयं कार्य-कारण भाव से निर्मित है। अत: विश्व का निर्माण भी निष्कर्ष रूप में स्वयं कार्य-कारण भाव से ही मान्य है। सारांश रूप में परमेश्वर का अस्तित्व माननेवालों को निर्माणकर्ता को स्वीकार करना पड़ेगा।

एक तरफ विश्व की निर्मिति स्वयंभू मानना और दूसरी तरफ कार्य-कारण भाव को स्वीकृति देना वैचारिक अंतर्विरोध है, ऐसा लग सकता है। पर इसे सहज उदाहरण के साथ स्पष्ट किया जा सकता है। घड़ी का अस्तित्व एक वस्तु के नाते है पर इससे उसका निर्माणकर्ता कौन है, यह पता नहीं चलता। लेकिन एक बार उसकी निर्मिति हो गई कि घड़ी पर घड़ी के नियम लागू हो जाते हैं। घड़ी तैयार करनेवाले के साथ उसका कोई भी संबंध नहीं रहता। घड़ी का निर्माणकर्ता धीरे-धीरे चलने लगा, तो घड़ी धीरे-धीरे नहीं चलती और उसके दौड़ने से घड़ी की गति भी नहीं बढ़ती। निर्माणकर्ता के छींकने पर घड़ी अलार्म नहीं बजाती और उसके मरने से घड़ी का अंत भी नहीं होता। वैसे ही विश्व का भी किसी ने निर्माण किया है कहें तो भी आज वैज्ञानिक युग में उसकी चर्चा जारी रहेगी। परंतु एक बात सच है कि विश्व में जो भी कुछ हो रहा है वह कार्य-कारण भाव से हो रहा है, उसमें परमेश्वर कहीं भी हस्तक्षेप नहीं करता है।

ईश्वर का दूसरा रूप नियंत्रणकर्ता का है। इस दुनिया में जो भी कुछ घटित होता है वह ईश्वर की इच्छा से ही घटित होता है। उसकी इच्छा के बिना दुनिया की कोई भी चीज इधर से उधर नहीं हो सकती है। सभी घटनाओं को अंजाम देनेवाला वही है, ऐसा भी कुछ लोगों का मानना है। दुनिया का या संपूर्ण विश्व का नियंत्रक ईश्वर है, ऐसे विचारों को भी समिति ने पूरी तरह से खारिज किया है।

इस दुनिया के चप्पे-चप्पे में अन्याय और विषमता भरी पड़ी है। प्राकृतिक आपदाओं से ध्वस्त-पीड़ित लोग जगह-जगह पर देखे जाते हैं। एक अणुबम से हजारों लोगों की जानें क्षण-भर में जा सकती हैं। क्रूर हिटलर लगभग साठ लाख लोगों का सर कलम करता है। अगर इस दुनिया का नियंत्रक ईश्वर है, तो ये घटनाएँ घटित क्यों होती हैं? प्रत्यक्ष तौर पर ऐसी घटनाएँ घटित हो रही हैं, इसका अर्थ यह होता है कि परमेश्वर नियंत्रक नहीं है और है भी तो उससे नियंत्रण नहीं हो रहा है। ईश्वर किसी बात को अंजाम तक नहीं पहुँचा रहा है। यह भी कहना उसकी सर्वशक्तिमानता पर कालिख पोतने जैसा है। अत: दुनिया के नियंत्रणकर्ता के रूप में ईश्वर को नकारना ही उचित है।

ईश्वर से संबंधित लगभग सभी धर्मों में एक ऐसी धारणा है कि वह सर्वज्ञ, सबसे अधिक ताकतवर और सर्वमंगल शक्ति है। इसका अर्थ यह होता है कि इस दुनिया की कोई भी बात ईश्वर से अज्ञात नहीं है। ईश्वर एक ऐसी ताकत है जिसके सामने दुनिया के सारे राष्ट्रों का सैन्य दल, सारे शस्त्र बहुत मामूली हैं। साथ ही संपूर्ण

दुनिया के मंगल की आकांक्षा ईश्वर रखा करता है। इस धारणा को अगर सूक्ष्मता से जाँचें तो उसके अंतर्विरोध स्पष्ट हो जाते हैं। किसी स्त्री पर अत्याचार होता है तो प्रश्न उठता है कि ईश्वर इसे घटने क्यों देता है? इसका अर्थ यह भी निकलता है कि किसी स्त्री पर अत्याचार हो, यह सर्वमंगल ईश्वर की मान्यता के विरुद्ध है। वह सर्वज्ञ है, अत: अत्याचार होने से पहले उसे पता था, फिर भी अत्याचार की घटना घटित होती है। इससे स्पष्ट होता है कि अत्याचार करनेवाले की ताकत ईश्वर से ज्यादा हो गई है। अर्थात् परमेश्वर की कल्पना करते वक्त उसके साथ जोड़ी गई उसकी सर्वशक्तिमानता संदेह के कटघरे में आ जाती है। तीसरा विश्लेषण यह भी किया जा सकता है कि सर्वज्ञ ईश्वर को स्त्री पर होनेवाला अत्याचार पहले से पता था। सबसे ताकतवर ईश्वर इस अत्याचार को रोक सकता था, फिर भी अत्याचार की घटना घटित हो गई। इससे स्पष्ट होता है कि स्त्री पर अत्याचार हो या न हो, इसको लेकर ईश्वर की कोई भूमिका ही नहीं थी। केवल तीसरी बात को केंद्र में रखकर ईश्वर की सर्वमंगलता के बारे में विचार करें तो कई प्रश्न अनुत्तरित रहते हैं।

ईश्वर की और एक धारणा सर्वश्रुत है कि वह निर्गुण-निराकार है। इसका अर्थ यह है कि ईश्वर का रंग नहीं, रूप नहीं, गुण नहीं, स्वाद नहीं। वह चलता नहीं, हिलता नहीं और बोलता भी नहीं। वह सबमें होकर भी नहीं है और न होते हुए भी है। प्रश्न यह उठता है कि जो ईश्वर कुछ भी नहीं करता, उसके होने न होने के बारे में समिति की कोई टिप्पणी नहीं है। जिनके लिए वह है, उनके लिए वह हो और जिनके लिए वह नहीं है, उनके लिए न हो। इस विषय पर बहस करें तो केवल अर्थहीन वाद-विवाद से ज्यादा हाथ कुछ नहीं लगता।

ईश्वर के बारे में पाँचवीं धारणा यह है कि उसका रूप सच्चिदानंद है। अर्थात् इस रूप के अनुसार ईश्वर सत्य है, शाश्वत है और आनंदमय है। ऐसे स्वरूप वाले ईश्वर को जो लोग चाहते हैं वे उसे मानें और पूजा-पाठ करें, उनका यह पूर्ण अधिकार है। कई लोगों का मानना है कि ईश्वर के पास बिना कुछ माँगे केवल उसके सामीप्य में रहकर पूजा-पाठ करने से आनंद और समाधान प्राप्त होता है। व्यक्तिगत तौर पर कौन कैसे आनंद पाए, यह उस पर निर्भर है। किसी को सुबह-सुबह घूमने से आनंद की प्राप्ति होती है, तो किसी को नदी में डुबकियाँ लगाने से। उसी प्रकार ईश्वर के साथ रहकर जो लोग आनंद और समाधान का लाभ उठा रहे हैं, वे ईश्वर की जरूर पूजा करें। जो काम करने से खुद को आनंद प्राप्त होता है तथा वह कानूनी और सामाजिक दृष्टि से किसी के लिए कष्टप्रद नहीं है उसे करने का पूरा अधिकार है, परंतु इसके साथ ही कुछ अन्य बातों का भी ध्यान व्यक्ति रखे तो अच्छा होगा। स्वयं की जिम्मेदारियों को नजरअंदाज कर ऐसे करते रहना पूर्णत: गलत है। दूसरा यह कि आपकी इस कृति की कोई आलोचना कर अलग मत को रख रहा हो तो उसे अन्यथा न लें। हम लोग मन:शांति, आनंद और समाधानार्थ जो

उपासनाएँ कर रहे हैं वह अन्यों की अपेक्षा अति उच्च और स्तरीय है, ऐसा अहंभाव भी मन में न पालें।

ईश्वरीय कल्पना का और एक रूप है, वह है—आधार देनेवाला ईश्वर। जहाँ भी जाएँ वहाँ तू मेरा संगी-साथी। हाथ पकड़कर वही चलाता है, ऐसा विश्वास कई लोग मन में पाले बैठे हैं। परीक्षा के लिए जाते वक्त विद्यार्थी ईश्वर को प्रणाम करता है। मुश्किल ऑपरेशन शुरू करने से पहले डॉक्टर ईश्वर की प्रार्थना करता है। ऐसी घटनाओं में वास्तविकता के तौर पर क्या घटित होता है, इस पर ठीक ढंग से सोचना जरूरी है। परीक्षा हेतु जानेवाला विद्यार्थी अज्ञात का सामना करने के लिए जा रहा होता है। मुश्किल ऑपरेशन करनेवाले डॉक्टर की भी मानसिकता यही होती है। अज्ञात का सामना करते वक्त मन संदेह से घिरा रहता है और घबराता है। अस्थिर होता है। यदि मन स्थिर हो जाए तो निश्चित ही अगला कार्य अर्थात् परीक्षा और ऑपरेशन को आत्मविश्वास के साथ अंजाम दिया जा सकता है। इस स्थिति में ईश्वर पर रखा हुआ विश्वास विद्यार्थी और डॉक्टर के मानसिक आधार के लिए उपयुक्त होता है। अर्थात् ईश्वर की धारणा चित्त को स्थिरता प्रदान करने हेतु आधारभूत साबित होती है। लेकिन इस बात का भी ध्यान रखना जरूरी है कि बिना मेहनत किए सिर्फ ईश्वर पर भरोसा करके, पूजा-पाठ और नमस्कार करके आधार पाने की कोशिश करें तो उत्तरपत्रिका व्यवस्थित लिखना संभव नहीं है। ईश्वर पर अपार विश्वास रखकर परीक्षा शुरू होने के बाद अगर कोई घर से निकले तो उस विद्यार्थी का समय पर परीक्षा केंद्र पर पहुँचना संभव नहीं है। ऑपरेशन को सफलता से पूरा करने के लिए जरूरी नैपुण्य तथा साधनों का साफ-सुथरा होना आवश्यक है, प्रणाम और पूजा-पाठ करने से बात नहीं बनेगी। मुश्किल ऑपरेशन शुरू करने से पहले अतिरिक्त मानसिक तनाव को कम करने और चित्तवृत्ति को स्थिर रखने में ईश्वर की कल्पना थोड़ी मदद करती है, बाकी कुछ नहीं। ऐसे ही अन्य मामलों में भी ईश्वर की प्रार्थना उपयोगी साबित होती है।

काउंसलिंग या सलाह-मशवरा जैसे शब्दों का हमेशा इस्तेमाल होता है। इस उपचार पद्धति की विशेषता यह है कि उपचारकर्ता कभी भी ठोस उपचार उस व्यक्ति को बताता नहीं है। वह मुश्किलों के स्पष्ट रूप और वास्तविकताओं को सामने रखता है। उदाहरणार्थ पिता-पुत्र में खटास है तो कौन-कौन से उपाय संभव हैं, इसका विवरण उनके सामने रखा जाता है। सही मार्ग का चुनाव उस व्यक्ति को ही करना होता है। ईश्वर की कल्पना भी एक अर्थ से सर्वोत्तम काउंसलर का काम करती है और वह असल काउंसलर से कारगर हो रही है इसका अनुभव वह व्यक्ति करता है। व्यक्ति के मन में परंपरागत विश्वास इसी रूप में बैठा होता है। ईश्वर से मुलाकात के लिए समय की कोई पाबंदी नहीं है। आठों प्रहर ईश्वर उपलब्ध होता है। काउंसलर से यह सुविधा उपलब्ध नहीं है। ऊपर से वह फीस भी लेता है। भगवान

के सामने बैठकर हाथ जोड़ने के लिए कोई फीस लगती नहीं है। काउंसलर स्वयं कोई जवाब नहीं देता है और भगवान भी कोई जवाब नहीं देता है। व्यक्ति स्वयं जब बड़ी शांति के साथ विचार करने लगता है तो उसे उत्तर मिलना शुरू होते हैं। एक उदाहरण के साथ ईश्वरीय धारणा की मानसिक अनुभूति का स्पष्टीकरण दिया जा सकता है। वाहन अच्छा है फिर भी प्रत्येक वाहन को शॉक ऑब्जर्बर बिठाया जाता है। इसका सीधा-सरल कारण है कि वाहन कितना भी अच्छा हो तो भी वह जिस रास्ते पर दौड़नेवाला होता है, वह अच्छा नहीं होता है। मार्ग पर गड्ढे होते हैं, अतः धक्के लगते हैं। इन धक्कों से वाहन की सुरक्षा और उस पर बैठे व्यक्ति की सुरक्षा के लिए शॉक ऑब्जर्बर की योजना की जाती है। व्यक्ति का व्यक्तित्व भी जितना चाहे उतना सक्षम होता है; परंतु जीवन के जिस मार्ग से उसे गुजरना पड़ता है उस मार्ग पर अपेक्षा भंग और अनेक संकटों के गड्ढे होते हैं। अपने मनमुताबिक घटनाएँ घटती नहीं हैं और उनके न घटने के मूल कारण का भी पता नहीं चलता। ऐसी नाजुक स्थिति में मन की दुर्बलता पर रोक लगाने के लिए व्यक्ति ईश्वरीय धारणा का आधार लेता है। इन प्रसंगों में व्यक्ति का मन यह मानकर चलता है कि मुश्किल समय में ईश्वरीय धारणा विविध हादसों से निर्मित पीड़ा को सहन करने का साहस दे सकती है।

मन्नतों के बाद प्रसन्न होनेवाले ईश्वर का रूप भी लोगों के मन में विराजमान है। लोगों की अनगिनत मनोकामनाएँ होती हैं। वे पूरी हों, इसके लिए मन्नतें माँगी जाती हैं। ईश्वर प्रसन्न होकर इच्छा पूरी करें और मन्नत की पूर्णता के बाद बदले में कुछ देने के वादे किए जाते हैं। महाराष्ट्र के एक प्रसिद्ध विद्वान ने इसको साफ शब्दों में नकारा है। उन्होंने कहा है कि जिस समय व्यक्ति गणपति से मन्नत माँगता है तब वह कहता है, 'हे बुद्धि के देवता गजानन, मुझे परीक्षा में अच्छे अंकों से पास कर दो, मैं तुम्हें 20 रुपयों का प्रसाद चढ़ाऊँगा।' असल में वह व्यक्ति कह रहा होता है, 'हे बुद्धिदाता गजानन, साल-भर अगर मैंने मेहनत की होती तो जरूर पास होता; परंतु साल-भर विभिन्न उठापटकों में समय बर्बाद किया, हे बुद्धिदेवता गजानन, इस अपराध के लिए मुझे सजा मत दो और अच्छे अकों से पास कर दो। मुझे अच्छे अंकों से पास करने की सुबुद्धि तुम्हें हो, इसके बदले में 20 रुपए के प्रसाद की रिश्वत मैं तुम्हें दे रहा हूँ। और हे ईश्वर, यदि मैं बिलकुल सच कह दूँ तो तुम केवल रिश्वतखोर नहीं, मूर्ख भी हो क्योंकि तुम पर चढ़ाया जानेवाला प्रसाद आखिरकार मैं ही सफाचट करनेवाला हूँ, इसे तुम समझते भी नहीं हो।' ईश्वर को कुछ देकर अपने लिए कुछ पाना, अपना लाभ चाहना तथा ईश्वर को इस शक्ति के रूप में देखना, ईश्वरीय कल्पना का अवमूल्यन है। परमेश्वर की उदात्त कल्पना को एकाध रिश्वतखोर कर्मचारी के स्तर पर लाकर बिठाया जाता है। अर्थात् मन्नतों के बाद कृपादृष्टि रखनेवाले ईश्वर की इस कल्पना को समिति स्पष्टता से नकारती है। चमत्कारों की

अद्भुत शक्ति ईश्वर है, ऐसा भी कुछ लोग कहते हैं। चमत्कार करनेवाले ईश्वर रूप की धारणा को भी समिति पूर्णतः नकारती है। चमत्कार का अर्थ है कार्य-कारण भाव के नियमों को तोड़कर एकाध घटना का घटित होना। और ऐसा घटित होता है स्वीकारने के रूप में, जो भारतीय संविधान द्वारा प्राप्त वैज्ञानिक दृष्टिकोण के विरुद्ध है। वैज्ञानिक दृष्टिकोण का अर्थ कार्य-कारण भाव का स्वीकार है और चमत्कार का अर्थ कार्य-कारण भाव का नकार है। अतः स्पष्ट होता है कि चमत्कार करनेवाले ईश्वर को अगर स्वीकार करना है तो संविधान के दायित्व को नकारना होगा। अर्थात् यह स्थिति समिति को स्वीकार्य नहीं है।

ईश्वर की कल्पना का श्रेष्ठ रूप नैतिक मूल्यों का शुद्ध आचरण करना भी है।

जो-जो मुश्किलों और पीड़ाओं में। उन्हें जो अपना माने॥
वही साधु है यह पहचाने। ईश्वर का वास उसी में माने॥

ये पक्तियाँ ईश्वर की कल्पना के उन्नत अर्थ को बता देती हैं। संत कथन— 'तीर्थों में पत्थर पानी। देव साक्षात् सज्जनी।' का अर्थ भी यही है कि ईश्वर का वास तीर्थस्थानों में नहीं है। वहाँ केवल पत्थर-पानी है, ईश्वर नहीं है। ईश्वर का अगर अस्तित्व है तो सज्जनों और भले लोगों में है। देश के विविध संतों और समाजसुधारकों ने ईश्वर के इस उदात्त रूप-कल्पना को समाज के सामने रखा है। संत गाडगे बाबा इसके ताजा उदाहरण के रूप में देखे जा सकते हैं। गाडगे बाबा हमेशा इसका पालन करते रहे। वे जब भी वारी के लिए पंढरपुर गए, उपवास नहीं किया और न ही वे विट्ठल दर्शन के लिए मंदिर गए। लोगों द्वारा गंदी बनी चंद्रभागा नदी के तट को इन्होंने साफ-सुथरा करना चाहा और उसी जगह पर रात के समय कीर्तन भी करते रहे। सवाल-जवाब के रूप में संवाद चलते रहते और भक्तों को विचारों के धीरे-धीरे झटके देकर सुधार के लिए मार्गदर्शन करते रहते।

गाडगे बाबा पूछा करते, 'ईश्वर देखा आपने ईश्वर?'

भगवान विट्ठल का साक्षात्कार करने आए लोगों को यह प्रश्न बेशक अर्थहीन लगता था। वे उत्तर देते, 'हाँ, देखा-देखा।'

गाडगे बाबा कहते, 'आपका ईश्वर कहाँ रहता है?'

भक्तों को लगता कि कमाल है इतनी छोटी बात इन्हें पता नहीं है। वे कहते, 'हमारा ईश्वर मंदिर में रहता है। उसने कमर पर हाथ रखे हैं। ईंट पर खड़ा है। उसका रंग साँवला है।'

भक्तों के इस उत्तर के बाद गाडगे बाबा कहते, 'आपका ईश्वर मंदिर में रहता है। कमाल है भाई, मेरा ईश्वर तो मेरे मन में वास करता है।'

गाडगे बाबा की ये बातें श्रोतागण की समझ में नहीं आती थीं। बाबा अपनी शरारत-भरी वरहाड़ी भाषा शैली में पूछा करते थे, 'आपका ईश्वर स्नान करता है या नहीं?'

लोग कहते, 'करता है जी।'

आगे बाबा पूछते, 'आपके ईश्वर को स्नान कौन करवाता है?'

लोग कहते, 'हम ही करवाते हैं।'

गाडगे बाबा का अगला सवाल मार्मिक होता था, 'अरे रे! आपका ईश्वर ऐसा कैसे जो खुद स्नान नहीं कर सकता है! वह आपको आपका भाग्य बदलनेवाला स्नान कैसे करवाएगा?' फिर गाडगे बाबा अगला सवाल पूछा करते थे, 'आपका ईश्वर धोती पहनता है या नहीं?'

लोगों का उत्तर रहता, 'पहनता है जी।'

गाडगे बाबा पूछते, 'आपके ईश्वर को धोती कौन पहनाता है?'

लोगों का उत्तर रहता, 'हम ही पहनाते हैं।'

गाडगे बाबा कहते, 'अरे, जो ईश्वर स्वयं धोती नहीं पहन सकता है, वह आपको भाग्य के वस्त्र कैसे पहना सकता है?'

आगे गाडगे बाबा पूछा करते थे, 'आप ईश्वर को प्रसाद चढ़ाते हो या नहीं?'

लोग कहते, 'चढ़ाते हैं जी।'

'चढ़ाकर क्या करते हो?'

'बाजू में लाठी लेकर बैठते हैं।'

'क्यों?'

'प्रसाद खाने के लिए कुत्ता आएगा, कौआ आएगा, उसे भगाने के लिए।'

बाबा कहते, 'अरे रे! जो ईश्वर स्वयं के प्रसाद का स्वयं रक्षण नहीं कर सकता है वह आपकी जिंदगी की कौन सी सुरक्षा करेगा?'

लोग अवाक् हो जाते।

गाडगे बाबा अगला सवाल जड़ देते, 'चलता-फिरता जिंदा ईश्वर किसी ने देखा है क्या? जिंदा परमेश्वर, जिंदा?'

हैरान चेहरों से लोग बगले झाँकने लगते और चकित होकर कहते, 'नहीं देखा, बाबा।'

गाडगे बाबा के नजदीक कभी-कभार एकाध आदमी खड़ा रहता था। गरमी से झुलसा चेहरा, बिना चप्पल के पैर, फटे-पुराने कपड़े, सफेद दाढ़ी। उसकी ओर उँगली उठाकर बाबा कहते, 'अरे, इसे देखो भाऊराव पाटील। यह अछूतों के बच्चों को शिक्षा देने का काम करता है। इसे ईश्वर मानो। वह गांधी बाबा देखो। देश के लिए जान जोखिम में डालकर क्या नहीं कर रहे हैं, उन्हें ईश्वर मानो। जो अज्ञानी को शिक्षा दे, भूखे को रोटी दे, बीमार को दवा दे, बेघर को घर दे, दुखी-पीड़ितों की सेवा करे, मूक जानवरों पर दया करे; परमेश्वर ऐसे लोगों में ही वास करता है। याद रखें, ईश्वर मंदिर में नहीं अपने अंतर में रहता है। मंदिर में केवल पुजारी का पेट होता है।'

अंनिस (अंधश्रद्धा निर्मूलन समिति) को लगता है कि मनुष्य के अंतर की नीतिमत्ता का आविष्कार विवेक के आधार पर होता है। और जो नैतिक बुद्धि के आविष्कार को ईश्वर का स्वरूप मान रहे हैं, उनका समिति आदर करती है। क्योंकि समिति को लगता है कि वर्तमान में नीतिवान समाज निर्मिति की जरूरत है।

ईश्वर की धारणा को मानना और उसके अनुरूप आचरण करने का मूलभूत अधिकार भारतीय संविधान की धारा 25 ने लोगों को दिया है। राष्ट्र के संविधान के दायरे में रहकर समिति कार्य करना चाहती है। अतः लोकमानस के ईश्वर की धारणा का समिति आदर करती है। परंतु यह भी ध्यान रखना चाहिए कि इसी संवेदना ने व्यक्ति को अपने अलग विचार प्रकट करने का भी मूलभूत अधिकार दिया है। उसी के तहत समिति परमेश्वर की संकल्पना का विवेचन करना चाहती है। इस विवेचन से निष्कर्ष यह निकलता है कि व्यक्ति ईश्वर को मानता है या नहीं, इसका असल उत्तर परमेश्वर की संकल्पना का कौन सा अर्थ प्रश्न पूछनेवालों को अभिप्रेत है, उस पर निर्भर रहता है। समिति की ओर से अगर सूत्र रूप से कहा जाए तो विश्व का निर्माणकर्ता कोई ईश्वर को मान रहा है तो समिति का दृष्टिकोण इस बारे में अज्ञेयवाद का है। इस दुनिया का निर्माणकर्ता और नियंत्रक ईश्वर है, यह विश्लेषण समिति अस्वीकृत करती है। निर्गुण-निराकार परमेश्वर रूप पर समिति बहस नहीं करना चाहती है। ईश्वर यह शक्ति सर्वज्ञ, सबसे ताकतवर, सर्वमांगल्य है इस धारणा में जो अंतर्विरोध है उसे समिति लोगों के सामने उजागर करना चाहती है। समिति को लगता है कि जो लोग ईश्वर को आनंदघन मानते हैं, उन्हें वैसा मानने का हक है। ईश्वर इस कल्पना का मानसिक आधार काउंसलर अथवा शॉक ऑब्जर्बर के नाते होता है। समाज की इस मानसिकता से समिति भलीभाँति परिचित है। मन्नतों से प्रसन्न होनेवाला ईश्वर, इस धारणा को समिति संपूर्णतः नकारती है। वैसे ही चमत्कार करनेवाले ईश्वर के अस्तित्व को भी समिति अस्वीकार करती है। समिति को लगता है कि यह धारणा संवैधानिक और वैज्ञानिक दृष्टिकोण से सीधा विसंगति रखती है। इन धारणाओं के परे जाकर जो लोग नैतिक विचार और आचार को अहमियत देते हैं, ईश्वर को मानते हैं, समिति उनका स्वागत करती है। उनसे संवाद करने की इच्छा रखती है। लेकिन समिति को इस रूप में भी ईश्वर के अस्तित्व को मान्यता देने की जरूरत नहीं है। समिति मानती है कि विवेक के आधार पर व्यक्ति नीति से जीवनयापन कर सकता है और प्रस्तुत विवेक ईश्वर की पुकार नहीं और न ही धर्म का आदेश है, यह मात्र बुद्धि का ही निष्कर्ष है।

ईश्वरीय संकल्पना : समिति का विचार और वैज्ञानिकता

समिति की ईश्वर के बारे में जो धारणाएँ और भूमिकाएँ हैं, वे मनोवैज्ञानिक तर्क पर आधारित हैं। इस पर सूक्ष्मता से सोच-विचार करें तो वे वैज्ञानिक भी ठहरती हैं।

बच्चों द्वारा सुनी गई, देखी गई सारी कल्पनाएँ सीधे उसके अंतर्मन में प्रवेश करती हैं। बच्चों की आलोचनात्मक मानसिकता 6-7 वर्ष के बाद तैयार होने लगती है। उसके पहले उसे जो-जो बताया जाता है उसे बिना समीक्षा के मानने की उसकी प्रवृत्ति होती है। बचपन में वे घर-बाहर, समाज और स्कूल में यह सुनते हैं कि ईश्वर है। अत: ईश्वर के होने की धारणा उनके मन में गहराई से बैठ जाती है। इस धारणा की निर्मिति प्रत्येक धर्म में अलग-अलग होती है, परंतु सबमें एक बात समान होती है, वह यह कि जो-जो अच्छा है उसका आचरण करना चाहिए क्योंकि ऐसा करना ईश्वर को पसंद है। और जो-जो बुरा है उसे न करें क्योंकि उसे ईश्वर पसंद नहीं करता। और बुरा कृत्य करने पर परमेश्वर सजा भी देता है। ईश्वर की यही धारणा सभी धर्मों की बाल-मानसिकता में रोपित की जाती है। सुबह जल्दी उठें, माता-पिता को प्रणाम करें, साफ-सुथरा रहें, दूसरों की मदद करें आदि बातों को सिखाते वक्त बच्चों को बताया जाता है कि यह सब कुछ करना ईश्वर को पसंद है। वैसे ही झूठ मत बोलो, दूसरों के साथ लड़ाई मत करो, किसी के साथ मारपीट न करो बताते वक्त यह कारण दिया जाता है कि ऐसा करना ईश्वर पसंद नहीं करता है। इतना ही नहीं, यह भी कहा जाता है कि इन गलतियों की ईश्वर सजा देता है। बच्चों का बाल-मन खाली कंप्यूटर जैसा होता है। कंप्यूटर को स्वयं की बुद्धि तो होती नहीं, वह फीड किए गए प्रोग्राम के अनुरूप कार्य करता है। वह उसी के आधार पर उत्तर भी देता है। बच्चे के मन में ईश्वर की काल्पनिक धारणा ऐसे ही उतरती है और वे उसे बिना समीक्षा किए स्वीकारते भी हैं। यह कल्पना उनके अंतर्मन का हिस्सा बन जाती है। जिस समय ईश्वर नहीं है, ऐसा विचार उस व्यक्ति के सामने आ जाता है, उस समय सहजता से प्रतिक्रिया आती है कि अपनी धारणा से सर्वत: विसंगत विचार व्यक्त करनेवाले व्यक्ति के साथ संघर्ष करें, यह संभव नहीं तो बिना विवाद किए पलायन करें। वे उसको सुनें, उससे प्रेम करें, उसके द्वारा प्रकट किए विचारों पर खुद सोचें ऐसा कभी घटित होता नहीं है। अत: ईश्वर की अस्तित्वहीनता को लेकर कई विचार वैज्ञानिक और तर्कशुद्धता से प्रकट किए जाएँ तो भी कोई प्रभाव नहीं पड़ता। उसका कारण यह है कि मन नए विचारों के लिए कभी तैयार नहीं होता है। ऐसे समय में एकाध बार वैचारिक आघात से ईश्वर की धारणा को कभी-कभार नकारा भी जाए तो भी मन की तैयारी के बिना वैचारिक अस्वीकार आचरण में उतरता नहीं है। डॉ. बाबासाहब आंबेडकर ने अपने समाज को बताया कि 'इस हिंदू धर्म ने हमें कई सालों से पत्थरों को भगवान मानना सिखाया है। वे परमेश्वर नहीं हैं। अत: जो प्रत्यक्ष तौर पर पत्थर है पर भगवान मान पूजा गया है, उसे फेंक दो और बौद्ध धर्म को स्वीकार करो।' लाखों लोगों ने उसे आदेश माना, इन विचारों को प्रमाण माना और बौद्ध धर्म को स्वीकार किया। फिर भी यह धारणा और परिवर्तन सबके अंतर्मन में प्रवेश न कर सका और ईश्वर की संकल्पना भी न बदल

सकी। आज यह भी देखा जाता है कि धम्मचक्र परिवर्तन के दिन बहुसंख्य लोग समय निकालकर नागपुर जाया करते हैं। परंतु यह भी पाया गया है कि उनमें से अधिकतर लोग जाते वक्त अथवा वापसी के दौरान शेगाँव में रुककर गजानन महाराज का दर्शन करते हैं। कई घरों में ईश्वर की रखी गई मूर्तियाँ-तस्वीरें वैसे ही रहीं। कारण, उनके अंतर्मन में उसकी कल्पनाएँ जैसी थीं वैसी हैं। उसके लिए क्या करना चाहिए? समिति को जो लगता है, वह जो करते हैं, और धीरे-धीरे जिसे सफलता भी मिल रही है, वह पद्धति पृथक् है। उसमें से एक हिस्सा है वैज्ञानिक दृष्टिकोण, उसके आधार पर धर्म की समीक्षा और उससे भी आगे पहल करते हुए विवेकवादी विचार सिखाना अर्थात् दिव्य-दृष्टि प्रदान करना। उसकी दिव्यता उतनी प्रखर नहीं होती है कि वह उस व्यक्ति के अंतर्मन में बैठे अज्ञान और अंधविश्वास के अन्धकार को संपूर्णता से दूर कर सके। लेकिन यह आशा इतनी बलवती होती है कि कोई भी अंधविश्वासी व्यक्ति धीरे-धीरे मन में पली-बढ़ी ईश्वर से संबद्ध गलत धारणाएँ दूर करना शुरू करेगा। प्रत्यक्ष तौर पर ऐसे कई उदाहरण समिति ने देखे हैं। ईश्वर की धारणा को छोड़कर समिति का सदस्य बन जाए, ऐसा कभी भी समिति ने किसी से नहीं कहा। लेकिन अनुभव यही हुआ कि उचित विचारों के प्रभाव से व्यक्ति स्वयं ही धीरे-धीरे उस ओर जा रहा है। व्यक्ति आत्मनिर्भर बनता है और ईश्वर की कल्पना को मानसिक स्थिति पर विकसित करता रहता है। यह कल्पना व्यक्तिगत होती है और कई लोगों की यह काल्पनिक धारणा खत्म भी होती है। समिति का अनुभव यही है कि ऐसे ही मतों का परिवर्तन करना चाहिए, यही मार्ग लोकतांत्रिक प्रक्रिया में संगत लगता है और ईश्वर की धारणा का वैज्ञानिक विवेचन कैसे करें, यह भी बताया जाए।

धर्म

अंधविश्वास निर्मूलन का कार्य हमेशा चर्चा में रहा है। इसका मूल कारण यह है कि इस विषय का संबंध श्रद्धा से है और बहुत बड़ी आबादी के लिए श्रद्धा का मतलब धर्मश्रद्धा है। अत: जरूरत है कि धर्म जैसी अत्यंत महत्त्वपूर्ण संस्था के बारे में अंधश्रद्धा निर्मूलन समिति का आकलन कालानुरूप हो। धर्म शब्द का उपयोग अलग-अलग प्रकार से होता है। बहना हवा का और प्रकाशमान होना सूर्य का धर्म है। यहाँ धर्म शब्द का अर्थ गुणधर्म के नाते आता है। माता-पिता के आदेशों का पालन करना बच्चों का धर्म है। यहाँ धर्म का अर्थ कर्तव्य है। प्यासे को पानी देना, शरणार्थी को सुरक्षा देना भी धर्म है। यहाँ धर्म का अर्थ नैतिकता के नाते है। मेरा धर्म हिंदू, मुसलमान, बौद्ध आदि-आदि है, इसका अर्थ उपासना पद्धति और श्रद्धा है। अंधश्रद्धा निर्मूलन समिति के कार्यकर्ताओं को इसी भूमिका से धर्म-विषयक धारणा का विचार करना पड़ेगा। इसके साथ और एक बात को बिना बहस के मन में पक्का करना होगा कि धर्म नामक सामाजिक संस्था का निर्माण मानव ने किया है।

धर्म की प्रभुता

मानव जीवन में धर्म का एक विशेष स्थान है। पूरी दुनिया में मानव—समूह की आदिम अवस्था से आज तक—किसी-न-किसी रूप में धर्म से संबद्ध रहा है। आधुनिकता और वैज्ञानिक दृष्टि का उदय तथा विकास केवल 400 वर्षों की परंपरा को दिखाता है। संगठित धर्म का उदय उसके कई साल पहले हुआ है। जीवन के सभी आयामों पर धर्म-संकल्पना की प्रभुता है। विज्ञान के आरंभ होने से पहले उसका स्वरूप व्यापक और सामर्थ्यशाली था। धर्म की सत्ता लंबे समय से मानव जीवन पर पूर्ण रूप से छाई रही है। धर्म व्यक्ति को जन्मत: प्राप्त होता है। उसके संस्कार बचपन से होते हैं। बचपन में उसकी समीक्षा करने का प्रश्न-निर्माण नहीं होता है। व्यक्ति जैसे ही प्रौढ़ावस्था में आता है वैसे ही विचारशक्ति बनने लगती है। इस शक्ति का उपयोग करते हुए वह अपने मातृधर्म की अन्य धर्मों के साथ तुलना करने लगता है, उसी वक्त उसका धर्म-विचार आरंभ होता है। वास्तविकता यह है कि कई लोगों के जीवन में यह प्रक्रिया होती ही नहीं है। प्रौढ़त्व के साथ केवल

कर्मकांड, धार्मिक वाचन, तीर्थयात्रा ही होती है। अर्थात् धर्म संस्कार बचपन से ही व्यक्ति के साथ जुड़ जाता है। मनःशांति प्रदान करता है। व्यक्ति को यह स्थिति अच्छी और सार्थक लगती है। उसे लगता है कि धर्म को संदेह की नजरों से देखने की कोई आवश्यकता नहीं है। धर्म की कमियाँ बताना आरंभ करें तो उसे अपनी धार्मिक आस्था पर आघात लगने लगता है।

धर्म-चिकित्सा क्यों?

धर्म का अभिमान, अस्मिता, आग्रह आदि अधिकाधिक सशक्त हों, ऐसे प्रयास सभी धर्मों में किए जा रहे हैं। कई बार इस मानसिकता ने अन्य धर्मों से द्वेष करने का रूप अख्तियार कर लिया है। मंदिर में जाना, यात्रा करना, धार्मिक व्याख्यान देना, कीर्तन, देव-धर्म के उत्सव आदि से न केवल सामान्य जनता का आकर्षण बढ़ता है बल्कि युवा पीढ़ी भी इसमें फँस जाती है। धर्म-भावना को व्यापार, बाजार, राजनीति के कारण विकृत करके देखा जा रहा है। संतों ने धर्म-भावना को नैतिकता की ओर मोड़ने का प्रयास किया था। फिलहाल धर्म-भावना जिस चरम पर है, वह उसे धर्मांधता की ओर ले जाने का प्रयास कर रही है। आज धर्म जिन स्थितियों में है, उससे वह करोड़ों में नहीं तो अरबों में कमाई का मार्ग बन चुका है। नए और आधुनिक युग में इसे व्यापार नीति ही माना जा सकता है। धार्मिक उत्सव-त्योहारों के दौरान बिना किसी दिक्कत के असामाजिक तत्त्वों द्वारा रुपए दान रूप में स्वीकारे जाते हैं। उसके बदले में रुपए देनेवाले को पद-प्रतिष्ठा दी जाती है। गणपति को बुद्धि का देवता माना जाता है और उसी के उत्सवों के दौरान नशे में चूर, मौज-मस्ती करनेवाले लोगों की बुद्धि घास चरने लगती है। इन बातों से निष्कर्ष यह निकलता है कि धार्मिक भावना का बाजारीकरण और विकृतीकरण हुआ है। वास्तव में ये सारे प्रयास राजनीतिक सत्ता हासिल करने की उठापटक हैं। लोकतंत्र में राजनीति करना कोई गलत बात नहीं है। लेकिन उसके लिए भी लोगों के साथ मिल-जुलकर, जमीन पर उतरकर जीवन और सामाजिक प्रश्नों पर आवाज उठानी पड़ती है, जी-तोड़ मेहनत करनी पड़ती है परंतु वास्तव में ऐसा होता नहीं है। राजनेता लोगों की धर्म-भावना को उकसाते हैं, उसे जिलाए रखते हैं और उसका आधार लेकर सत्ता हासिल करने का शॉर्टकट अपनाते हैं। इसीलिए तो धार्मिक स्थल को क्षति पहुँचाने को लेकर भारत जैसे देश में चुनावी अखाड़ा तैयार हो जाता है। आज महाराष्ट्र और देश के अन्य प्रांतों में कट्टर धर्माभिमान है और धार्मिक विचार-विवेक में गिरावट देखी जा रही है। अंधश्रद्धा निर्मूलन समिति प्रत्यक्ष तौर पर स्तरीय कार्य कर रही है और विभिन्न आंदोलनों में इसी विषय को उठाती रही है कि अंधविश्वास का संबंध धर्म के साथ जुड़ता है, अतः धर्मालोचन अनिवार्य बन जाती है।

अलौकिक, अद्‌भुत शक्ति का स्वीकार और धर्माकर्षण सभी धर्मों में समान है। अलौकिकता की साधना चुनिंदा लोगों द्वारा होनी चाहिए, परंतु आजकल इसके विपरीत हो रहा है। सब यह मानकर चल रहे हैं कि धर्म-भावना ऐहिक शक्ति संपादन का मार्ग है, अतः बहुजन इसे अपनाए। दुनिया के सारे मुसलमान पेन इस्लामिज्म के झंडे तले एकसंघ हों, यहूदियों को अंतर्राष्ट्रीय संगठन स्थापित कर इजराइल को ताकतवर राष्ट्र बनाना चाहिए और हिंदुओं को हिंदू राष्ट्र निर्माण की तैयारी शुरू करनी चाहिए—ऐसे विचारों को ताकत देने का प्रयास किया जा रहा है। कुल मिलाकर मनुष्य का जीवन पहले की अपेक्षा ज्यादा अस्थिर और संघर्षमय बन चुका है। इस संघर्ष का मुकाबला करने के लिए धर्म-भावना एक साधन है, कहकर नवीन तर्क दिया जाना शुरू हुआ है। यह धर्मभाव भी परंपरागत भाव जैसा दृढ़ और प्रखर होता है। पारिवारिक और सामूहिक पृष्ठभूमि से प्राप्त परंपरा द्वारा यह भावना परिपोषित होती है। वह अलौकिकता से मुक्त नहीं है, परंतु इस भावना का संपूर्ण भरोसा संघशक्ति और संघर्ष के लिए आवश्यक भौतिक बल पर निर्भर है। हिंदू धर्म जाति के बल पर निर्भर होता है। अतः अब जातियाँ और उपजातियाँ इसी तरीके से संगठित और संघर्षशील होकर व्यक्त होने लगी हैं। ऐसी भयावह परिस्थिति में धर्म को गौण स्थान देकर वर्ग संघर्ष के मार्ग से भौतिक जरूरतों के विरुद्ध लोगों को खड़ा करके उन्हें धर्म-भावना के छद्‌म से परिचित कराना उचित है। समाज में ऐसी विचार-परंपरा अस्तित्व में है पर वह असल में असफल हो गई है। मिल मजदूरों के संघर्ष के लिए प्रसिद्ध महानगर मुंबई आज धर्म के आधार पर अस्तित्व में आ चुके एक संगठन के प्रभाव में कई दशकों से है। महानगर मुंबई का अंतर्विरोध बहुत कुछ कह देता है। मजदूर प्रशिक्षित नहीं हो पाए, यह काम अभी तक अधूरा है। इस प्रश्न की ओर अधिक सापेक्ष होकर देखना जरूरी है। एक प्रश्न सहज और सीधे तरीके से पूछा जा सकता है कि महाराष्ट्र में महात्मा फुले, राजर्षि शाहू महाराज, महर्षि विट्‌ठल रामजी शिंदे, डॉ. बाबासाहब आंबेडकर, संत गाडगे बाबा आदि विचारवंतों ने कठोर धर्मालोचन किया पर धर्म-भावना को क्यों नकारा नहीं? ऊपरी नामों के साथ लोकहितवादी गोखले, न्यायमूर्ति रानडे, पंडिता रमाबाई आदि के बारे में भी ऐसा ही प्रतिपादन किया जा सकता है। इन विचारवंतों ने अपने-अपने क्षेत्र में महान कार्य किया है और साथ ही साथ धर्म-आलोचना भी की है। उनके विचार, निष्कर्ष और कृतित्व अलग-अलग थे, इसे कोई माने या न माने लेकिन उन्होंने धर्म-विचार को बड़ी आस्था के साथ विश्लेषित करने की कोशिश की है। इससे उन्होंने समाजविमुख धर्म को समाजसन्मुख किया है। परलोकवादी धर्म को इहलोकवादी किया है। ईश्वरकेंद्री धर्म को मानवकेंद्री बनाया है। धर्म का भ्रष्ट स्वरूप और उसे साधन मानने की मानसिकता भय को बढ़ा रही है, ऐसी स्थिति में समाज के सुरक्षित भविष्य के लिए धर्मालोचन अत्यंत आवश्यक है।

तटस्थता का अर्थ आलोचना से इनकार नहीं

अंधश्रद्धा निर्मूलन समिति की धर्म के बारे में भूमिका तटस्थता की है। कुछ लोगों को वह अधूरी और अशास्त्रीय लगती है, तो कुछ को स्वार्थी। अंधश्रद्धा निर्मूलन समिति के कार्य करनेवाले किसी भी व्यक्ति को अपने धर्म को नकारकर आंदोलन में सहभागी होने की सलाह नहीं दी जाती है। समिति तटस्थ है, इसका अर्थ है समिति के संगठनात्मक व्यासपीठ पर किसी प्रकार का धार्मिक कर्मकांड नहीं किया जाता है और इसके साथ ही किसी भी धार्मिक कार्य में संगठन के नाते समिति सहभागी नहीं होती। व्यक्तिगत स्तर पर सभी कार्यकर्ता धर्माचरण के संदर्भ में अपने निर्णय लेते हैं। इस स्वतंत्रता के बावजूद समिति मिल-जुलकर महत्त्वपूर्ण तथा असरदार कार्य करना चाहती है और कर भी रही है। भारतीय संविधान में धर्मनिरपेक्षता धारा 25, 26, 27, 28 में वर्णित है। उसके अनुसार व्यक्ति को उपासना की संपूर्ण आजादी है। परंतु यह आजादी सार्वजनिक नीतिमत्ता, कानूनी सुव्यवस्था, राष्ट्रीय एकात्मता, सार्वजनिक स्वास्थ्य आदि से नियंत्रित भी है। इन बातों को लेकर सामाजिक जागृति का अनुरोध करने का कार्य समिति करती है। 2006 में पारित देवदासी प्रथा प्रतिबंध का कानून उदाहरणस्वरूप बताया जा सकता है। अब कोई भी व्यक्ति अथवा उसके अभिभावक ऐसा नहीं कह सकते हैं कि मेरी उम्र 18 वर्ष पूर्ण हो चुकी है और अभिभावकों की अनुमति से मैं अपने धर्माचरण के लिए ईश्वर से शादी कर लेता हूँ। यह धर्माचरण सीधे तौर पर सार्वजनिक नीति-मूल्य को बाधा पहुँचाता है, कारण ईश्वर का अस्तित्व प्रत्यक्ष न होकर उससे शादी करना और निभाना तो संभव ही नहीं। गहराई से विचार करें तो ऐसे लोगों को वेश्या व्यवसाय की ओर धकेले जाने की संभावनाएँ बढ़ जाती हैं। भारतीय संविधान में नागरिकों के दायित्व भी बताए गए हैं। उसमें से एक दायित्व सुधारवादी विचारों का प्रसार और वैज्ञानिक दृष्टि का आचरण करना है। इसका अर्थ यह होता है कि वैज्ञानिक दृष्टि से आचरण करते हुए समाजसुधार के लिए धर्मालोचन करना भारतीय संविधान में नागरिकों का एक दायित्व भी है। धर्मशास्त्र बताता है कि श्रीगणेश की मूर्ति को पानी में विसर्जित करना चाहिए। लेकिन रासायनिक और हानिकारक रंगों से बनाई गई हजारों मूर्तियों को पानी में बहाना तथा न गलनेवाले 'प्लास्टर ऑफ पेरिस' की मूर्तियों का पानी में विसर्जन पर्यावरणीय प्रश्न को गंभीर बना देता है। ऐसी घटनाओं का वैज्ञानिक दृष्टि और सुधारवादी तरीके से विमर्श कर धर्माचरण की आलोचना करनी जरूरी है तथा विकल्प भी सुझाए जाने चाहिए। वास्तव में ऐसी सोच रखना समाज के हित में होता है। सामान्य बुद्धि वाले भी इसे सहजता से समझ सकते हैं। लेकिन ऐसे विचारों का स्वयंभू धर्मरक्षक कड़ा विरोध करते हैं। ऐसी स्थिति में उनके मतानुसार धर्म की परिभाषा क्या हो सकती है?

'समाज का कल्याण ही धर्म है?' यह आदर्श धर्म की परिभाषा है। दुनिया में ऐसा धर्म कहीं भी नहीं है, फिर भी प्रत्येक धर्म अपने-आपको आदर्श मानता है। समाज का कल्याण किन कारणों से होता है? वह प्रत्यक्ष होता है या नहीं, यह कौन तय करेगा? हर धर्म अपनी धारणाएँ तय करता है। अगर उससे कल्याण नहीं हो रहा है तो प्रश्न यह हो सकता है कि ऐसे धर्म को कौन बदलेगा? हमारा धर्म कल्याणकारक ही है, ऐसा प्रत्येक धर्मवादी का पक्का विश्वास होता है। अत: धर्म से कल्याण होता है या नहीं होता है, इस पर संदेह करना धर्मद्रोह माना जाता है। समाज के सम्मुख आदर्श धर्म को रखा जाता है, परंतु उन आदर्शों की आलोचना बिलकुल नहीं करनी है, ऐसी पाबंदी भी लगवाई जाती है। लोगों के सामने ऐसी आभासी दुनिया का निर्माण करना कि लगे कि उन्हीं का विशिष्ट धर्म ही आदर्श है। यह बौद्धिक चालाकी बड़े-बड़े दिग्गजों को धोखा देती है। धर्म संबंधों में विवादित विषय आदर्श धर्म कैसा हो बताना नहीं है। विवाद का विषय यह है कि क्या प्रत्यक्ष आचरण में लाए जानेवाले धर्म आदर्श हैं? उनके आदर्श होने न होने को कौन साबित करेगा? अगर आदर्श नहीं हैं तो उन्हें कौन बदलेगा? ऐसे अधार्मिक और धर्मद्रोही प्रश्न उपस्थित करने की इजाजत कोई भी धर्म नहीं देगा। वर्तमान में भारतीय संविधान तथा उसके अनुसार बनाई गई कानूनी और प्रशासनिक व्यवस्था समाज कल्याण के लिए ही है। इसलिए संविधान को धर्मग्रंथ और उसके आदेशों को धर्म मानने को सारे अनुयायी तैयार नहीं हैं। अंधश्रद्धा निर्मूलन समिति रचनात्मक धर्मालोचन करना चाहती है। लेकिन धार्मिक विचारों से प्रभावित बड़े जनसमूह को यह धर्मालोचन धर्मद्रोह लगता है। ऐसी स्थिति में अंधश्रद्धा निर्मूलन समिति समाज की इस धारणा से इत्तफाक रखती है और अपने ठोस विचारों को साक्ष्य के साथ स्पष्ट करती है। दुनिया के सारे विवेकवादी कह रहे हैं कि धर्म की कल्पना को पूरी तरह से नकारना चाहिए। इहवाद को स्वीकारनेवाले मार्क्सवादी ऐसा मानते हैं कि शोषण से मुक्ति पाने के लिए लोग धर्म नामक कल्पना को स्वीकार कर लेते हैं। इसलिए उन्हें धर्मालोचन कहने की अपेक्षा शोषण-मुक्ति की लड़ाई में शामिल मानना उचित होगा। उससे यथार्थ बदल सकता है। शोषण से मुक्ति होगी और शोषण से मुक्ति के लिए धर्म में आधार ढूँढ़नेवाली शोषित जनता के मन से धर्म का भ्रम टूट सकता है। विवेकवादी और मार्क्सवादियों की भूमिकाओं का अवलंब लेनेवालों ने धर्म का अनुकरण बंद किया है या कहें कि धर्म का नकार किया है; जो भी हो, इससे धर्मवादियों ने भी अपना अलग रास्ता अपनाया है। जनमानस की धर्मभावना की विधायक कृतिशील समीक्षा करनेवाली अंधश्रद्धा निर्मूलन समिति का कार्य इनसे अलग और विशेष है। इन्हीं बातों से भयभीत होकर धर्म के ठेकेदार समिति के कार्य का प्रखर विरोध करते हैं। इसका मूल कारण उन्हें लगता है कि धर्मालोचन करने का कार्य उनके अस्तित्व के लिए खतरा पैदा कर रहा है।

यातुविश्वास

विविध जगहों पर आदिम इनसान के सामाजिक जीवन में प्राथमिक धर्म-भावना यातुप्रधान रही है। विश्व की संपूर्ण सृष्टि (सजीव-निर्जीव) में 'यातु' तत्त्व मौजूद है। बारिश के लिए किया जानेवाला यज्ञ, युद्ध में शत्रु की पराजय के लिए की जानेवाली विधि, वास्तुलाभ के लिए की जानेवाली वास्तुशांति, ग्रामदेवता के उत्सव आदि का यातुक्रिया में समावेश होता है। इन सबकी संपन्नता के बाद जो सिद्धि प्राप्त होती है, उसे यातुधर्म कहते हैं। आदिम अवस्था में यातुधर्म पर आधारित कल्पना थी। यातु दो प्रकार की थीं। व्यक्ति, परिवार और समाज के हित हेतु की जानेवाली यातु साधना 'शुक्ल यातु' है। सौतन बाँझ रहे, खून की उल्टियों के साथ शत्रु की मौत हो आदि उपाय हेतु की जानेवाली साधना 'कृष्ण यातु' है। जादू-टोना, टोटका करना, भूत-प्रेत का भय दिखाना, झाड़-फूँक करना आदि इसके उदाहरण हैं। उपर्युक्त सारी घटनाएँ बिना रोक-टोक होती हैं। इन कृतियों से मनुष्य का शोषण होता है और ऐसा कृत्य करना निरर्थक भी होता है। स्पष्ट है कि ऐसे अंधविश्वासों के कारण समय, बुद्धि, श्रम और पैसों की बर्बादी होती है। वास्तव में यातु कल्पना पर आधारित संपूर्ण धर्मजीवन विज्ञान और आधुनिकता के चलते कमजोर होकर खत्म होना चाहिए था। वर्तमान की नवीनतम चुनौतियों का अगर सफलता से सामना करना है तो यातु निर्भर अंधविश्वास से मनुष्य को मुक्ति प्राप्त करना जरूरी है। इससे मुक्ति के प्रयास तो हुए पर अपेक्षित सफलता नहीं मिली है। कृष्ण यातु में वर्णित सारी क्रियाएँ स्पष्ट रूप से शोषण की द्योतक हैं। इसलिए ऐसी घटनाओं का समावेश 'जादू-टोना और भयप्रद अशुभचिंतन प्रथा का समूल निराकरण 2005' नामक कानूनी बिल में किया है। स्वयं घोषित हिंदू रक्षक राजनीतिक पार्टियों ने इसे हिंदू धर्म-विरोधी कहकर अपप्रचार की मुहिम चला रखी थी। अगर खुले तौर पर शोषण करनेवाली प्रथाओं के बारे में सामाजिक व्यवहार-नीतियाँ ऐसी हैं तो फिर परंपरा से चली आ रही गलत रूढ़ि-प्रथाएँ, जो वक्त के तकाजे में गैरजरूरी हैं, जो यातु की परिधि में आती हैं उन्हें धर्म माना जाना कोई आश्चर्य की बात नहीं है। अतः यातु और धर्म शब्दों से निर्देशित की जानेवाली प्रथाएँ और आचार में एकरूपता देखी जाती है। नवीन घर का निर्माण कार्य शुरू करने से पहले आज भी सुशिक्षित बहुसंख्य लोग उस जगह की भूमि पूजा केवल वहाँ पर स्थित बुरी शक्तियों को हटाने की यातु कल्पना से करते हैं। चौखटों तक घर बन गया कि उसे नजर न लगे इसलिए कई टोटके किए जाते हैं। उसमें नीबू, लाल मिर्चें, छोटी चप्पल बाँधना, काले कपड़े की छोटी गुड़िया बाँधना आदि टोटकों का समावेश होता है। घर में शांति बनी रहे इसलिए वास्तुशांति की यातु क्रिया की जाती है। कुल-परंपरा हो तो पशु-बलि भी दी जाती है। शादी संपन्न होने के पश्चात् किए जानेवाली परंपरागत अंधविश्वास से भरी विधियाँ, मुरली नृत्य, वाघ्या प्रथा, गोंधल

प्रथा, मंत्र, तंत्र, शगुन-अपशगुन उपाय आदि का प्रभाव समाज के सुशिक्षित, अशिक्षित, शहरी, ग्रामीण, स्त्री-पुरुष आदि में होता है। अर्थात् अंधविश्वास समाज के हर हिस्से में व्याप्त है। महाराष्ट्र समाजसुधारकों के इतिहास की प्रशंसा करता है, परंतु धर्म-संकल्पना के तात्त्विक आशय को देखने के लिए तैयार नहीं है। धार्मिक विश्वास का मतलब परंपरागत यातु निर्भर विश्वास ही माना जाता है। भक्तों के अंतःकरण में ये धारणाएँ और अपेक्षाएँ होती हैं कि इससे संकटों का निवारण होता है और पुण्य की प्राप्ति होती है। संतों का भक्तिभाव और उपदेश इससे भिन्न है। अंतःकरण की शुद्धि को उन्होंने अहमियत दी है। कर्तव्य और कर्म तो करना ही चाहिए, परंतु ईश्वर का पूजा-पाठ, अर्पणादि बुद्धि से करें, मानवता की रक्षा करें आदि विचार संतों ने व्यक्त किए हैं और इसका आचरण भी किया है। लेकिन अनुभव यह बताता है कि नवीन धर्म-विश्वास का यह मार्ग परंपरागत यातुक्रिया की जगह लेकर मराठी मन पर प्रभाव जमाने में असफल रहा है।

धर्म-सामर्थ्य कहाँ से आती है?

यातुप्रधान धर्म हो अथवा धार्मिक दर्शन के विषय वाले अतीत तत्त्व हों, क्या उनका सच में कोई अस्तित्व है, आदि सवाल वैज्ञानिक आधार पर पूछे जा सकते हैं। अंधश्रद्धा निर्मूलन समिति को लगता है कि ऐसे सवाल उचित हैं और उनको उठाना भी चाहिए। लेकिन इसके बारे में प्रयत्न करते वक्त समाजशास्त्रीय जानकारी हासिल करनी चाहिए कि धर्म को अपार सामर्थ्य की प्राप्ति किसके कारण हुई। मानव संस्कृति में उसका अनुभव जगत् और उससे जुड़े आचरण के अनेक पहलू प्रकट हो गए हैं। उसी में से एक है धार्मिक अनुभव और आचरण का पहलू। मानवी बुद्धि के तार्किकता का आधार लेने से पहले धर्म नामक संस्था का निर्माण हो गया था। उसने हजारों वर्षों तक मनुष्य मन को अपने कब्जे में रखकर सत्ता को बनाए रखा। धार्मिक विचार तार्किक आधार पर नहीं पनपते हैं। इसलिए मानसशास्त्र मानता है कि समुदाय के लिए उसका प्रभाव कम नहीं होता है। मनुष्य जीवन का एक हिस्सा तार्किक सीमा से बाहर होता है। अतः मनुष्य को संसार में प्रतीत होनेवाला अनुभव दोतरफा होता है। एक इंद्रियजन्य, जिससे आस-पास की सारी चीजों की प्रतीति होती है और दूसरा जिससे कि अतीत के तत्त्वों की प्रतीति होती है यानी आध्यात्मिक अनुभव। धर्म पर विश्वास रखनेवाले लोग इस तरह का प्रतिपादन करते हैं।

धर्म का आविष्कार कर्मकांडों द्वारा होता है। अशुभ और बुरी बलाओं से छुटकारा पाने तथा शुभ की तीव्रतम मानसिक कामना से सारे कर्मकांडों को पूरा किया जाता है। हजारों वर्षों के संस्कारों से मनुष्य ने मन की अबोधता के साथ इसे अहसास किया है। मनुष्य का यह अव्यक्त मन बहुत प्रभावी है। उसे किसी भी आलोचना की परवाह नहीं होती है। इसलिए उसे प्रत्यक्ष उपलब्ध दुनिया की अपेक्षा

अप्रकट मन में अवतरित आभासयुक्त दुनिया सच्ची लगती है। इस दुनिया के दरवाजों को यातुक्रिया और उसके सदृश कर्मकांडों से खोला जा सकता है। इस बात को मनुष्य ने सहजता से आत्मसात् किया है। प्रकट मन पर अकाट्य दलीलों का सारा प्रभाव पड़ जाता है। अव्यक्त मन का हिस्सा बन चुकी कर्मकांडपूर्ण मानसिकता और उसके अनुरूप जुड़ी श्रद्धा, दोनों मन में निहित सामर्थ्य के कारण विवेचन से दूर ही रहती हैं। इसके साथ एक महत्त्वपूर्ण सामाजिक यथार्थ यह भी है कि अदृश्य के भय और अतृप्त कामनाओं की पूर्ति के लिए मनुष्य ने अतीत तथा कर्मकांडों के साथ जुड़े धर्म को स्वीकार किया है। इन दोनों का अस्तित्व आज भी एक अदृश्य भय के साथ मौजूद है। लोगों को लगता है कि दुनिया में कब क्या घटित होगा, इसका भरोसा नहीं और उसका सीधा असर उनके जीवन पर पड़ने की संभावनाएँ बढ़ रही हैं। इन स्थितियों को देखकर कहा जा सकता है कि अदृश्य का भय कम होने की अपेक्षा दिनोदिन बढ़ता ही जा रहा है। इसके सिवाय मृत्यु का सनातनी भय सार्वत्रिक है। अतृप्त कामनाओं की पूर्ति के बारे में भी यही कहा जा सकता है। भोगवाद की एक अमर्यादित दुनिया खुल चुकी है। अत: अतृप्त कामनाएँ समय-दर-समय मनुष्य को आवाज देती हैं। ऐसे समय में उन्हें धर्म बहुत नजदीकी लगता है। साथ ही इस बात की ओर गौर करना जरूरी है कि स्वीकृति पाया धर्म-विश्वास भी धीरे-धीरे सामाजिक रूप प्राप्त करने लगता है। समूह की संगति में मनुष्य सहजता से ही उसके जैसा ही व्यवहार करने लगता है। सत्य और असत्य को परखने की तर्कसंगत बौद्धिकता की धार समूह में कुंद पड़ने लगती है। बिना परखे कई कल्पनाओं को सहजता से स्वीकारा जाता है। इसे Collective Thinking Group Mind कहा जाता है। जन्म से मृत्यु तक मनुष्य समूह में ही रहता है। उसका स्वभाव समुदाय में रहने की होती है। जन्म, शादी, पूजा-पाठ, अंत्यविधि आदि जीवन की प्रमुख घटनाओं के दौरान समूह स्वास्थ्य के लिए आवश्यक आचार-नियम तैयार करनेवाली मनुष्य की उत्सवप्रिय प्रवृत्ति के अनुकूल धार्मिक कर्मकांड मन को लुभावने लगते हैं। उदाहरणार्थ संक्रात, भैयादूज, रक्षाबंधन आदि स्वरूपों के धार्मिक कर्मकांडों का इसमें समावेश होता है। परंतु दूसरी तरफ जो कर्मकांड अनावश्यक, अर्थहीन, अंधविश्वास को बढ़ावा देते हैं, उनको दूर करने का साहस कर्मकांडों को बल प्रदान करनेवाले सामुदायिक विचारों के प्रभावों के कारण नहीं होता है। धर्म का स्वरूप देवत्व प्राप्त व्यक्ति की आज्ञा माना जाता हो तो भी मानव-मन पर सामाजिक दबाव रहता है। धार्मिक विधि-विधान, कर्मकांड के पीछे सामाजिक रूढ़ियाँ रहती हैं और उनका विरोध करने की सामर्थ्य समुदायप्रिय व्यक्ति के पास नहीं होती है। इस तरह मनुष्य का जीवन धर्म से घिर जाता है। अत: अन्य किसी सामाजिक संस्था की अपेक्षा धर्म का सर्वाधिक प्रभाव प्राय: सब पर देखा जाता है।

काल-विसंगत धर्म-रूढ़ियाँ

व्यवहार में जो धार्मिकता है उसमें प्रथाओं, रूढ़ियों और परंपराओं का समावेश होता है, जैसे—उपासना पद्धति, पुरोहितशाही और कर्मकांड आदि। इसमें समाज-व्यवस्था भी प्रभावी होती है जिसका नियमन होता है। अहिंसा, सत्य, अपरिग्रह आदि श्रेष्ठ नैतिक मूल्य भी मौजूद होते हैं। इन सबको मिलाकर धर्म साकार होता है। ऐसी 'धर्मवादिता' व्यक्तिमानस और जनमानस में उतरती है।

अंधविश्वास निर्मूलन का कार्य करते समय या धर्मनिरपेक्ष पद्धति से समाज का निर्माण करते समय इन बातों पर विवेक के साथ विचार करना चाहिए। धर्म का आधार लेकर जड़ जमा चुकी रूढ़ियाँ और परंपराएँ सारे धर्मों की प्रगति के रास्ते में अड़ंगा खड़ा कर रही हैं। समाज को गलत मार्गों पर धकेल रही हैं। हर रोज अनेक घटनाएँ घटित होती हैं, लेकिन उनके बारे में सवाल खड़े करने से आम आदमी कतराता है। लड़की को दान की वस्तु समझकर बड़े गर्व के साथ कन्यादान किया जाता है। किसी भी अपराध के बिना विधवा बन चुकी महिला को सिंदूर लगाने की पाबंदी और हलदी-कुमकम के कार्यक्रमों में जाने की मनाही होती है। शुभ कार्यों में उसकी उपस्थिति को अशुभ मानकर उसकी भागीदारी को रोका जाता है। अपने पेट से जिस बच्ची को उसने जन्म दिया उसकी शादी-ब्याह में उपस्थित रहे, यह उसका हक है। पर उसके हक को छीना जाता है। यूँ तो कन्यादान की प्रथा ही गलत है और तिस पर उस कन्या की माँ को विधवा होने के नाते रोकना बहुत बड़ी नादानी है।

आज की गतिशील दुनिया में समय का अमूल्य महत्त्व है। ऐसे में पिंडदान के कार्यक्रमों के दौरान घंटों पिंड को कौए के स्पर्श का इंतजार करते बैठना और अमूल्य समय की बर्बादी करना कहाँ की बुद्धिमानी है! एक शादी में 5 से 10 किलो चावल का अक्षत के रूप में इस्तेमाल होता है। महाराष्ट्र में प्रतिवर्ष लगभग 3 लाख शादियाँ होती हैं। इसका अर्थ यह है कि चावल की कमी के बावजूद 30 लाख किलो चावल को रँगकर, अर्थात् खाने हेतु अनुपयोगी बनाकर एक रूढ़ि के परिपालन के लिए बर्बाद किया जाता है। पैरों तले कुचला जाता है।

मुसलमानों में केवल 'तलाक' शब्द का तीन बार उच्चारण करें तो सालों का वैवाहिक रिश्ता एक झटके के साथ टूट जाता है। जबकि तलाकशुदा स्त्री को रोजी-रोटी देने की आवश्यकता महसूस नहीं होती। बच्चा होने की संभावनाएँ खत्म हो चुकी हैं तो भी उन दंपतियों को बच्चे को गोद लेने की इजाजत नहीं होती। इन रूढ़ियों को धर्म के आधार पर प्रमाण मानें या नहीं, इस पर समय-समय पर सवाल उठाना जरूरी है।

अपने देवी-देवताओं की उपासना कैसे करें, अपना पारलौकिक कल्याण कैसे करें, यह किसी व्यक्ति की निजी बात है और उसका अधिकार भी। परंतु इसके

लिए जो भी क़िया जा रहा है उसमें केवल अंधविश्वास निहित हो तो सोचना जरूरी है कि व्यक्तिगत धार्मिक उपासना के नाते उसका आदर करें या मानवता का अनादर हो रहा है इसलिए उसका इनकार करें? महाराष्ट्र में कई तीज-त्योहारों और मेलों में इसका दर्शन होता है। मन्नतों को पूरा क़रने के लिए मंदिर की दीवारों से सर टकराकर लहूलुहान करना, पीठ की चमड़ी में नुकीली लोहे की सलाखों से जख्म करना, बैलगाड़ी के बाजुओं में लाठी अटकाकर उससे लटकना और सुबह से शाम तक बैलगाड़ी को दौड़ाकर शरीर को तकलीफ देना, हजारों की संख्या में पशुओं की बलि देना, धूप और कँकरीली जमीन पर दंडवत् करते हुए मंदिर की प्रदक्षिणाएँ करना आदि उस व्यक्ति और संप्रदाय के लिए उपासनाएँ होती हैं। पूजा-पाठ कितनी बार करें? नमाज कितनी बार पढ़ें? गायत्री मंत्र का पाठ कितनी बार करें? रुद्राक्ष की माला का जाप कितनी बार करें? रोजा कितनी कड़ाई से करें? सूर्यास्त के पूर्व भोजन करें? ऐसी इष्ट और फलदायी उपासना पद्धति भले ही किसी को अर्थहीन और अनावश्यक लगें, फिर भी इन्हें लौकिक और पारलौकिक कल्याण प्राप्ति करने का साधन माना जाता है? कुछ साल पहले पुणे के दगडूशेठ हलवाई द्वारा गणपति को एक लाख मोदकों की आहुति दी गई। उसे उपासना का स्वातंत्र्य मानकर स्वीकारना उचित होगा? वैराग्य की मूर्ति बाहुबली के अभिषेक में हजारों लीटर दूध, दही, घी, शहद का प्रयोग सुसंगत है कि विसंगत? अत: इन धार्मिक व्रत-उपवासों को धर्म उपासना का हिस्सा मानकर कौन से धर्माचरण की सिद्धि होती है, इस पर विवेक के साथ विचार होना जरूरी है।

अमूर्त नीति व्यवहार में अनीति

वैसे देखा जाए तो धर्म से ईश्वर और मनुष्य का संबंध है। धर्म और नीति के बीच सर्वथा घनिष्ठ संबंध रहा है। यहाँ तक कि धर्म के बिना नीति भी हो सकती है, ऐसी कल्पना करना मनुष्य के लिए कठिन लगता है। समाज के अलग-अलग हिस्सों में सुसंवाद हो, सहयोग की भावना रहे, सभी इनसानों की बुनियादी जरूरतों की परिपूर्ति हो और व्यक्ति का विकास सामूहिक प्रयासों से हो, आदि के लिए नीति-मूल्य और नीति-नियम की आवश्यकता है। वैसे नीति के इन कार्यों का धर्म के साथ प्रत्यक्ष कोई संबंध नहीं है। अत: धर्म के बिना नीति संभव नहीं है, यह कल्पना करना गलत है। अलग-अलग धर्मों में यही देखा गया है कि धर्म के आधार पर हमेशा अनीति और अमानवीय घटनाएँ घटित हो गई हैं। दुनिया का इतिहास भी यही बताता है कि धर्म से प्रेरणा पाकर जबर्दस्त लड़ाइयाँ हो गई हैं। खून-खराबा और कत्लेआम हुआ है। सबसे ज्यादा भयावहता यह है कि अमानवीय नरसंहार का हमेशा गरूर किया गया है। कारण कि सारी घटनाएँ धर्म हेतु की गई हैं और धर्म कर्तव्य माना गया है। अत: उन्हें नैतिकता की कसौटी पर भी सही माना गया है।

सत्य, अहिंसा, समता, दया, क्षमा, सहिष्णुता आदि सर्वस्वीकृत नीति-मूल्य और सामाजिक जीवन की व्यावहारिकता में फर्क है। नीति के नाते उच्चतम मूल्यों का उद्घोष करना सहज संभव है, परंतु यह भी ध्यान रखना जरूरी है कि मनुष्य का नैतिक व्यवहार भी समाज-व्यवस्था के एक विशिष्ट दायरे में होता है। इस व्यवस्था का स्वरूप व्यावहारिक नीति को जन्म देता है। इस व्यवस्था में परिवर्तन करने का विचार भी नहीं किया जाता है। अमूर्त नीति तत्त्व का जयघोष और व्यवहार में संस्थान्तर्गत अनीति को धर्म मान्यता, ऐसा अंतर्विरोध धर्म में है। हिंदू धर्म में यह अंतर्विरोध बिलकुल साफ रूप से दिखता है। हिंदू धर्म के तत्त्ववेत्ताओं को और साधु-संतों को छुआछूत, स्त्री-दासत्व, शूद्रों का सारा शोषण आदि बातों को अहमियत देनी चाहिए, ऐसा कभी लगा ही नहीं है। जमींदार, साहूकार, सेठ-पुरोहित, राजा और शासन संस्थाओं द्वारा सालों से मेहनतकशों का खुलेआम शोषण शुरू है। नि:संदेह यह अनैतिक है; परंतु जानकार, जिम्मेदार और धर्म-पालनकर्ताओं को उनके काल में ऐसा कभी अहसास हुआ ही नहीं है। समग्र समाज-जीवन कई अंतर्विरोधों से भर चुका है। आज भी वह जैसे का तैसा है। इसलिए धर्म के आधार पर नीतिवान समाज की निर्मिति करने का आग्रह करनेवाली शक्तियों की समीक्षा करना जरूरी है। हिंदू धर्म और नीति के इस स्वरूप के कारण मनुष्य के मन पर विशिष्ट प्रकार के संस्कार हो गए हैं। व्यक्तिगत जीवन के नीति-नियमों का वह पालन करता है, परंतु सामाजिक नीति को लेकर वह उदासीन रहता है। स्वयं का शरीर, अपना घर बड़े कायदे के साथ साफ-सुथरा रखता है, लेकिन रास्तों पर कूड़े के ढेर पड़े रहते हैं। फिर भी उसे उसके बारे में कुछ भी लगता नहीं है। उलटे बड़ी सहजता के साथ उस ढेर पर अपने घर का कूड़ा-करकट फेंक देता है।

सामाजिक जीवन में चारों तरफ स्वार्थी प्रवृत्ति और भ्रष्टाचार फैल चुका है। सनातनी लोग इसका कारण धर्म-विश्वास का न होना बताते हैं। ऊपर से नीचे तक भ्रष्टाचार से सराबोर लोग परंपरागत धर्म-रूढ़ि का आचरण करने में सबसे आगे रहे हैं। यह खेदजनक वास्तविकता सब तरफ और सभी धर्मों में है। तीर्थयात्राएँ, दान-धर्म, व्रत-उपवास, जप-जाप आदि व्यवस्थित चलते रहते हैं। सच्चे विशुद्ध धर्म के साथ उनका कोई लेना-देना नहीं होता है। इसलिए अपने देश में एक तरफ धर्म की बहुत प्रशंसा होती है और दूसरी तरफ गले तक भ्रष्टाचार में धँसी सामाजिकता के विपरीत दृश्य दिखते हैं। भ्रष्टाचार से स्वयं के सारे अनैतिक स्वार्थों की पूर्ति करनेवाले सामान्यजनों और उनका नेतृत्व करनेवाले तथाकथित धार्मिक प्रवृत्ति के प्रमुखों को इसमें कुछ गलत कर रहे हैं, ऐसा लगता नहीं है। इसलिए कई सामाजिक अपप्रवृत्तियों का सीधा संबंध धर्म-विश्वास के खात्मे से है, इसे नकारना पड़ता है। इन अपप्रवृत्तियों की जड़ें वर्तमान अर्थरचना से और समाज-व्यवस्था से निर्मित उलझनात्मक परिस्थिति के कारण बनी मनोवृत्ति में हैं। धर्म के आधार पर व्यक्ति

और समाज को अधिक नीतिवान बनाने की मंशा अगर कोई रखता है, तो उसे वैसी आजादी भारतीय संविधान ने दी है। लेकिन प्रत्यक्ष आचरण की कसौटी पर उसका मूल्यांकन कड़ाई से करना भी जरूरी है। नीतिवान समाज के लिए धर्मनिरपेक्ष, विज्ञाननिष्ठ, मानवतावादी आचार-विचार और उनकी मूल्याधिष्ठित भावनाओं का सर्वत्र प्रसार और उसे सामाजिक मान्यता प्राप्त होना वर्तमान समाज की आवश्यकता है।

कर्मकांड अर्थात् पुरोहितशाही

धर्म की रूढ़ि-परंपराएँ कर्मकांडों द्वारा व्यक्त होती हैं। कर्मकांड किसी भी मनुष्य-संस्कृति में होते हैं और रहेंगे ही। वे मनुष्य के पारस्परिक संवाद और उसमें निहित कृतज्ञता बुद्धि का आविष्कार हैं। लेकिन शोषण के अनुकूल तथा मिथ्या-कथन का आधार लेनेवाले कर्मकांडों का विरोध करना चाहिए। डॉ. बाबासाहब आंबेडकर ने कहा है कि 'मूर्खतापूर्ण कर्मकांडी आचरण से देश पिछड़ चुका है।' व्यक्ति कौन से कर्मकांडों का अनुसरण करे, इसका वर्णन करनेवाले एक महत्त्वपूर्ण प्राचीन प्रमाणभूत ग्रंथ में पूरे साल किए जानेवाले 700 कर्मकांडों का जिक्र है। इसका अर्थ यह निकलता है कि इन कर्मकांडों से बाकी काम करने के लिए मनुष्य के पास समय बचेगा ही नहीं। कर्मकांड करने में खराबी क्या है?—ऐसा सवाल हमेशा पूछा जाता है। कर्मकांडों से कई प्रकार की हानि होती है। पहला यह कि कर्मकांड को अहमियत देनेवाला व्यक्ति तथा समाज बौद्धिक दृष्टि और यथार्थवादी व्यवहार को गौण मानते हैं। इससे सामाजिक अध:पतन होता है। उदाहरणार्थ अनुसंधानात्मक कार्य पिछड़ सकते हैं। दूसरा यह कि जिस समाज में कर्मकांड के आडंबर अधिक होते हैं, वह समाज आर्थिक दृष्टि से पिछड़ता है। आर्थिक व्यवहार में जरूरी उत्साह और उपक्रमशीलता की शक्ति भजन-पूजन में खर्च होती है। अमीर लोगों के पास ही यह शक्ति होती है और कथित मोक्ष के अधिकारी भी वही बनते हैं। तीसरा यह कि कर्मकांड एक प्रकार से बहिर्मुखी निवृत्ति मार्ग है। इससे व्यक्ति आत्मकेंद्रित बन जाता है और पारलौकिक कल्पना से जकड़ जाता है। चौथा महत्त्वपूर्ण विषय यह है कि इससे पुरोहित वर्ग का स्वार्थ साधा जाता है। जिस ईश्वर की उपासना की जाती है, उस ईश्वर को स्वीकृति देनेवाले संतों को भी उसकी जरूरत नहीं होती है। उनका विश्वास यह है कि ईश्वर की कृपा के लिए उसका नाम-स्मरण ही काफी है। मूल बात यह है कि भाव परोपकारी हो, नीति-संगत हो। यह पवित्र भाव न होकर कर्मकांड है तो उसकी उपयोगिता कुछ भी नहीं है और भाव पवित्र हो तो कर्मकांडों की कोई आवश्यकता नहीं है। जिन कर्मकांडों के नियम होते हैं, उन्हें व्रत कहा जाता है। उदाहरणार्थ सत्यवचन। निष्कर्षत: धर्म में निहित कर्मकांडी हिस्से पर बड़ी गंभीरता से सोचकर निर्णय लेना पड़ेगा।

पुरोहितशाही धर्म का और एक पहलू है। ईश्वर के साथ संबंध जोड़ने के लिए निर्मित यह दलाल व्यवस्था है। ईश्वर को जो-जो भी देना है, वह पुरोहितों की मध्यस्थता से दिया जाता है और व्यावहारिक दुनिया में पुरोहित उसका उपभोग कर लेता है। लगभग सभी धर्मों में यही स्थिति है। ईश्वर तक पहुँचने की एक शास्त्रीय पद्धति होती है और प्रत्येक कार्य को सफल बनाने के लिए प्रशिक्षित तज्ञ की नियुक्ति होती है। इसी प्रकार से ईश्वर-पूजा का कार्य प्रशिक्षित पुरोहित करता है, ऐसी दलीलें दी जाती हैं। मानना पड़ेगा कि इसमें किसी भी प्रकार का तथ्य नहीं होता है। ईश्वर है या नहीं, यह विवाद का विषय है, पर थोड़े समय के लिए उसकी उपस्थिति को स्वीकारा भी जाए, तो भी उसकी गुण-विशेषताएँ और महानताएँ जिस रूप में वर्णित हैं, उससे स्पष्ट होता है कि उसकी कृपादृष्टि और सहवास के लिए किसी भी प्रकार से बिचौलियों की जरूरत नहीं है और उसका होना अनुचित भी है। वास्तव में ऐसे बहुसंख्य बिचौलिए एक ही जाति में मौजूद हैं। डॉ. बाबासाहब आंबेडकार जी ने 1927 में यह माँग की थी कि पुरोहित और पंडित-पुजारी जिसे बनना है उसके लिए एक व्यवस्थित पाठ्यक्रम बनाया जाए और उसे सफलता से पूरा करनेवाले किसी भी स्त्री-पुरुष को उस स्थान पर विराजित होने की इजाजत दी जाए।

धार्मिक नीति और विवेक

नीति धर्म के चौथे हिस्से में आती है। मानव-मन में नीति-भाव धर्म के कारण आ जाता है। नीतिवान आचरण न हो तो धर्म का भय लगता है। सारी दुनिया मेरा विरोध करे तो भी चल सकता है पर मैं नीति के साथ ही आचरण करूँगा, ऐसी हिम्मत साधारण मनुष्य भी धर्म-नीति से पाता है; यह तथ्य धर्म-समर्थक सबके सामने रखते हैं। धर्म में संगठित धर्म का उदय नीतिमत्ता की स्थापना हेतु हुआ है। धर्म ने वैसे गलतियाँ करते-करते दुरुस्त प्रयास किए भी हैं। इस प्रश्न को हमेशा उपस्थित किया जाता है कि आधारभूत धर्म को हटाया जाए तो मनुष्य अनीतिवान बनेगा और नीतिभ्रष्ट होगा। इस प्रश्न का पहला जवाब यह दिया जा सकता है कि कोई भी व्यक्ति अगर ऐसा दावा करता है कि वह नीतिमत्ता से जी रहा है, तो उसका कारण बताया जा सकता है कि उसकी धार्मिक भावना नीतिमत्तापूर्ण जीने की शक्ति देती है। इस परिस्थिति में अंधश्रद्धा निर्मूलन समिति उसके प्रति आदरभाव रखती है, परंतु शर्त यह है कि आदर्श आचरण के आदेश सभी धर्मप्रवर्तक दें। सत्य वचन कहें, हिंसा न करें, दयाभाव रखें, प्रेम करें आदि नियमों की आवश्यकता और उपयोगिता नकारी नहीं जा सकती है। लेकिन यह अनपेक्षित होता है, अलग होता है। जब नीति-नियमों को तोड़े बिना कोई अन्य उपाय रहता ही नहीं है, तब उन्हें तोड़ना ही पड़ता है। सत्य बोलें ठीक है पर कोई बीमार उसके स्वास्थ्य के बारे में पूछता है तब

सत्य कथन करना हानिकारक हो सकता है। घर में कोई जहरीला साँप निकले तो अहिंसा का पालन उचित नहीं ठहरेगा। अत: नीति-नियम और आचरण का जुगाड़ बिठाना बहुत मुश्किल है। विसंगतियों को दूर करते हुए सारी लाभदायी नीति-कल्पनाओं को समाहित करनेवाला व्यापक तत्त्व जरूरी है। उपर्युक्त धार्मिक नीति-नियमों का पालन करें, कहने का तात्पर्य है कि ये नियम अच्छे हैं। विशिष्ट परिस्थिति में सत्य बोलें या नहीं बोलें, हिंसा करें या न करें इसको लेकर विवाद पैदा हो सकता है, परंतु किसी भी परिस्थिति में मनुष्य का आचरण अच्छा हो, इस बारे में कोई विवाद नहीं है। कौन सा आचरण अच्छा है इसका मूल्यांकन संभव नहीं है। अत: 'अच्छा' इस शब्द में कौन सा अर्थ निहित है, यह परखना उपयुक्त होगा। 'अच्छे' का मतलब विवेकवाद का सर्वसमावेशक व्यापक तत्त्व है। इसका अर्थ केवल यही है कि धर्म द्वारा बताए गए नीति-नियम विवेकवाद के आधार पर जाँचे जा सकते हैं। धार्मिक नीति का एक दूसरा पहलू गाडगे बाबा अपने कीर्तनों के माध्यम से लोगों तक पहुँचाते थे। उनके कथनानुसार भूखे को खाना, प्यासे को पानी, अज्ञानी को ज्ञान, बेघर को घर, बीमार को सेवा, प्राणिमात्र को अभय यही धर्म है। रूढ़िवादी धार्मिक नीति-नियमों को मानवधर्मी नीति-नियमों से प्रभावित करना जरूरी है। धार्मिक नैतिकता के संदर्भ में तीसरा महत्त्वपूर्ण पहलू याद रखने लायक है कि धार्मिक प्रवृत्ति से विचार करने की पद्धति प्रभावी है, इतिहास की घटनाओं को देखने के बाद यह पता चलता है। सभी मूल्यों में सर्वोच्च मूल्य धर्म को माना गया है। इसकी अब जरूरत नहीं है, विविध धर्म और उनका धर्मवादी जनसमुदाय मानवीय मूल्यों को मन-ही-मन स्वीकार कर चुके हैं। उन मूल्यों को केवल मानवीय मूल्यों के नाते देखना भी सहज संभव है। निर्दोष सामाजिकता, सौंदर्यवादी मूल्य, न्याय, समता, बंधुत्व आदि का अवलंब धर्म कल्पना से जरूरी है। व्यक्ति धर्मवादी हो या न हो लेकिन प्रत्यक्ष अनुभव से ऐसे लगता है कि मनुष्य जीवन सदैव सुधारा जा सकता है। इस मार्ग पर चलना नैतिकता है। समिति मानती है कि उसे विवेकवाद के आधार पर पूरा किया जा सकता है। लेकिन कोई धर्म नीति के आधार पर इसे प्रामाणिकता से पूरा करना चाहता है तो समिति उनका स्वागत करती है।

विवेकवाद का समग्र विकल्प

धर्म को समाज का व्यवस्थापनशास्त्र माना जाता है। 'धर्म' शब्द का नियमित व्यवहार में प्रयोग कई बार केवल पारलौकिक अर्थ में किया जाता है। 'आपका धर्म कौन सा है?' ऐसा प्रश्न अगर पूछें, तो उसका अर्थ होता है पारलौकिक कल्याण हेतु आप कौन से मार्ग का अनुसरण करते हैं। वैदिक, बौद्ध, जैन, ईसाई या मोहम्मदी—ऐसा पूछने जवाब भी इसी तरीके से दे दिए जाते हैं। 'अथातो धर्मजिज्ञासा' इस सूत्र में भी धर्म का यही अर्थ अभिप्रेत है; परंतु धर्म शब्द का अर्थ केवल इतना

ही नहीं है। जैसे चतुर्विध पुरुषार्थता की योग्यता धर्म, अर्थ, काम, मोक्ष पर परखी जाती है। धर्म इस शब्द में मोक्ष (पारलौकिक धर्म) अर्थ निहित हो, तो अंतत: अन्य पुरुषार्थता स्पष्ट करने की जरूरत नहीं रहती है। धर्म इस शब्द में तात्कालिक समाज-व्यवस्थापनशास्त्र का यही अर्थ अंतर्भूत है।

धर्म का अर्थ केवल रूढ़ि, परंपरा, उपासना पद्धति, सज्जनता, सद्गुण नहीं है। हमारा उद्देश्य धर्म राज्य की स्थापना करना है, की पुकार इस देश में कई लोग लगा देते हैं। ऐसे कहनेवाले मुखौटेधारी होते हैं, उनके मुखौटों के पीछे गलत इरादे होते हैं। लोगों को बताने के लिए धर्म का अर्थ नैतिक और सांस्कृतिक मूल्यों की निष्ठा भी हो तो व्यावहारिक अभिलाषा धार्मिक आधार पर समाज नियंत्रण की होती है। समाज-व्यवस्थापनशास्त्र यह गुलामी और जागीरदारों के समय में धर्म का विषय था। आधुनिककाल में समाज-व्यवस्थापनशास्त्र राजनीति का विषय है, धर्म का नहीं।

अंधविश्वास निर्मूलन कार्य की धर्म के बारे में तटस्थता की भूमिका है। इसका अर्थ यह नहीं कि भारतीय संविधान को अभिप्रेत देश निर्माण के तत्त्व को तिलांजलि देकर विशिष्ट धर्म के राष्ट्र निर्माण की उद्घोषणा करनेवाले षड्यंत्रकारी लोगों की मंशाओं का प्रतिवाद और प्रतिकार बिलकुल न करें। बल्कि अंधविश्वास निर्मूलन आंदोलन के व्यापक आशय के साथ यह बात अधिक सुसंगत है कि इस षड्यंत्र से लोगों को आगाह करें। देश की सामाजिक नीति, राजनीति, अर्थनीति का नेतृत्व तथाकथित संत-महात्माओं की धर्मसंसद यकीनन कर सकती है ऐसे बड़बोले कई ताकतवर संगठन देश में मौजूद हैं। अत: पहले की अपेक्षा अब दिशानिर्देशन की आवश्यकता अधिक है।

सर्वोच्च न्यायालय के पूर्वपीठ ने यह विश्वास दर्शाया है कि धर्मनिरपेक्षता जैसे तत्त्व का पूर्णत: नकार संविधान विरोधी है। धर्म के आधार पर चुनाव में मतों को हासिल कर जीत हासिल की भी तो वह चुनाव संविधान विरोधी मानकर रद्द होते हैं, क्योंकि एक मत, एक मूल्य इस बुनियादी तत्त्व की आधारभूमि को खतरा पैदा होता है। राजनीति, समाजनीति इतना ही नहीं तो जीवन के सारे आयामों पर धर्म की गहरी पकड़ रखने की ब्राह्मणधर्मियों की सैकड़ों सालों की पुरानी फितरत है। इसे ध्यान में रखते हुए प्रतिवाद की अधिक जरूरत महसूस होती है। 'मनुस्मृति की राजनीति' में राजा बाहुबल का प्रयोग कैसे करे, यह बताया गया है। उसमें भयावह वर्ण विषमता है। केवल चोरी को छोड़कर शेष सभी अपराध ब्राह्मणों के लिए सौम्य सजा देने की बातें करते हैं। अन्य वर्णियों के लिए बढ़ते क्रम में सजाएँ हैं। शूद्रों के लिए क्रूर, अमानवीय सजाएँ बताई गई हैं। राजा को बाहुबल का अक्षुण्ण प्रयोग करना चाहिए अन्यथा अराजकता फैल सकती है, ऐसे संकेत मनुस्मृति देती है। परंतु यह देखना जरूरी है कि मनु का अराजकता से क्या तात्पर्य रहा है? पशु-पक्षी

यज्ञोपवीत की लूट कर सकते हैं, शूद्र सामर्थ्यवान होंगे। वर्णसंकर होगा। मनुस्मृति के 9वें प्रकरण में स्त्रियों की स्वाभाविक प्रवृत्ति के बारे में जो टिप्पणियाँ की गई हैं, उन्हें आज भी पढ़ते वक्त किसी भी सुसंस्कृत मनुष्य का सर शर्म से झुक सकता है। अर्थात् लगभग सभी धर्मशास्त्रों में स्त्री और शूद्रों पर धर्म के आधार पर अमानवीय अत्याचार होते हैं। बोहरा धर्मगुरु धर्म के आधार से अपने धर्म के लोगों पर खुलेआम जुल्म करते हैं। परदेशगमन के लिए सवारी का इस्तेमाल कोई जैन साध्वी करे, तो धर्माचार्य उसे धर्म बहिष्कृत करते हैं। अर्थात् धर्मशक्ति के आधार पर व्यक्ति और समाज-व्यवस्था को नियंत्रित करने की मंशा ऐसे उदाहरणों से साफ जाहिर होती है। ऐसे धर्म का प्रतिवाद जरूरी है। अंधविश्वास निर्मूलन समिति का कार्य यह है कि अपनी विवेकवादी बुद्धि द्वारा व्यक्ति की आँखें खोले।

मन में यह शक पैदा होता है कि यह राष्ट्र हिंदुओं का हो, ऐसा प्रचार करनेवाले फिलहाल समग्र बुद्धि से समझ में आनेवाले सत्य को सुविधाजनक तरीके से नजरअंदाज कर रहे हैं। राष्ट्र अगर हिंदुओं का हो गया तो मुसलमानों का क्या करें? बारह करोड़ मुसलमानों को देश से बाहर निकालना चाहिए, ऐसा तर्क दिया जाता है, जो असंभव है। उन्हें मारकर खत्म करना उससे भी ज्यादा अमानवीय और असंभव है। युद्ध छेड़कर उन्हें गुलाम करना शायद 70 करोड़ हिदुओं के लिए संभव हो भी परंतु ऐसी स्थिति में यह अपने पैरों पर कुल्हाड़ी मारने जैसा तथा विध्वंस और अराजकता की ओर सफर करने जैसा होगा। ऐसा साफ दिख रहा है। ऐसे में एक ही विकल्प बचता है, वह है न्याय, बंधुता, प्रतिष्ठा का सहजीवन जिएँ। इन सब बातों पर गौर करते हुए अंधश्रद्धा निर्मूलन समिति ऐसा मानती है कि धर्म से अभिप्रेत नैतिक आचरण को लेकर धर्मवादी लोगों के साथ संवादात्मक और कृतिशील पहल करें। भारतीय संविधान के अनुसार धर्मनिरपेक्षता के सिद्धांत को अपनाने का आग्रह करें और विवेकवादी जीवनदृष्टि से जीवनयापन करते समय किसी भी एक धर्म को समग्र रूप से विकल्प देने का प्रयास करें। महाराष्ट्र अंधविश्वास निर्मूलन समिति यह मानती है कि धर्म के आधार पर प्रत्यक्ष और अप्रत्यक्ष शोषण की समीक्षा करना जरूरी है और उसका प्रतिवाद करना भी आवश्यक है। संविधान की भी इस कार्य के लिए अनुमति है। लोग अपने विवेक और नैतिक दृष्टि की सहायता से किसी भी धर्माडंबर के बिना संपन्न जीवन जी सकते हैं।

धर्म संकल्पना का पवित्र और अपवित्र विभाजन

धर्म जैसे विषय का विश्लेषण करते समय जब-जब आरोप लगाए जाते हैं, तब-तब एक दलील यह भी दी जाती है कि ऐसे आरोप सच्चे धर्म पर हैं ही नहीं। सच्चा धर्म मनुष्य-मनुष्य के बीच भेदाभेद नहीं करता। शोषण और हिंसा को सच्चा धर्म कभी भी स्वीकृति नहीं देता। धर्म के नाम पर इतिहास में जो भी दुष्कृत्य हुए हैं, वह मूलत:

धर्म की विकृति थी। जो अच्छा घटता है वह सीधे-सीधे धर्म के कारण घटता है। तो फिर सच्चे धर्म का ईमानदारी से विश्लेषण करना पड़ेगा। इस विश्लेषण में एक बात समान होती है, वह यह कि उस धर्म के जो धर्मग्रंथ हैं उनके प्रत्येक शब्द को प्रमाण माननेवाला धर्म ही सच्चा धर्म है। धर्मग्रंथों में निहित इन शब्दों के अर्थ भी अनेक बताए जाते हैं। फिर सच्चा धर्म कौन सा? सभी धर्मों में एक संकल्पना समान है, वह यह कि पवित्रता की भावना ही सच्चा धर्म है। पवित्र, अपवित्र और लौकिक इन प्रकारों में भेद करना धर्म का मूल है। व्यक्ति अद्वैतवादी हो या द्वैतवादी, क्रिश्चियन हो या मुस्लिम भेदाभेद करने की उसकी दृष्टि सब धर्मों में समान है। जिस प्रकार से सामान्य जनता यीशु से, बुद्ध से या अन्य धर्मगुरु से भिन्न होती है वैसे ही पवित्रता को प्राप्त लोगों में भिन्नता होना भी स्वीकृत है। व्यक्ति ही नहीं, पशु और वृक्ष को भी पवित्र माना जाता है। उसमें स्थित पवित्रता शिवत्व मानी जाती है। इसी विचार से एक अन्य विचार उभरकर सामने आता है कि सामान्य, लौकिक अथवा अपवित्र वस्तुओं का व्यवहार पवित्र चीजों से निश्चित किया जाता है। इसे बिना समझे अस्पृश्यता के प्रश्न को समझना संभव नहीं है। जाति-संस्था से श्रम विभाजन तो होता ही है, परंतु यह कार्य पवित्रता की संकल्पना के आधार पर किया गया है। ब्राह्मण सबसे ज्यादा पवित्र है, यहाँ से शुरू होकर अन्यों में पवित्रता के अंश कम होते जाना और सबसे अंत में अछूतों में पवित्रता खत्म होती है—तक लंबा विश्लेषण किया जाता है। उलटे वे ही अपवित्र होते हैं और इन सबके धर्म की आधारभूमि होते हैं। इसीलिए जिसे धर्म कहा जाता है, ऐसी सभी बातों को पवित्र, अपवित्र और लौकिक जैसे तीन विभागों में वर्गीकृत किया जाता है। उदाहरणार्थ—धर्मग्रंथ, पुरोहित, मंदिर, गाय आदि को पवित्र माना गया है। प्रेत, तथाकथित शूद्र, रजस्वला स्त्री आदि को अपवित्र मानते हैं। दैनिक उपयोग वाले आभूषण, सब्जी, कागज, पेंसिल आदि को लौकिक वस्तु कहा जाएगा। स्थल, काल, जीवित प्राणी, निर्जीव वस्तु आदि पदार्थों का उपर्युक्त तीन विभागों में विभाजन किया जा सकता है। पवित्र और अपवित्र चीजों का एक अलौकिक विश्व तो व्यावहारिक चीजों का दूसरा लौकिक विश्व माना जाता है। पवित्र और अपवित्र चीजों में स्वभावतः ही अलौकिक सामर्थ्य की कल्पना की जाती है। इसीलिए इन चीजों के बारे में विविध प्रकार के विधि-नियम माने जाते हैं। पवित्र चीजों के संबंध में एक सम्मानजनक भय तो अपवित्र चीजों के प्रति अनादरणीय भय होता है। इस सारे विवेचन का अर्थ यह है कि जिसे सच्चा धर्म माना जाता है उसमें अपरिहार्यतः उपलब्ध पवित्रता की संकल्पना से चीजों के संदर्भ में अंधविश्वास पर आधारित एक विषमता तैयार होती है। यहाँ यह समझना जरूरी है कि सारी चीजों को लौकिक अर्थ में स्वीकारना चाहिए। फिर भी उनके गुण-विशेषताओं के अनुसार भेदाभेद शेष ही रहेगा। लेकिन पवित्रता की संकल्पना से निर्मित विषमता और इस प्रकार की विषमता एक नहीं है।

आरंभिक विषमता सनक से भरी, परंपरा, रूढ़ि, धर्मग्रंथों की मान्यताओं पर आधारित है। उनकी आधारभूमि में कोई वस्तुनिष्ठ कसौटी नहीं है। उदाहरणार्थ दुनिया की सारी चीजों का विभाजन करना गलत नहीं है। लेकिन वह विभाजन-वर्गीकरण उपयोगी, निरुपयोगी, हितकारक, अहितकारक, साफ-सुथरा, गंदा इस प्रकार का होगा। साफ-सुथरा और स्वास्थ्य के लिए हितकारक पानी पिएँ, गंदा और हानिकारक पानी न पिएँ, जैसे वस्तुनिष्ठ विषयों में इसका विभाजन करना पड़ेगा। ऋग्वेद, बालकवि की कविता और विज्ञान का उदाहरण लिया जाए तो यह विषय अधिक स्पष्ट होगा। पवित्रता की संकल्पना स्वीकारनेवाला धर्मवादी व्यक्ति किसी भी प्रकार का विचार बिना किए ऋग्वेद को पवित्र मानती है। मराठी के बालकवि की कविता और विज्ञान की पुस्तक को वह लौकिक मानेगा और ऋग्वेद की अपेक्षा निश्चित ही उसका स्थान गौण मानेगा। उसके विपरीत पवित्रता की संकल्पना को नकारनेवाली यथार्थवादी व्यक्ति के नजरिए से तीनों पुस्तकें लौकिक स्तर की रहेंगी। जिस व्यक्ति को कविता अधिक पसंद है, उसके लिए बालकवि की कविता का अधिक महत्त्व है। किसी को विज्ञान में अधिक रुचि है तो वह विज्ञान की पुस्तक को अग्रक्रम देगा। जिसे मनुष्य जाति का इतिहास, संस्कृत भाषा आदि अधिक पठनीय है, उसके लिए ऋग्वेद अधिक महत्त्वपूर्ण होगा।

उपर्युक्त विषयों को दोषपूर्ण माना जा सकता है, इसका कारण यह है कि नीति-निर्माण पवित्रता की कल्पना से होता है और उस कल्पना को ही नकारें तो नीति का मतलब सच्चा धर्म कहना सीधे समाज-जीवन की व्यवस्था को ढहाना होगा। इस विषय को लेकर भी स्पष्ट विचार रखने होंगे। वे यह कि पवित्रता की संकल्पना और नीति-मूल्यों में अंतर होता है। समाज निर्मिति के लिए पवित्रता की संकल्पना की आवश्यकता नहीं है। नीति-मूल्य समाज निर्मिति के लिए आवश्यक होते हैं। अर्थात् उसका स्वरूप देशकाल-सापेक्ष, परिवर्तनशील, न्याय और विवेक पर आधारित होता है। सामाजिक नीति-मूल्य अगर किसी के अन्यायकारी हितों को सुरक्षा प्रदान करता है, किसी को श्रेष्ठ और किसी को पतित बताता है तो उन नीति-मूल्यों को त्यागना ही पड़ेगा। संक्षेप में यह बताया जा सकता है कि कोई भी धर्म पवित्रता की संकल्पना के आधार पर विषमता का समर्थन करनेवाले मूल्यों को स्वीकार नहीं करेगा।

गहन और अलौकिकता से युक्त पवित्रता की संकल्पना को नकारा गया तो भी व्यावहारिक जीवन में पवित्रता की एक लौकिक संकल्पना को स्वीकारा जाता है। उदाहरणार्थ भगतसिंह जैसे शहीदों की स्मृति अथवा उनका चारित्र या अपनी माँ का वात्सल्य पवित्र है, ऐसा कहा जाएगा। लेकिन इन दो उदाहरणों में निर्देशित पवित्रता लौकिकवादी है। ऐसी पवित्रता से संपन्न भगतसिंह और 'माँ' (गोर्की) जैसे व्यक्तियों के प्रति अपने मन में आदरभाव होता है। लेकिन उनकी पवित्रता में अतिमानवीय

स्वरूपवाला अलौकिक सामर्थ्य है, ऐसा नहीं माना जाता है। उनके प्रति आदर है, इसीलिए बिना समीक्षा के उनकी किसी भी कृति को सहमति देने की जरूरत नहीं है।

इन सभी विषयों को विस्तृत रूप में स्पष्ट करने का कारण यह है कि जिसे सच्चा धर्म माना जाता है, नैतिकता पर आधारित है, उसके बारे में ऐसा ठोस दावा नहीं किया जाता है। वह धर्म मनुष्यों में नहीं तो संपूर्ण अस्तित्व को दो खानों में विभाजित करता है। एक तरफ जो पवित्रता की शाश्वतता है और दूसरी तरफ मनुष्य जिस प्रकार से जी रहे हैं, वह संसार अथवा माया है। सामान्य चीजों के व्यवहार को पवित्र बातों से अर्थात् सच्चे धर्म से नियंत्रित किया जाता है। इस विश्लेषण के संदर्भ में वैकल्पिक विचारों की एक अलग पद्धति अंधश्रद्धा निर्मूलन समिति सम्मुख रखना चाहती है। संक्षेप में वह यह है कि इतिहास में यह घटित हुआ है कि धार्मिक पद्धति से विचार करने की परंपरा सबसे ज्यादा प्रभावी है। इतिहास में सामान्य लोग जिंदा रहने के लिए मेहनत कर रहे थे, कलाकार कला निर्मिति कर रहे थे, सत्ताधारी राज्य चला रहे थे, इसी दौरान इनसे भी ऊपर सर्वोच्च मूल्य था धर्म। अब सवाल यह कि अन्य सारे मूल्य जिसके सामने छोटे हैं और जिसकी तरफ जाना है उसके लिए केवल साधन है, ऐसे सर्वोच्च (सच्चे) धार्मिक मूल्यों को हम मानें या नहीं मानें? इस संबंध में अंनिस का मानना है कि सामाजिक मूल्य, नैतिक मूल्य, सौंदर्यविषयक मूल्य, न्याय, कर्तव्य, बंधुभाव आदि संकल्पनाएँ धर्म कल्पना पर निर्धारित करने की कोई जरूरत नहीं है और उन मूल्यों पर धर्म की संप्रभुता बनी रहे, इसकी भी आवश्यकता नहीं है। मूल्यों का अस्तित्व स्वतंत्र होता है। एक उदाहरण से इसे स्पष्ट किया जा सकता है। कुछ शतकों पहले राजा के बिना समाज-व्यवस्था की कल्पना असंभव थी। आज लोकतांत्रिक व्यवस्था से समाज-जीवन अधिक सुकर बन गया है, यह बात सर्वमान्य हो गई है। इससे यह स्पष्ट होता है कि सारे लोग (धार्मिक लोग भी) जिन मानवीय मूल्यों को मन ही मन स्वीकारते हैं, उन्हें केवल मानवी-मूल्य के नाते क्यों न देखा जाए? एक सर्वोच्च धार्मिक मूल्य के अधीन मूल्य के नाते उनका अस्तित्व बताना गैरजरूरी है। व्यक्ति का प्रत्यक्ष अनुभव यह बताता है कि मनुष्य जीवन में पल-पल के लिए अधिकाधिक परिवर्तन किया जा सकता है। स्वयं की सीमाओं को तोड़कर मनुष्य के नाते अधिक अच्छा जीवन जीने का प्रयास गलत नहीं है। स्वयं की मर्यादाओं को परखना और उसे पार करने के लिए बिना धर्म का आधार लिये हमेशा प्रयत्न करते रहना कोई भी व्यक्ति कर सकता है।

समिति यह मानती है कि व्यक्ति अपनी ओर पहले गौर से देखे। अपना निकम्मापन, मर्यादा और मानवी-मूल्यों की लड़ाई में भीतरी जरूरी क्षमता की स्वयं परख करे। मनुष्य के नाते उसमें अथाह क्षमता है। साथ ही अपनी कमियों को भी पहचानकर उसका स्वीकार करना जरूरी है। उसमें से पहला क्रम आ जाता है उसका

निकम्मापन। मनुष्य अपनी सारी मर्यादाओं को तोड़कर अपना विकास करने का प्रयास करता है। वैसे ही अपने सीमित दायरे में निकम्मेपन के साथ समाधान से चुप भी बैठता है। बुद्धि, मन, अहसास, कर्तृत्व आदि की सीमाओं की परख ही मनुष्य का संतत्व है। विश्व की विधि कुछ हद तक हम समझ सकते हैं और उसकी चकित करनेवाली व्यापकता पर गौर करें तो गहन भी लगती है। मनुष्य को इस प्रकार स्वयं की सामर्थ्य और सीमाओं की प्रतीति होती है। उसके लिए धर्म की जरूरत नहीं है। जिन मानवीय मूल्यों के लिए संघर्ष करना है उसके लिए धर्म की गहनताओं का परिचय हो, ऐसा कोई जरूरी नहीं है।

समिति ऐसा मानती है कि दुनिया-भर की मनुष्य जाति के ऊपर संकट की एक छाया मँडराने लगी है। इस विस्फोटक परिस्थिति का अगर उपाय ढूँढ़ना है, तो सर्वशक्तिमान ईश्वर के बारे में और लौकिक दुनिया के परे वाली बातों के बारे में सोचना बंद किया तो चल सकता है। अंतिम सत्य को ढूँढ़ने के लिए बाहर निकलने की आवश्यकता नहीं है। प्रत्येक व्यक्ति एक सीधा-सरल प्रश्न खुद से पूछे कि वर्तमान संकटकालीन स्थिति में अपना मानवतावादी दायित्व कौन सा है? मनुष्य जीवन को अर्थपूर्ण और सुखदाई बनानेवाले मूल्य कौन से हैं? जैसे न्याय मानवी मूल्य है या नहीं? जगह-जगह उसका अवमूल्यन होते हुए क्या मैं निष्क्रियता से देख रहा हूँ? अत: उसके लिए मुझे संघर्ष करना चाहिए। एक बात अत्यंत महत्त्वपूर्ण है कि हम लोग इनसान हैं, इसलिए मानवीय मूल्य अपनी दृष्टि से रहस्यमय हो सकते हैं। हम मन ही मन उसका अहसास करते हैं और सभी को स्पष्टता से पता भी होते हैं। जिन लोगों को मानवतावादी मूल्यों के लिए संघर्ष नहीं करना है, वे ही मानवीय मूल्य का मतलब कोई गहन-गंभीर, कूट प्रश्न है, ऐसी बकवास करते हैं। और इन मूल्यों का ठेका जिन्होंने ले रखा है, वह धर्म, धार्मिक संस्था और धार्मिक नेता लोग मानवतावादी मूल्यों की जरूरी लड़ाई की ओर पीठ करके बैठे हैं। मानवतावादी मूल्यों को गहन-गंभीर बनाने की जरूरत नहीं है। ग्रामीण इलाकों के बच्चों को भी स्कूल जाते ही साफ-सफाई क्या है, अच्छे खाने का मतलब क्या है और समूह में मानवीयता से भरा व्यवहार कैसे करें, समझते हैं। इसलिए विवेक का आधार लेकर मानवतावादी मूल्यों के लिए किए जानेवाले संघर्ष में खुद स्पष्ट भूमिका अदा करें। मानवतावादी मूल्यों का दूसरा और कोई आधार नहीं है। धर्म, परमतत्त्व, प्रकृति, विज्ञान में उनका अधिष्ठान नहीं है। मानवतावादी मूल्यों का एक ही परिणाम है; वह है मनुष्य। और इस अर्थ से महाराष्ट्र के समाजसेवक, साहित्यिक सानेगुरुजी द्वारा बताई गई धर्म की एक तात्त्विक बात महत्त्वपूर्ण है, वह है—'सच तो एक ही धर्म है, दुनिया को प्रेम अर्पण करें।'

एक साधारण-से अनुभव से इसे स्पष्ट किया जा सकता है। मान लीजिए एक छोटे असहाय बच्चे या वृद्ध को रास्ता पार करने के लिए मदद की जरूरत है; उसी

रास्ते से जानेवाले हट्टे-कट्टे व्यक्ति ने उन्हें दूसरी ओर पहुँचाने में मदद की है। यह एक बहुत छोटी घटना है जिसे आमतौर पर देखा जाता है। समाज के एक हिस्से को मदद की जरूरत है और मनुष्यता के नाते दूसरे संवेदनशील हिस्से ने उसे मदद की है। अब वह बच्चा या वृद्ध अपने पारंपरिक संस्कारों के कारण कह सकता है कि 'हमने ईश्वर की आराधना की—हे भगवान, हमें मदद करो और ईश्वर ने उस व्यक्ति के रूप में आकर हमें मदद की।' ऐसे विश्लेषण को नकारना होगा। कारण, रास्ते को पार करना मनुष्य की जरूरत थी। और सच यह है कि उस जरूरत को दूसरे मनुष्य ने मानवतावादी भूमिका से पूरा किया है।

इसका अर्थ यह होता है कि यदि समाज का एक उचित और सार्थक दिशा में परिवर्तन करना है तो अद्‌भुत शक्तियों से सहायता प्राप्त होने की संभावनाएँ नहीं हैं। परिवर्तन की कोई संभावनाएँ नहीं हैं, विपरीत परिस्थितियाँ हैं इसके बावजूद डटे रहने की हिम्मत ईश्वर और धर्म-भावना के बिना कहाँ से आती है। मनुष्य के लिए असाध्य परंतु उपयुक्त लगनेवाली बातों को जानने की कोशिश वह करता है। (और जो उपयुक्त है उसे ही हम स्वीकृति देते हैं।) अपनी सीमाओं को लाँघकर एकाध मानवी मूल्य के लिए प्रयास करना, ऐसे प्रसंगों में अन्य लोग उसका साथ देंगे। तब उपयुक्त लगनेवाले मूल्यों के निकट ईश्वर और धर्म के आधार के बिना जा सकते हैं, इसी पर उसका आशावाद निर्भर रहता है। धार्मिकता और पवित्रता जैसी किसी भी अप्राकृतिक शक्ति पर निर्भर रहना और कल्पना करना मूलत: मनुष्य का अपमान करके उसे कमजोर मानने जैसा है। मानवीय मूल्यों की उपासना के लिए किसी भी झूठ या सच्चे धर्म पर निर्भर रहने की कल्पना तथा तरफदारी करने की जरूरत नहीं है। हजारों वर्षों के लंबे इतिहास में मनुष्य मूल्य निर्मिति के लिए धर्म पर निर्भर रहा है; लेकिन प्रत्यक्ष रूप में निर्मिति नहीं हो सकी है। समिति यह मानती है कि मनुष्य के लिए उचित यह है कि स्वयं वह अपनी ताकत पर प्रगति करे। अगर सभी लगन से ऐसा करें तो मनुष्य जाति का भविष्य उज्ज्वल है। भविष्य की उज्ज्वलता अहमियत रखती है, इसके लिए धर्म को नकारनेवाले भी धर्म के आधार से मूल्य प्रस्थापित करनेवालों का साथ लें। मनुष्य की सहायता केवल मनुष्य से ही मिल सकती है, इस बात को याद रखना जरूरी है।

धर्म के बारे में और एक आयाम पर गौर करना जरूरी है। उदय के समय धर्म का कार्य समाज को नीति-नियम और विधि के पाठ पढ़ाना था। मनुष्य के भौतिकवादी जीवन को आकार देना था। परंतु समय के प्रवाह में मानव निर्मिति के बाद मनुष्य होने के नाते कुछ जरूरतें निर्मित हो गईं। भौतिकवादी जरूरतों की पूर्ति के लिए बाहरी दुनिया में खोजबीन करनेवाले मनुष्य को मनुष्य के नाते आंतरिक सफर की भी जरूरत महसूस होने लगी। मनुष्य दरिद्रता और असमानताओं के कारण पीड़ित तथा भयभीत होता ही है। साथ ही अटल मृत्यु का आंतरिक अहसास भी उसे

अकेला, असहाय बनाता है। मन में उभरती वासनाओं का तूफान उसे भयभीत करता है और दया, क्षमा, प्रेम, करुणा आदि सद्‌गुणों का मन वरण करे, यह कल्पना उसे आकर्षित करने लगती है। अलौकिक अस्तित्व की कल्पना करना, दुख मुक्ति, माया–मोह पर जीत पाना और सद्‌गुणों के विकास हेतु उस काल्पनिक अलौकिक शक्ति के विश्वास के साथ अनन्यभाव से शरण लेना, यही एक मार्ग मनुष्य ने आखिरकार चुना। ईश्वर के अस्तित्व के विरोध में मानवी विद्रोह का इतिहास भी बहुत पुराना है। ऐसे समय में स्वयं की निर्मिति प्रक्रिया से मनुष्य अंदरूनी शक्तियों को अर्जित करने का प्रयास करता है। वह स्वयं ही स्वयं का आधार होता है। दुख से मुक्ति के लिए किसी भी बाहरी व्यक्ति की शरण लेने की जरूरत नहीं पड़ती है। इस शक्ति के अर्जन हेतु उसे स्वयं अकेले प्रयत्न करना पड़ता है। इसे अनेक लोगों ने 'आंतरिक यात्रा' नाम दिया है। इस शक्ति की प्राप्ति होने का मतलब संसार, प्रकृति, समाज और स्वयं की ओर देखने की स्वतंत्र समदृष्टि प्राप्त करना है। इस दृष्टि से मनुष्य के अस्तित्व का रिश्ता समाज, प्रकृति और स्वयं के साथ श्रेष्ठ रूप से जुड़ जाता है। मनुष्य जीवन की यात्रा की यह त्रासदी है कि उसने दुख से मुक्ति के लिए, वासना–विकारों पर जीत पाने के लिए और नैतिक प्रगति के लिए जो रास्ते अपने–अपने तरीके से ढूँढ़ निकाले, विकसित किए, उन सबको खास धर्म–संप्रदायों ने अपना ही अंग माना है। उसमें कर्मकांडों को जोड़कर शोषण की व्यवस्था को बनाए रखा है। अपनी–अपनी धर्म संस्थाओं की अमीरी और शानोशौकत बढ़ाई है। धर्मवादियों ने मनुष्य को स्वतंत्र और सामर्थ्यवान बनाने की अपेक्षा अंधविश्वासी और कमजोर बनाया है ताकि वह उसकी शरण में आए। मनुष्य ने कभी लाचार, निरुपाय होकर, तो कभी स्वार्थसाधन हेतु, धर्मवादियों का साथ दिया है।

'सत्य की खोज' परिवर्तन के लिए मददगार शब्द है। सत्य के मूल्यांकन के लिए इनसान ने बाह्य जगत् में धर्म द्वारा बताए सत्य की खोज वैज्ञानिक दृष्टि से करवानी चाही। धर्म को इस क्षेत्र से वापसी करनी पड़ी। गैलीलियो को सजा सुनानेवाले पोप को तीन सौ वर्षों बाद ही क्यों न हो, पर स्वयं की गलती को सबके सामने स्वीकारना पड़ा। बाह्य जगत् की इस समीक्षा के साथ आंतरिक जगत् के संबंध में बताए गए अज्ञानमूलक और अंधविश्वास पर आधारित बातों का त्याग करना पड़ेगा। यही मनुष्य के संबंध में नए चिंतन की नींव बन सकती है। वह किसी भी प्रस्थापित धर्म का हिस्सा नहीं होगा। वह स्वयं को प्रस्थापित धर्म के हिसाब से परिवर्तित करवानेवाला भी नहीं होगा। यह नया चिंतन संपूर्ण मानव जाति को चेतना से भर देगा। उसमें जाति, वंश, राष्ट्र, धर्म की सीमाएँ नहीं होंगी। इस नवीन चिंतन के लिए पुराने धर्म की समीक्षा और विभिन्न ज्ञान के आयामों से प्राप्त सामग्री उपयोगी रहेगी। मनोविज्ञान, मानववंशशास्त्र, जीवविज्ञान और समाजशास्त्र के आधार पर यह अंत:यात्रा आगे सरकेगी। मनुष्य की कौन सी महत्त्वपूर्ण जरूरतें हैं, एक बार

पता चले तो उसकी पूर्णता के लिए प्रयास करना बोझ नहीं लगेगा बल्कि वह आनंदमय काम होगा। यह नया चिंतन प्रस्थापित धर्मों को एक स्तर पर विकल्प देगा। उसके अभाव में लोग अधिकाधिक अंधविश्वासी बनेंगे या प्रखर भोगवादी बनेंगे। ये दोनों बातें मनुष्य जीवन के हित की नहीं हैं। इस नए चिंतन को कौन सा नाम दें, यह भी एक प्रश्न है। उसके लिए अभी किसी भाषा में नवीन शब्द का निर्माण नहीं हुआ है। जो शब्द बन जाएगा, वह निश्चित तौर पर धर्म नहीं होगा। धार्मिक भावनाओं की तथा धर्म की पूर्णतः कद्र करके भी उपरोक्त संपूर्ण विवेचन धर्म–भावना के परे जानेवाला है। कृतिशील मानवतावादी और नैतिक दृष्टि से उत्क्रांतिवादी है। यही समिति के विचारों का मार्ग भी है।

विश्वास-अंधविश्वास

विश्वास और अंधविश्वास इन दो शब्दों के इर्द-गिर्द अंधविश्वास निर्मूलन का आंदोलन खड़ा हो रहा है। विश्वास होना ही चाहिए पर अंधविश्वास न हो, यह एक सर्वस्वीकृत विचार है। कोई विश्वास आखिर में अंधविश्वास ही होता है, ऐसा इसके विपरीत दूसरा एक विचार है। विश्वास कभी भी अंधा नहीं हो सकता, ऐसा भी यकीनी तौर पर बतानेवाला एक वर्ग है। साथ ही कुछ लोग विश्वास और अंधविश्वास को अलग बतानेवाले भी हैं। इन मत-मतांतरों के बीच मूल सवाल शायद कभी उठाया नहीं जाता है कि विश्वास और अंधविश्वास शब्दों का उच्चारण करनेवालों को इन शब्दों का कौन सा अर्थ अभिप्रेत है? इसके लिए एक उदाहरण दिया जा सकता है। मेरा ईश्वर पर विश्वास है। ईश्वर अवतार लेता है, इस पर मेरा विश्वास है। ईश्वर मन्नतों से प्रसन्न होता है, इस पर मेरा विश्वास है। ईश्वर सर्वज्ञ और सर्वशक्तिमान भी है, इस पर मेरा विश्वास है। ईश्वर चमत्कार करता है, इस पर मेरा विश्वास है। ईश्वर प्रत्यक्ष दर्शन कराता है, इस पर मेरा विश्वास है। अच्छे व्यवहार का अर्थ ईश्वर है, इस पर मेरा विश्वास है। ये सारे वाक्य ईश्वर के बारे में बता देते हैं। परंतु इन वाक्यों को अलग-अलग रूप में जब जाँचा और परखा जाता है, तब समझ में आता है कि इस प्रत्येक वाक्य में आए विश्वास शब्द की अर्थ की दृष्टि से अलग छटाएँ हैं। ईश्वर पर असीम विश्वास है ऐसा कहनेवाले भी हैं। इनमें से कुछ विश्वास अंधविश्वास हैं, ऐसा दावा करनेवाले भी हैं। अर्थात् विश्वास कौन सा और अंधविश्वास कौन सा इसका विवेचन करना कई दृष्टियों से मुश्किल बन जाता है। इसका एक पहलू यह भी है कि विश्वास शब्द का उपयोग जहाँ किया है, उसका कौन सा अर्थ अभिप्रेत है? विश्वास के समर्थक जोर देकर पूछते हैं कि मेरा माँ पर विश्वास है, ऐसा कहने में क्या गलत है? सच तो यह है कि माता-पिता के प्रति जो विश्वास होता है, वह कृतज्ञता अथवा आदर होता है। वह स्वाभाविक है और उचित भी है। लेकिन कार्य-कारण भाव पर न टिकनेवाली माँ के बारे में जो विश्वास की बात है, उसे इस अर्थ में स्वीकारा नहीं जा सकता है। ग्रहण काल में घर के दरवाजे, खिड़कियाँ बंद करने की सलाह पुराने विचारों की माँ दे सकती है परंतु विश्वास है इसलिए उसे मानना जरूरी नहीं है। अपनी जाति में शादी करने का आग्रह पिताजी

कर सकते हैं; लेकिन यह अनुरोध भी केवल विश्वास है इसलिए स्वीकारना नहीं चाहिए। माता अथवा पिता के इन मशवरों को नकारने से उनके प्रति जो प्रेम, आत्मीयता है वह बिलकुल कम नहीं होती। यह ध्यान रखना चाहिए कि इसके लिए माँ पर अपने विश्वास का मूल्यांकन करें। विश्वास के बारे में दूसरा पहलू यह है कि विश्वास शब्द की प्रामाणिकता ग्रंथ प्रामाणिकता पर निर्भर है। इस विश्वास का मूल्यांकन व्यक्ति को अपने व्यक्तित्व पर मानो हमला-सा लगता है। मूर्ति में ईश्वर है, इस बात पर हिंदू धर्म के 100 व्यक्तियों को भरोसा है। तो किसी भी मूर्ति में ईश्वर होना असंभव है, इस बारे में मुसलमानों के मन में कोई शक नहीं है। हिंदुओं का धार्मिक विश्वास यह भी है कि आत्मा का अस्तित्व है और परमात्मा के साथ उसका मिलन जब होता है, तब वह जन्म-मृत्यु के चक्र से मुक्ति पाता है। बौद्ध धर्म के पालनकर्ता 'आत्मा नहीं है' इस विचार के साथ डटे हैं। जैन धर्मीय लोगों को लगता है कि सूर्यास्त के पहले भोजन करना उचित है और मुस्लिम धर्मीय लोग चंद्रोदय के पूर्व रमजान के उपवासों के दौरान पानी का घूँट तक वर्जित मानते हैं। इनमें से प्रत्येक व्यक्ति स्वयं के विश्वास को सच्चा विश्वास और दूसरों के विश्वास को पूर्णतः अंधविश्वास बताने में बड़े उत्साह के साथ जुट जाता है। इसलिए एक मजाकिया बहस सुनने को मिलती है। लोग कहते हैं, अंधविश्वास बुरा ही है, वह लोगों का शोषण करता है। पाखंडी बाबा लोग केवल ठगते ही नहीं बल्कि स्त्रियों का लैंगिक शोषण भी करते हैं। ऐसे पाखंडी बाबाओं के विरोध में अंधश्रद्धा निर्मूलन समिति काम करती है, यह प्रशंसनीय है। लेकिन वे इसके आगे और एक विचार जोड़ना नहीं भूलते हैं कि 'हमारे फलाने-फलाने जो बाबा हैं न वे बिलकुल सच्चे और आध्यात्मिक पुरुष हैं। शेष सारे बाबा बदमाश हैं। हमारे बाबाजी के बारे में आप अगर कुछ कहें तो खबरदार, क्योंकि उन पर मेरा विश्वास है। अन्यों के बारे में बोलने के लिए आजादी है। कारण कि वह अंधविश्वास है। इसका (मेरे विश्वास और जाँच-पड़ताल से नहीं) मुझे पूरा भरोसा है!' संक्षेप में एक का विश्वास दूसरे का अंधविश्वास होता है और किसी तीसरे का अंधविश्वास, चौथे के लिए जान से प्यारा विश्वास होता है। इसीलिए अंधविश्वास निर्मूलन का यह विषय हमेशा गंभीर चर्चा का है और कभी-कभी विस्फोटक गहमागहमी का बन जाता है।

विश्वास की काल और व्यक्ति-सापेक्षता

विश्वास और अंधविश्वास काल-सापेक्ष और व्यक्ति-सापेक्ष भी हैं। इसके स्पष्टीकरण के लिए सती प्रथा का उदाहरण लिया जा सकता है। 1929 में लॉर्ड बेटिंग ने सती प्रथा के विरोध में कानून बनाने का प्रयास किया था। उन दिनों पति के शव को अपनी गोद में रखकर उसकी पत्नी सती हो जाए, अर्थात् पति की चिता में स्वयं को अग्नि के हवाले करने की प्रथा थी। आधी-अधूरी जली अवस्था में ऐसी स्त्री को

पति के साथ गंगा में बहाया जाता था। एक स्त्री को इसी प्रकार सती हो जाने के पश्चात् गंगा नदी में धकेला गया। उसके शरीर में थोड़ी जान बाकी थी। संयोग से उसका शरीर तट पर आ गया। लॉर्ड बेटिंग की पुलिस ने उसे कब्जे में लेकर जिंदा रखने के लिए उपचार शुरू किए। इस खबर को पाते ही कट्टर धर्मवादियों ने ऐसी माँग की कि उसे ऐसे जिंदा रहने देना हमें मंजूर नहीं है। उसे हमारे कब्जे में दो। उसका सती हो जाना हमारे विश्वास के अनुकूल है। सन् 1929 में लॉर्ड बेटिंग ने सती प्रथा के विरोध में कानून बनाया। उस समय इलाहाबाद में बड़ा जुलूस निकालकर यह माँग की गई कि हमारे धार्मिक विश्वास और उन विश्वासों का एक हिस्सा सती प्रथा में दखलंदाजी करने का ईस्ट इंडिया कंपनी को कोई अधिकार नहीं है? सन् 1987 में राज्यस्थान के देवरा में एक स्त्री पति की मृत्यु के बाद सती हो गई। सती प्रतिबंध कानून अस्तित्व में था फिर भी भारत की सभी महिला और सामाजिक संगठनों को एक साथ आवाज उठानी पड़ी कि इस कानून को और कड़ा कर दो। अर्थात् 19वीं सदी में जिस घटना को विश्वास माना जाता था, वह विश्वास 20वीं सदी में पूर्णतः अंधविश्वास हो गया। यह हो गई विश्वास की काल-सापेक्षता। विश्वास की व्यक्ति-सापेक्षता क्या है? इसका भी एक उदाहरण बताया जा सकता है। सत्य साईं बाबा का नाम सबको पता है। उनके अद्‌भुत चमत्कारों का एक चित्रांकन हमारे हाथ लगा। उसे महाराष्ट्र में सब तरफ दिखाया गया। कल्याण साईं मंडपम् नाम का एक मंगल कार्यालय 4 करोड़ रुपए खर्च करके सत्य साईं बाबा ट्रस्ट ने बनवाया है। उसके उद्‌घाटन के लिए किसी मंत्री या मुख्यमंत्री तक को नजरअंदाज किया जा सकता है; परंतु सत्य साईं बाबा से प्रभावित होकर मंडपम् के उद्‌घाटन के लिए खुद प्रधानमंत्री पी.वी. नरसिंहराव आए थे, उस समय के गृहमंत्री शंकरराव चव्हाण, लोकसभा के सभापति शिवराज पाटील, आंध्रप्रदेश और कर्नाटक इन दो राज्यों के मुख्यमंत्री भी थे। वीडियो में हम देख रहे हैं कि प्रधानमंत्री के साथ बाकी सारे प्रतिष्ठित गण साधारण कुर्सी पर बैठे हैं और सत्य साईं बाबा सिंहासनाधिष्ठ एक आलीशान आसन पर विराजमान हैं। हमारी समझ के बाहर वाली भाषा में साईं बाबा का प्रवचन शुरू है। इसकी समाप्ति के बाद कल्याण साईं मंडपम् वास्तु के निर्माणकर्ताओं को सम्मानचिह्न देकर साईं बाबा के हाथों से सम्मानित किया जाने लगा। साईं बाबा के भरोसेमंद अनुयायी भेंटवस्तुओं को उन्हें लाकर दे रहे थे और वे उसे संबंधित व्यक्तियों को प्रदान कर रहे थे। कल्याण साईं मंडपम् के वास्तु रचनाशास्त्री का नाम पुकारा जाता है। वह व्यासपीठ पर आता है। उसे भेंटवस्तु देने के पहले साईं बाबा दोनों हाथ हवा में ऊपर उठाकर खाली है, दिखा देते हैं। अनुयायियों से भेंटवस्तु स्वयं के हाथों में ले लेते हैं। आर्किटेक्ट को देते हैं। आर्किटेक्ट वापस जाने के लिए मुड़ता भी है और साईं बाबा उसे वापस बुलाते हैं। स्वयं की बंद मुट्ठी हवा में घुमा देते हैं और सोने की चेन खाली हाथों में प्रकट करने

का महान चमत्कार करके उस आर्किटेक्ट के गले में पहना देते हैं। अर्थात् प्रधानमंत्री की उपस्थिति में हुए इस चमत्कार को काफी प्रसिद्धि मिल गई। लेकिन सत्य साईं बाबा यह भूल गए थे कि प्रधानमंत्री की कार्यक्रम में उपस्थिति है। सुरक्षा इंतजामों के लिए दूरदर्शन के कैमरे केवल व्यासपीठ के आगे से ही नहीं पीछे से भी लगे हैं। अत: कार्यक्रम के वीडियो के अंकन से चमत्कारों का नंगा सच सबके सामने स्पष्टता से उजागर हुआ है। सत्य साईं बाबा का भरोसेमंद अनुयायी उनके हाथ में जब भेंटवस्तु दे रहा होता है उसी समय उस भेंटवस्तु के निचले लकड़ी के हिस्से से बड़े आराम के साथ सोने की चेन साईं बाबा के हाथों में सरका देता है। वीडियो में यह स्पष्टता से दिखाई देता है। इसके पश्चात् इस चेन को अद्‌भुत चमत्कार करने का पाखंड रचकर सत्य साईं बाबा आर्किटेक्ट को देते हैं। इस वीडियो को महाराष्ट्र में अनेक जगहों पर पत्रकार परिषदों में बाँटा गया। सत्य साईं बाबा और उनके चमत्कारों का सच्चा रूप उनके अनुयायी शंकरराव चव्हाण और शिवराज पाटील की भी समझ में आए, इसलिए उन्हें भी यह वीडियो भेजे गए। इस घटना के पश्चात् शंकराराव चव्हाण जब सोलापुर आए थे, तब मेरे एक सहयोगी और महाराष्ट्र बुवाबाजी विभाग प्रमुख ने उनसे साक्षात्कार करना चाहा। अपेक्षा यह थी कि कुछ चर्चा हो। परंतु हवलदार को आदेश देकर मेरे सहयोगी को शंकरराव चव्हाण जी ने धक्के मारकर सर्किट हाउस से बाहर निकाला। उन्होंने इतना ही कहा कि 'यह मेरे विश्वास का प्रश्न है। मैं इसका विवेचन नहीं करूँगा। और अन्य करें, यह मुझे पसंद नहीं है।' यह हो गई विश्वास की व्यक्ति-सापेक्षता।

'श्रद्धा' शब्द श्रद् + धा से बना है। उसका अर्थ विश्वास रखना है। परंतु विश्वास, अंधश्रद्धा और श्रद्धा अलग-अलग हैं। अगर व्यक्ति ऐसा कहे कि हाथ में पहनी घड़ी पर उसकी श्रद्धा है इसलिए वह घड़ी उसे सही समय दिखाती है; बिजली के बल्ब पर उस व्यक्ति की श्रद्धा है इसलिए वह बल्ब प्रकाश देता है; उसके पास उपलब्ध कलम पर उसकी श्रद्धा है इसलिए उससे शब्द लिखे जाते हैं। इन वाक्यों को अगर सूक्ष्मता से देखें तो उसमें आया शब्द 'श्रद्धा' है तो भी वह 'विश्वास' के साथ जुड़ा है। कल्पना कीजिए, अगर व्यक्ति की घड़ी, बल्ब और कलम पर श्रद्धा है, इसलिए उसे साष्टांग नमस्कार करे तो क्या यह घटित हो सकता है? अथवा क्या घटित नहीं हो सकता है? और जो घटेगा नहीं तो उसका कारण उस व्यक्ति में पक्के विश्वास का अभाव होगा कि और कुछ? घड़ी के भीतरी यंत्र में कोई खराबी आ जाए, बिजली खंडित हो जाए और जनरेटर की सुविधा न हो, कलम है पर उसकी स्याही खत्म हो गई हो तो ऐसे समय में न घड़ी चलेगी, न बल्ब प्रकाश देगा और न ही कलम से शब्द लिखे जाएँगे। इसका अर्थ यह होता है कि घड़ी का समय दिखाना, बल्ब से प्रकाश प्राप्त होना, कलम से (अगर लिखना जानते हो तो) शब्द लिखा जाना आदि का कार्य-कारण भाव बिलकुल स्पष्ट है।

निष्कर्षत: वैज्ञानिक कसौटियों पर जिसका कार्य-कारण भाव स्पष्ट होता है, उसे 'विश्वास' कहना चाहिए। 'श्रद्धा' शब्द का प्रयोग उसके लिए उचित नहीं है। दो गुना दो चार होता है। ऐसे कई उदाहरण विश्वास के स्पष्टीकरण हेतु दिए जा सकते हैं। विश्वास का अर्थ है कार्य-कारण भाव का प्रभाव और अंधविश्वास का अर्थ है कार्य-कारण भाव का अभाव। अर्थात् अंधविश्वास की यह आरंभिक स्तर की परिभाषा हो गई। कुछ दिनों के पूर्व समाचार-पत्रों में यह खबर पढ़ने में आई कि किसी महिला ने चोरी की है या नहीं—या वह चरित्र-संपन्न है या नहीं, इसको परखने के लिए उबलते हुए तेल में हाथ डालकर सिक्का बाहर निकालने के लिए बताया गया और उसका हाथ अगर जला नहीं तो उसने चोरी नहीं की है अथवा उसकी चरित्र-संपन्नता साबित हो गई माना जाता है। यह खुलेआम अन्याय है और उसकी कार्य-कारण भाव के साथ पूर्णत: विसंगति भी है। एकाध स्त्री का चोरी करना या नहीं करना अथवा उसके चरित्रगत पवित्रता के होने न होने का उबलते तेल में डाले हाथ के जलने न जलने से कोई संबंध नहीं है। यह कार्य-कारण भाव रहित है। इससे स्पष्ट होता है कि अंधविश्वास कार्य-कारण भाव के अभाव और शोषण के प्रभाव से भी ज्यादा खतरनाक है। यह सवाल पूछा जाता है कि अब विज्ञान का युग है। हर समय विज्ञान के साथ जुड़ने के कारण कुछ मात्रा में वैज्ञानिक दृष्टिकोण लोगों तक पहुँचा होगा। ऐसी स्थिति में वैज्ञानिक दृष्टि तथा शैक्षणिक कार्य-कारण भाव से ज्ञान प्राप्त करके अंधविश्वास अपने-आप क्यों खत्म नहीं हो रहे हैं ? ऐसा अगर हो जाए तो खुद-ब-खुद अंधविश्वासों से होनेवाले शोषण खत्म होंगे। लेकिन वास्तव में यह होता नहीं है, क्योंकि अंधविश्वास कई उलझनों से भरी प्रक्रिया है। इसलिए पवित्रता और हित-संबंधों के कारण विवेचन से इनकार करनेवाला तथा घातक बन चुका भ्रम ही अंधविश्वास है, ऐसी इसकी परिभाषा की जा सकती है। इन बातों पर विवेचन किया जाना संभव है; परंतु पवित्रता की पारंपरिक कल्पना और स्वार्थ-संबंधों के कारण विवेचन के लिए स्पष्ट नकार दिया जाता है। रजोधर्मिता स्त्री की पवित्रता है; यह उदाहरण लिया तो इस बात को और अधिक स्पष्ट तरीके से समझा जा सकता है। रजोधर्म का अर्थ क्या है विज्ञान भली-भाँति जानता है। गर्भधारण के लिए अनुकूल गर्भाशय का अंत्य त्वचास्तर उस महीने में गर्भधारण न होने से प्राकृतिक नियम के तहत त्यागा जाता है, इसे ही रजोधर्म कहा जाता है। यह स्थिति विशिष्ट उम्र में स्त्री के लिए प्राप्त होती है और विशिष्ट उम्र में उसी नियम के तहत बंद भी होती है। इन सारी बातों में रजोधर्मी स्त्री को रज:काल के दौरान अपवित्र मानने का संबंध कहाँ से आता है ? आचार्य विनोबा जी ने एक जगह पर प्रत्येक इनसान के शरीर को मलमूत्र की गंदी नालियाँ कहा है। प्रत्येक व्यक्ति नियमित तौर पर मलमूत्र विसर्जन करता है; परंतु कोई भी पुरुष स्वयं को अपवित्र नहीं मानता है। इस प्राकृतिक मलमूत्र विसर्जन के पश्चात्

ज्यादा से ज्यादा हाथ-मुँह धोने के बाद वह पूर्ववत् पवित्र हो जाता है। तो जिंदगी के कुछ साल और वह भी महीने के चार-पाँच दिन ही, रजोधर्मी स्त्री कैसे अपवित्र हो सकती है? इसका सीधा संबंध स्त्री को निम्नस्तर की माननेवाली तथा प्राकृतिक जिम्मेदारी को लेकर उस पर पवित्रता को थोपनेवाली पुरुषप्रधान व्यवस्था और धार्मिक स्वार्थ हैं। लेकिन मासिकधर्म के दौरान स्त्री अपवित्र है, यह भ्रम पाले रखना और इस पर बात करना विस्फोटक तथा बहुत क्रोध पैदा करनेवाला है। एक महाविद्यालय की प्राचार्या ने यह घोषित किया कि मैं स्वयं को मासिकधर्म के दौरान अपवित्र नहीं मानती हूँ और इन दिनों ईश्वर दर्शन भी करती हूँ। इस वक्तव्य और व्यवहार से उन्हें डराया-धमकाया गया और इसके विरोध में लिखे समाचार-पत्रों के जहरीले संपादकीय लेखों का उन्हें सामना भी करना पड़ा। अंधविश्वास की दाहकता, उग्रता ऐसे घटना प्रसंगों में देखी जाती है।

प्राचीन धर्मग्रंथों में 'श्रद्धा' शब्द को किन अर्थों में इस्तेमाल किया गया है, यह देखना महत्त्वपूर्ण है। इस शब्द का अर्थ जिस समय 'विश्वास रखना' लिया जाता है, तब उसके लिए तीन कसौटियाँ बताई जाती हैं। पहली कसौटी प्रत्यक्ष प्रमाण है। आदि शंकराचार्य ने लिख रखा है और कई ग्रंथों का आधार लेकर भी अनेक विद्वानों ने बताया है कि अग्नि शीतल है तो भी उस पर विश्वास नहीं रखा जाता है, क्योंकि प्रत्यक्ष अनुभव ऐसा बताता है कि अग्नि का स्पर्श जला देता है और यही प्रत्यक्ष ज्ञान प्रमाण होता है, वही विश्वास की नींव है। दूसरी कसौटी अनुमान से प्राप्त होती है। जैसे, जंगल में रास्ता नहीं मिलता है परंतु किसी भी दिशा की ओर जाए तो कहीं न कहीं मनुष्य का निवास रहेगा, यह भरोसा होता है। इन प्रसंगों में जंगल के एक हिस्से के ऊपर 15-20 धुएँ की रेखाएँ उठती हुई दिखती हैं। मनुष्य, उसका निवास, चूल्हा, आग इसमें से प्रत्यक्ष कुछ भी दिखाई नहीं पड़ता है। लेकिन जंगलवासी खाना पकाने के लिए लकड़ी का इस्तेमाल करते हैं, उससे धुआँ उठता है। संध्या समय है। 10-12 जगहों से एक ही समय अगर धुएँ की रेखाएँ उठ रही हैं, ऐसे दृश्य हैं, तो इन सबको ध्यान में रखते हुए ऐसा तर्क और अनुमान किया जा सकता है कि उन जगहों पर मानव का निवास होगा। विश्वास के लिए शब्द प्रमाण भी माना जाता है। विद्यार्थी अध्यापकों द्वारा पढ़ाए गए पाठ और शब्दों पर विश्वास रखता है। लेकिन उसके लिए, जिसे शब्द प्रमाण मानना है, सत्य की प्रतीति होनी चाहिए और उससे सच बोला जाना चाहिए। ये कसौटियाँ शब्द प्रमाण के लिए प्राचीन काल से प्रचलित हैं। दूसरा यह भी है कि गुरुजनों का शब्द अचूक और अंतिम है, ऐसे वैज्ञानिक दृष्टिकोण ने कभी भी स्वीकारा नहीं है। इसीलिए अध्यापकों द्वारा शब्द प्रामाण्य से जो भी ज्ञान प्राप्त होता है, उसे कई प्रकार के सबूतों की कसौटियों पर आँकना गुरुजी का अपमान नहीं है (परंतु धार्मिक क्षेत्र में ऐसे परीक्षण के लिए अनुमति नहीं है)। गौतम बुद्ध ने अपने विवेचन में बार-बार श्रद्धा शब्द का उल्लेख किया है। लेकिन वहाँ तक पहुँचने

के लिए अनेक सीढ़ियों को पार करने की बात कही है, वे सभी सीढ़ियाँ आलोचना की हैं। इसका अर्थ यह है कि वह सब कार्य-कारण भाव पर आधारित हैं और 'विश्वास' प्रक्रिया के साथ सुसंगत भी हैं।

श्रद्धा शब्द अंधश्रद्धा के साथ भी अपरिहार्यता के साथ जोड़ा गया है। धर्म की सुसंगठित आरंभिक अवस्था श्रद्धा है। मानव ने श्रद्धाओं का परीक्षण जब करना शुरू किया तब सहजता से ही धर्म की समीक्षा शुरू हो गई। सत्य को परखने के लिए वैज्ञानिक दृष्टिकोण का मार्ग निर्मित हुआ। अत: विज्ञान की कसौटियों पर विशुद्धता से परखी गई बातों को लेकर कथित धर्म-विश्वास को पीछे हटना पड़ा। ईश्वर पर अपार श्रद्धा-विश्वास रखनेवाली आबादी बड़ी तादाद में है और ईश्वर ही निर्माता तथा रक्षिता है, ऐसा उनका मानना होता है। लेकिन उनमें से कोई भी व्यक्ति ईश्वर रक्षण करेगा, इस भरोसे पर अपने बच्चे को पोलियो का टिका देने से रोकता नहीं है। एक अर्थ से कार्य-कारण भाव जिस जगह पर सीधे प्रस्थापित होता है, वहाँ विश्वास का परिक्षेत्र खुद-ब-खुद सीमित होने लगता है। विज्ञान की सीमाएँ जब बढ़ती जाती हैं तब समाज-व्यवस्था में निहित विश्वास की बातों को परखा जाना शुरू होता है। राजा को पारंपरिक विचारों के आधार पर ईश्वर का अंश माना गया है। लोकतांत्रिक समाज-व्यवस्था में भी राजपरिवार से जुड़ा व्यक्ति सहजता से चुनाव जीतता है; परंतु उसके लिए उसे चुनाव में उतरना पड़ेगा और अगर लोकतांत्रिक व्यवस्था में लोगों ने उसे नहीं चुना तो उसे हार को स्वीकारना पड़ेगा। राजपरिवार के व्यक्ति से कोई गुनाह हो तो उसमें ईश्वर का अंश है—इस विश्वास के भरोसे सजा से छूट नहीं मिलती (नेपाल में कुछ सालों पूर्व तक राजपरिवार के व्यक्ति के लिए यह छूट दी जा रही थी)। समाज में मौजूद मूल्य-व्यवस्था भी विश्वास पर अवलंबित है। 'विश्वास' की परख शुरू हो गई कि कई बार पारंपरिक मूल्यों की विश्वसनीयता संदेह के घेरे में आ जाती है। केवल विश्वास पर आधारित मूल्य-व्यवस्था बदलकर मानवतावादी विचारों की नई मूल्य-व्यवस्था अस्तित्व में आ जाती है। इसीलिए तो स्त्रियों की शिक्षा धर्म-विश्वास के विरुद्ध होकर भी उस परंपरागत मूल्य को त्यागना पड़ा।

अंधविश्वास का कवच-कुंडल

विज्ञान का प्रचार-प्रसार हो जाने पर अज्ञान खत्म होगा और अज्ञान के साथ उससे जुड़ा अंधविश्वास खत्म होगा, ऐसा सामान्य तौर पर सोचा जा रहा था। लेकिन वास्तविक जीवन में यह सच नहीं हुआ। इसका मूल कारण कोई व्यवहार-विश्वास है या अंधविश्वास इसकी परख करना मुश्किल होता है। अंधविश्वास का मतलब दुष्कर, पवित्रता-प्राप्त और संरक्षक लगनेवाला अज्ञान है। अंधविश्वास में अज्ञान के ऊपर भावुकता का सुरक्षा-कवच चढ़ाया जाता है। विश्वास में ज्ञान के ऊपर भावुकता

का सुरक्षा–कवच होता है। सुरक्षा–कवच जैसे रूपक का प्रयोग बात को समझने के लिए किया गया है। कर्ण के सुरक्षा–कवच का महाभारत में उदाहरण है। उसमें कहा गया है कि वह सुरक्षा–कवच कर्ण ने जब तक धारण किया था तब तक वह अपराजित रहा था। इस सुरक्षा–कवच को कर्ण ने दान किया। शरीर से उसे उतारते वक्त उसने असहनीय पीड़ा का अनुभव किया। इसका वर्णन भी महाभारत में आता है। विश्वास और अंधविश्वास का सुरक्षा–कवच व्यक्ति को ऐसे ही सुरक्षा प्रदान करनेवाला, अपने आपको अपराजित होने का अहसास दिलानेवाला होता है। लेकिन मूल प्रश्न यह है कि यह भावुकतापूर्ण सुरक्षा–कवच अज्ञान पर आधारित है अथवा ज्ञान पर, इसे परखने के लिए व्यक्ति अपने आपको तैयार नहीं है। क्योंकि इन बातों को समझने के लिए सुरक्षा–कवच और अंधविश्वास के परदों को हटाकर स्वयं को परखना पड़ेगा। ऐसा करने से व्यक्ति असुरक्षित और पराजित महसूस करता है। आज भी अंतर्जातीय विवाहों का अधिकांश जगहों पर कड़ा विरोध होता है। इसका विरोध इसीलिए होता है कि अपनी जाति अधिक पवित्र है, अधिक उच्चतम है और घर का कोई अन्य सदस्य अपने से कम पवित्र, कम प्रतिष्ठित जाति में शादी करे तो अपनी अप्रतिष्ठा होगी। वैसे देखा जाए तो दुनिया–भर में सभी व्यक्तियों के खून का वर्गीकरण मुख्यतः चार प्रकारों में होता है। सभी मानव जाति का जिनोम पैटर्न 99.97 तक एक जैसा ही है। यह ज्ञान विज्ञान से इनसान को पता चला है। जन्मतः उच्च–नीचता प्रदान करनेवाली जातिभावना विश्वास है या अंधविश्वास अगर सोचा जाए तो साफतौर पर अंधविश्वास है, यह समझ में आता है। परंतु इस प्रकार की समीक्षा में पवित्र, सुविधाजनक और सुरक्षा प्रदान करनेवाली जातिभावना के सुरक्षा–कवचों को उतारकर फेंकना पड़ता है। जनसाधारण के लिए यह करना बहुत मुश्किल होता है। अतः विशिष्ट मानसिक स्तर पर विशुद्ध अंधविश्वास से भरी जातिभावना बनी रहती है।

अंधविश्वास उन्मूलन के आरंभिक प्रयास

कई प्रकार के उलझनों से भरी मानसिक, सामाजिक प्रक्रिया में भी कुछ अंधविश्वास नष्ट होते हैं। समाजसुधारकों के प्रयासों से और गतिमान समाज–जीवन के तकाजे से अज्ञान पर आधारित, अमानवीय जोखिमों से भरे अंधविश्वासों को निभाना कठिन है, ऐसे अंधविश्वास समय गुजरते खत्म होते हैं। लेकिन इससे ऊपर उठकर बड़ी गंभीरता के साथ विश्वास की गुत्थियों को समझ लेना जरूरी है।

ऊपर विश्लेषित अंधविश्वासों के उदाहरणों को अगर देखा जाए तो अंधविश्वास निर्मूलन के लिए किए गए प्रयासों की जानकारी प्राप्त होगी। अमानवीय अंधविश्वास के विश्लेषण के लिए देवदासी प्रथा का उदाहरण काफी है। 1975 में देवदासी प्रथा के विरोध में पहला अधिवेशन निपाणी (कर्नाटक) में हुआ। उसके बाद जटा

निर्मूलन के खुले कार्यक्रम शुरू हो गए। स्त्री के बालों में लट पड़ने को देवदासी बनने के लिए आया हुआ निमंत्रण माना जाता है। परंतु जमीनी सच्चाई कौन सी है? होता यह है कि ऐसी लड़की के घर में साफ-सफाई की सुविधाएँ नहीं होती हैं। साफ-सफाई की आदत, जानकारी, समझदारी और जागृति भी नहीं होती है। बालों को सँवारना, साफ-सुथरा रखना, नहाना-धोना अगर नहीं किया जा रहा है तो लटें बढ़ती जाती हैं। साफ-सफाई और बालों की जरूरी देखभाल करें तो इसे रोकना संभव है। कम-से-कम बालों में लट पड़ने का कारण तो सहजता से पता चल सकता है। लेकिन बालों की लट को देवी की जटा समझा जाता है। उसी को लक्ष्य बनाकर कहा जाता है कि यह रेणुका माता या यल्लमा माता का न्योता है। संकेत और चर्चाओं का उफान आता है। लड़की अगर स्कूल में पढ़ रही है, तो उसकी पढ़ाई रोकी जाती है। बालों में बनी उस जटा को हल्दी-कुमकुम से पूजने का दौर शुरू होता है। सिर पर जग (देवी का सिंहासनाधिष्ठित छोटा लकड़ी का मंदिर) रखा जाता है। रोज देवी के नाम पर भिक्षा माँगना शुरू होता है। धीरे-धीरे शुक्रवार के दिन उस लड़की के शरीर में देवी अवतरित होने लगती हैं। अतः कभी-कभार उसे यल्लमा माता के पास लेकर जाते हैं। अंततः उसकी देवता के साथ शादी करवाई जाती है। वह विधिवत् देवदासी बनती है। साक्षात् भगवान के साथ विवाह होने के कारण उसे लौकिक अर्थ में शादी की जरूरत नहीं है। व्यवहार में वह देवदासी नहीं, केवल भोग का साधन बनती है। ऐसी लड़कियाँ एक तो गाँव के गुंडों की वासनाओं का शिकार होती हैं अथवा मुंबई जैसे बड़े शहरों में वेश्या बस्तियों में बेची जाती हैं। सुखी जीवन के रंगीन सपने चकनाचूर हो जाते हैं। यह सब कुछ अमानवतावादी है। सन् 1934 में देवदासी पर प्रतिबंध के लिए ब्रिटिशों ने कानून बनाया। महाराष्ट्र और कर्नाटक में इस कानून के विरोध में आंदोलन हुए। महाराष्ट्र में इस सवाल को सुलझाने के लिए आयोग की स्थापना की गई। देवदासी प्रथा पर उपाय ढूँढ़ने के लिए कुछ सकारात्मक कदम उठाए गए। जादू-टोना विरोधी कानून के कारण हिंदू धर्म को चोट पहुँचती है, ऐसा बहाना बनाकर विरोध किया गया (ऐसा करना गलत था)। लेकिन इसी दौरान महाराष्ट्र विधानसभा में देवदासी प्रतिबंधक कानून को अधिक कड़ा करने के लिए विधेयक पारित किया गया। इसका अर्थ यह होता है कि अंधविश्वास अमानवीय है और उसके निराकरण के लिए ईमानदार प्रयास किए गए तो ऐसे अंधविश्वासों का खात्मा हो सकता है या कम-से-कम बड़े पैमाने पर उसमें कमी आ सकती है।

केवल अज्ञान पर आधारित ऐसे जो अंधविश्वास होते हैं, वह विज्ञान की कसौटी पर खत्म होते हैं। कुछ दशकों पहले महाराष्ट्र में 'चेचक' की बीमारी थी। बच्चों को बुखार आता था। शरीर और चेहरे पर फोड़े निकलते थे। बुखार खत्म होता था और फोड़े भी ठीक हो जाते थे। लेकिन इन फोड़ों की वजह से चेहरे पर

दाग हमेशा के लिए रह जाते थे। वह बदसूरत चेहरा जिंदगी-भर बना रहता था। इस बीमारी का आना देवी का कुपित होना माना जाता था। परंतु चेचक की बीमारी से मुक्ति के लिए टीका ढूँढ़ा गया। दुनिया-भर के लोगों को उसे लगाया गया। अतः विषाणु के मुकाबले हेतु इनसान के शरीर में प्रतिकारशक्ति पैदा हो गई। इस बीमारी के विषाणु केवल इनसान के शरीर में ही जीवित रह सकते हैं, सबकी प्रतिकार शक्ति बढ़ने से विषाणुओं का खात्मा हो गया। अतः संपूर्ण दुनिया से इस बीमारी को उखाड़ फेंका गया। गतिमान समाज-जीवन के कारण भी कुछ अंधविश्वास खत्म हो गए हैं। विकास की गति इतनी तेज थी कि उस अंधविश्वास का टिक पाना संभव नहीं हुआ। एक समय था कि जहाँ छुआछूत थी, खाने-पीने में एक जाति-धर्म दूसरे जाति-धर्म का स्पर्श भी वर्जित मानता था और शादी-ब्याह में जाति-धर्म की प्रथा भी थी। जीवन की गतिशीलता और भाग-दौड़ के आधुनिक जमाने में भीड़-भाड़ भरी जगहों पर छुआछूत का पालन करना असंभव है। होटलों के खान-पान के दौरान हम जिस थाली या चाय के कप का इस्तेमाल कर रहे हैं, उसे हमसे पहले किस जाति-धर्म के व्यक्ति ने इस्तेमाल किया, समझना मुश्किल है, अतः यह निषिद्धता भी खत्म हो गई है। लेकिन आज भी शादी-ब्याह के लिए सजातियों को ही ढूँढ़ा जाता है। इसका पालन करना आज संभव है इसलिए शादी-ब्याह की पाबंदियाँ अभी तक अस्तित्व में हैं। मासिकधर्म में स्त्रियों का स्पर्श निषिद्ध और अपवित्र माने जाने का अंधविश्वास आज भी मौजूद है। मासिकधर्म के दौरान आज भी उस स्त्री को और बहुसंख्य स्त्रियाँ खुद को अपवित्र माना करती हैं। लेकिन कामकाजी वृत्ति के कारण बहुत बड़ा स्त्रियों का समूह घर से बाहर निकल पड़ा। किसी कामकाजी व्यक्ति को केवल एक शरीर धर्म के लिए लगातार चार दिनों तक की छुट्टी देना संभव नहीं है, आर्थिक दृष्टि से भी हानिकारक है। अर्थात् सहजता से मासिकधर्म में स्त्री का अछूत माना जानेवाला यह अंधविश्वास पीछे पड़ता गया।

अंधविश्वास उन्मूलन : क्रोध की जगह करुणा की अपेक्षा

प्रसिद्ध साहित्यकार विजय तेंडुलकर ने एक बार कहा था, 'मनुष्य अंधविश्वासी होता है; कारण, अंधविश्वासी होना उसकी जरूरत होती है।' इसका अर्थ क्या होता है? मनुष्य का व्यक्तित्व भावना और विचारों से बनता है। वह केवल विचारों से जीनेवाला प्राणी नहीं है, उसमें भावनाएँ भी हैं। वह भावनाएँ तर्कशुद्धता के साथ नहीं तो सहज, स्वाभाविक प्रवृत्ति के साथ आविष्कृत होती हैं। यह मनुष्य की सीमा है। अमावस की रात्रि के दौरान हमें अकेले श्मशान जाने का प्रसंग आया है, ऐसा समझ लीजिए। बचपन से घर-बाहर भूत होने की बात का हम पर संस्कारी-प्रभाव बना रहा है। भूत अमावस की रात्रि के समय श्मशान में होता ही है, यह बात भी बचपन

से मन पर जाने-अनजाने पक्के तौर पर अंकित होती है। ऐसे घटना-प्रसंग में अमावस की रात्रि के समय ही श्मशान में जाने की अनिवार्यता आन पड़ी तो मनुष्य क्या करता है? इसके साथ ही श्मशान में भूत होते हैं परंतु राम नाम का जप करें तो भूत भाग जाते हैं, यह संस्कार भी बचपन में हम प्राप्त कर चुके हैं। अत: संबंधित व्यक्ति श्मशान प्रवेश करते समय मन-ही-मन तथा जोर-जोर से राम नाम का जप करना आरंभ कर देता है। यह व्यवहार अंधविश्वास से भरा है, इसमें कोई शक नहीं है। ऐसा व्यवहार उचित नहीं है, पर क्षमा करने लायक है और इन स्थितियों में उसे समझा भी जा सकता है। अत: अंधविश्वास निर्मूलन का कार्य करते समय समिति हमेशा यह बात बताती है कि अंधविश्वास निर्मूलन कार्य के दौरान क्रोध की अपेक्षा करुणा की और उपहास की अपेक्षा अपनेपन की ज्यादा जरूरत है। व्यक्ति अंधविश्वास को क्यों अपनाता है, इसका उत्तर बहुआयामी होता है। इसलिए उसके प्रतिवाद और उपाय भी वैसे ही होने चाहिए। गाड़ी बहुत अच्छी होती है, इसका अर्थ उसके विविध पुर्जे ताकतवर और उसका जुड़ना मजबूत होता है; लेकिन गाड़ी कितनी भी अच्छी हो उसमें शॉक अब्जॉर्बर होते हैं। सवाल गाड़ी का होता नहीं है, गाड़ी जिन रास्तों से गुजरती है उस पर गड्ढे होते हैं, उभार होता है; अत: गाड़ी को धक्के लगते हैं। इन धक्कों से गाड़ी का नुकसान न हो, ऐसी अपेक्षा होती है। एकाध बार गाड़ी बिगड़े, टूटे-फूटे चल सकता है परंतु उसमें बैठे व्यक्ति के जान-माल का नुकसान न हो यही मंशा होती है। यही उदाहरण अंधविश्वास के साथ जीनेवाले व्यक्ति के लिए दिया जा सकता है। व्यक्ति का निर्माण बहुत अच्छे ढंग से होता है, इसका अर्थ व्यक्ति के लिए आनुवंशिकता के तौर पर अच्छे गुणों की प्राप्ति होती है। भावना और बुद्धि का व्यक्तित्व में सुंदर मिलाप होता है। लेकिन व्यक्ति जिन रास्तों से होकर जिंदगी का सफर तय करता है उसमें मोहभंग, दुख, निराशा के गड्ढे होते हैं। उन रास्तों से गुजरते वक्त अनिवार्यता से व्यक्ति को कम-ज्यादा धक्के लगते हैं, झटके लगते हैं। मजबूत गाड़ी खराब न हो, टूटे नहीं, बिगड़े नहीं इसीलिए उसमें शॉक अब्जॉर्बर लगाया जाता है वैसे ही जिंदगी के मार्ग पर चलते वक्त हादसों से व्यक्तित्व की हानि न हो इसलिए व्यक्ति अंधविश्वास के शॉक अब्जॉर्बर स्वयं को लगा लेता है। इस कृति को परंपरा अनुकूलता और अनुमति प्रदान करती है। परिवार और सामाजिक जीवन व्यक्ति का ही संस्कार करता है, अत: इस प्रकार के अंधविश्वासों का पालन गलत नहीं लगता। श्मशान में राम नाम के उच्चारण के उदाहरण से यही स्पष्ट होता है कि व्यक्ति भूत (अंधविश्वास से जन्मे) के भय से टूटनेवाले, भयभीत होनेवाले अपने व्यक्तित्व की रोकथाम के लिए राम नाम का शॉक अब्जॉर्बर लगाकर बचता है। अर्थात् अंधविश्वास का आधार लेनेवाले और उसके अधीन रहनेवालों में फर्क करना पड़ेगा। अमावस की रात्रि में 12 बजे श्मशान में स्वयं को भूतों से बचाने के लिए राम नाम जपना भूतों को भगाता है, इस अंधविश्वास को पाले रखना एकाध

बार समझा जा सकता है; परंतु बॉस के कमरे में बुलाने पर अथवा रास्तों को पार करते वक्त कोई व्यक्ति हमेशा राम नाम जपा करता है, तो उसे अंधविश्वास कहना पड़ेगा।

अंधविश्वास की गंभीरता

यहाँ पर दो महत्त्वपूर्ण सवालों पर विचार-विमर्श करना जरूरी है। कोई भी व्यक्ति ऐसा कह सकता है कि 'मैं आजाद हूँ।' अत: अंधविश्वासी बने रहने की भी आजादी है। मैं जिस तरीके का आचरण करता हूँ वह अंधविश्वास है, इसे मैं भी मान लेता हूँ। बहुत बड़ी आबादी इस तरीके का आचरण रखती है। कोई उँगली में अँगूठी पहनता है, कोई माला हाथ में लेकर जप करता है, कोई नाम जप करता है, तो कोई तावीज पहनता है। जेब में लटकाई कलम अथवा गले में पहने लॉकेट में कई लोग अपने बाबा जी का फोटो लगाते हैं। यह सब कुछ अंधविश्वास का द्योतक है। लेकिन इन सबके बावजूद ऐसा आचरण व्यक्ति का निजी आचरण होता है। उसको लेकर टिप्पणी करने का क्या कारण है? यह प्रश्न साधारण लगता है लेकिन पूछनेवाला गलत नहीं पूछ रहा है। अत: इस प्रश्न के प्रतिवाद पर गंभीरता से सोचना पड़ेगा। अंधविश्वासों का समिति विरोध क्यों करती है? इससे होनेवाला शोषण प्रमुख कारण तो है ही परंतु उससे भी अन्य कई महत्त्वपूर्ण बातें हैं। आधुनिक जीवन में व्यक्ति के पास हर काम को उचित साबित करने के लिए ठोस सबूतों की उपलब्धता होनी चाहिए। स्वयं का घर हो तो नगरपालिका में वह कानूनी तौर पर दर्ज होता है। अपनी जमीन हो तो अपना नाम खसरे की नकल में दर्ज होता है। कोई गाड़ी आपके पास हो तो उससे जुड़े कार्यालय में वह आपके नाम से दर्ज की जाती है और उसके पंजीकरण का प्रमाण-पत्र आपको दिया जाता है। कोई व्यक्ति दूसरे देश में गया तो वह कौन से देश का निवासी है इसके लिए पासपोर्ट साथ में रखा करता है। यह सब मूल प्रमाण-पत्र महत्त्वपूर्ण और निर्णायक सबूत होते हैं। इसी क्रम से आगे बढ़ते हुए ऐसे पूछा जा सकता है कि मनुष्य केवल प्राणी नहीं है तो वह एक व्यक्ति है, इसके लिए सबूत कौन सा है? इसके लिए एक ही सबूत काफी है, वह है, उसकी कड़ी मेहनत से कमाई बुद्धि। यह बुद्धि मनुष्य को ईश्वर से उपहारस्वरूप में प्राप्त नहीं हुई है। मनुष्य मूलत: प्राणी था और ऐसी अवस्था में उसने लाखों वर्ष भी बिताए हैं। उत्क्रांति के दौरान उसने अगूँठा पाया। खुली उँगलियाँ पाईं। इनके आधार से उसने आस-पास की प्रकृति पर नए-नए प्रयोग करने शुरू कर दिए। अत: उसके दिमागी विकास की यात्रा शुरू हो गई। इसके साथ ही बाकी प्राणिजगत् की अपेक्षा अधिक कंपित होनेवाला उत्क्रांत स्वरयंत्र भी व्यक्ति को प्राप्त हुआ। उसके आधार पर उसने भाषा का निर्माण किया। बड़े परिश्रम से और अन्य साधनों के उपयोग से कड़ी मेहनत की है। इसके साथ ही साथ भाषा का उपयोग करके अन्यों से संपर्क

स्थापित कर बौद्धिक विकास भी किया है। अर्थात् इसलिए संपूर्ण प्राणिजगत् में विकसित बौद्धिक क्षमता का अधिकारी केवल मनुष्य ही अकेला प्राणी है। मनुष्य की बुद्धि ईश्वर से प्राप्त अथवा दैवी उपहार नहीं है। कई लाख वर्षों की उत्क्रांति के दौरान मनुष्य की हजारों पीढ़ियों ने तथा उसके पूर्वजों ने कड़ी मेहनत के साथ बूँद-बूँद ज्ञान संचय किया है और वह आज इकट्ठा मनुष्य के सामने उपलब्ध है। जिस समय कोई व्यक्ति बिलकुल सहज रूप में अंधविश्वास को स्वीकार करता है और उसमें विशेष क्या है? यह मेरा वैयक्तिक प्रश्न है।' कहता है; तब वह मनुष्य के हजारों पीढ़ियों से प्राप्त विरासत को ठोकर मार देता है। और इस प्रकार का व्यवहार तथा काम बहुत गंभीरता से लेने की आवश्यकता है।

सुशिक्षितों का अंधविश्वास खत्म क्यों नहीं होता?

वैज्ञानिक विकास अपनी चरम पर पहुँच चुका है और इधर अंधविश्वास की पट्टियाँ आँखों पर बाँधकर लोग लड़खड़ाते चल रहे हैं, इसका अनेक लोगों को आश्चर्य होता है। वैज्ञानिक भी अंधविश्वासों का समर्थन करते हैं, उनकी इस कृति से सामान्य आदमी भी चकित होता है। सामान्य लोग यह प्रश्न उठाते हैं कि जो शास्त्रज्ञ वैज्ञानिक दृष्टि से शास्त्रीय अध्ययन करते हैं, वे अंधविश्वासी कैसे हो सकते हैं? लेकिन सामान्य जनता के आकलन के बाहर की बात है कि जिनका मूल व्यवसाय विज्ञान है वे भी अंधविश्वास के शिकार क्यों होते हैं, इस पर सूक्ष्मता से गौर करना पड़ेगा।

यूरोप में प्रबोधनात्मक विचारों का मंथन कुछ शतकों तक चलता रहा। वह मंथन अनेक आयामों में हुआ है। विज्ञान के आविष्कारों से धर्मग्रंथों के सामने खुलेआम चुनौती खड़ी हो गई। प्रोटेस्टेंट पंथ के विद्रोह से धर्म-समीक्षा शुरू हो गई। पूँजीवादी उद्योग के प्रसार हेतु अन्य देशों से संपर्क जोड़ा गया। दुनिया को केंद्र में रखकर सोचने तथा स्वयं का परीक्षण करने और परिवर्तनवादी दृष्टि अपनाने की मानसिकता बढ़ती गई। तत्त्ववेत्ताओं ने परंपरागत रास्तों से हटकर विचारों का प्रतिपादन करना आरंभ किया। भारत के भीतर इसमें से कुछ भी नहीं हुआ। वैज्ञानिक आविष्कार नहीं हुए। हिंदू धर्म मूलत: जाति-धर्म ही था और वह जाति जन्मतः प्राप्त होती थी; अत: उसको लेकर कभी समीक्षा नहीं हो पाई। समुद्र को पार करके अन्य देशों में जाना धर्मशास्त्र में निषिद्ध था, इसलिए दुनिया से संपर्क नहीं हो पाया। व्यापार से पूँजी प्राप्त नहीं हो सकी, फलस्वरूप साहूकार, दलाल और बड़े सरंजामशाह पैदा हो गए। अर्थात् भारतीय विज्ञान ब्रिटिश साम्राज्य के यंत्र विज्ञान का पोषक रहा। कुल मिलाकर भारतीय जनमानस के विचारों का मंथन कभी हुआ ही नहीं। जिस देश में चार्वाक, लोकायत, बुद्ध की परंपरा थी उस देश में 11-12वीं सदी से आगे सात सौ, आठ सौ वर्षों तक लोग प्रश्न पूछना भूल गए। इसके पश्चात् लोग थोड़े-बहुत विज्ञान

के नजदीक आते गए। तंत्रज्ञान का थोड़ा-बहुत उपयोग कार्य-कारण भाव तक ही सीख सके। वैज्ञानिक दृष्टि से मुक्तिदायी जीवनदृष्टि का स्पर्श उन्होंने नहीं किया था। इसीलिए अत्याधुनिक कंप्यूटर की दुकान शुरू करते वक्त शुभ समय देखा गया और सत्यनारायण की पूजा का पाठ भी किया गया। अपनी कृति के भीतर का अंतर्विरोध उन्हें कभी समझ में आया ही नहीं। व्यक्ति के पास ज्ञान के साथ अज्ञान भी होता है। समुदाय भी अज्ञानी होता है। परंपरा, व्रत-उपवास, उपाय, टोना-टोटका, पूजा-पाठ, मन्नतें, धार्मिक कर्मकांड आदि विविध विधियाँ और उनके साथ जुड़े असंख्य अंधविश्वास यह सारा-का-सारा व्यक्तिगत और सामाजिक अज्ञान का हिस्सा है। अज्ञान और अंतर्मन समीक्षा नहीं करना चाहता है। सुशिक्षित इनसान वैज्ञानिक दृष्टिकोणों को पढ़ तो लेता है परंतु अंतर्मन के अंधविश्वासों के खात्मे के लिए लाभप्रद नहीं मानता है। इसलिए अज्ञान की धारणाएँ ज्ञान की कसौटियों पर गलत साबित हुईं, तो उन्हें खत्म करना जरूरी है। सर्वसाधारण इस प्रक्रिया को सम्मति नहीं देता। जब अंधविश्वास धोखा पैदा करता है तब उसकी समीक्षा होती है। इसका प्रत्यक्ष पालन उसके पश्चात् की प्रक्रिया होती है। अंधविश्वास से अगर सीधे नुकसान नहीं हो रहा है तो उसकी समीक्षा करना व्यक्ति जरूरी नहीं समझता है। अंधविश्वास समुदाय की भावना होती है, अत: उसके अनुकरण के समय समुदाय का आधार व्यक्ति को प्राप्त होता है। इस भावना को त्यागकर अंधविश्वास खत्म करने की जरूरत उसे महसूस नहीं होती।

अंधविश्वास पालन के पीछे अदृश्य के भय से मुक्ति और अपूर्ण कामनाओं की पूर्ति की अभिलाषा रखना यही दो महत्त्वपूर्ण कारण होते हैं। केवल वैज्ञानिक दृष्टि गलत धारणाओं का निराकरण नहीं कर सकती है। भय का निराकरण अंधविश्वास का पालन करके होना असंभव है। अपूर्ण कामनाओं की पूर्ति अलौकिक शक्ति से नहीं होती है। इस संस्कार को बचपन में ही बड़ी दृढ़ता के साथ रोपित करना होगा। आधुनिक विज्ञान यह बताता है कि यह संस्कार रटने से व्यक्ति में उतरते नहीं हैं। इन संस्कारों से जुड़ी अनेक घटनाओं का प्रत्यक्ष अनुभव बच्चों को होना चाहिए। बच्चे जब प्रत्यक्ष अनुभव करेंगे तब उनके दिलो-दिमाग पर पक्के तौर पर ऐसे संस्कारों की छाप बन सकती है। 'सफाई रखें', यह वाक्य सफाई का पाठ नहीं पढ़ा सकता है। सफाई से जुड़ी कम-से-कम दस घटनाओं का प्रत्यक्ष जीवनानुभव जब तक प्राप्त नहीं होता तब तक सफाई के संस्कार के जिंदगी से जुड़ने की संभावनाएँ कम रहती हैं। बिलकुल ऐसे ही विद्यार्थियों को अंधविश्वास से मुक्ति के लिए प्रत्यक्ष कार्य के साथ संस्कार देना आवश्यक है। उनके आस-पास घटित विविध चमत्कार, ज्योतिष, जादूगारी, टोना-टोटका, व्रत-उपवास आदि की प्रत्यक्ष जाँच-पड़ताल करनी पड़ेगी। आज ऐसा बिलकुल नहीं हो रहा है। सही परीक्षण के लिए जिस निर्भयता की आवश्यकता है, वह अध्यापकों के पास नहीं है। अंधविश्वासों का मूल्यांकन धर्म-

विश्वास पर हमला है, ऐसा कहकर हो-हल्ला शुरू हो जाता है। 'विज्ञान को सब कुछ समझ में आ गया?' के सवाल उपहासात्मक भाव से पूछे जाते हैं। इन सारी बातों का परिणाम यह होता है कि सुशिक्षित व्यक्ति में, चाहे वह आगे चलकर वैज्ञानिक ही क्यों न बने, कृतिशील, स्वतंत्र, निर्भय, समीक्षात्मक विचारों का अंकुर फूट जाएगा, ऐसा मानना ठीक नहीं है। केवल गणितीय पद्धति से वैज्ञानिक दृष्टिकोण पाया जा रहा है इसलिए सुशिक्षित लोगों में अंधविश्वास अबाधित रूप से बना रहता है। अदृश्य का भय दूर करना और अतृप्त कामनाओं की पूर्ति के लिए अंधविश्वासों की परंपराओं का पालन कर सुलभ रास्ता उपलब्ध करवाया जाता है। एक तरफ नाम-जप, मंत्रित अँगूठी, मंत्रित धागों को धारण करने से ही विपदाएँ खत्म होनेवाली हैं और समृद्धि प्राप्त होनेवाली है, माना जाता है; तो दूसरी तरफ तकनीकी ज्ञान में विज्ञान और वैज्ञानिक दृष्टिकोण की मानसिकता रखी जाती है। विज्ञान का स्वीकार और जीवन में अंधविश्वास का आचरण अबाधित रूप से जारी रखने से दो तरफा पाखंडी व्यवहार को बनाए रखा जाता है। उन लोगों को ऐसा लगता भी नहीं कि अपने देश में उपलब्ध तत्त्वज्ञान की कसौटी पर यह काम गलत है। हमारे देश के तत्त्वज्ञान में एक तरफ अद्वैत है; उसके कथनानुसार केवल मनुष्य में ही नहीं तो संपूर्ण प्राणिजगत् में और प्रकृति में एक ही आत्मा है। और दूसरी तरफ मनुष्य-मनुष्य के भीतर पक्के तौर पर भेदाभेद करनेवाली छह हजार जातियों की लंबी कतार है। इन दोनों को एक साथ कैसे स्वीकारा जाता है? उत्तर यह मिलता है कि अद्वैत पारमार्थिक सत्य है। जाति की विषमताएँ लौकिक सत्य हैं। दोनों ही अपनी-अपनी जगह पर उचित हैं। वैज्ञानिक दृष्टि को पानेवाला वैज्ञानिक जिस समय अंधविश्वास का आचरण करता है तब ऐसे ही स्पष्टीकरण से अपने अवैज्ञानिक आचरण की लीपा-पोती करता है।

मनुष्य का व्यक्तित्व विचार और भावना से बनता है। व्यक्ति का बर्ताव भी कई बार विचारों पर तो कई बार भावनाओं पर आधारित होता है। विचारों के आधार पर लिये गए निर्णय संयत, सादगीपूर्ण और विवेकपूर्ण होते हैं। स्वाभाविक तौर पर किए गए कार्य और लिये गए निर्णय सोच-विचार के साथ होते हैं। साथ ही व्यक्ति उस पर कायम भी रहता है। इस प्रकार के व्यवहारों में उग्रता कम होती है, अत: कभी-कभार ही संघर्ष की स्थिति पैदा होती है। व्यक्ति जब भावना के आधार पर व्यवहार करता है, तब वैज्ञानिक सूझ-बूझ को नजरअंदाज किया जाता है। तीव्रता और उत्कटता की भावना के साथ व्यवहार किया जाता है। व्यवहार को अंजाम देते वक्त कड़ी संघर्षपूर्ण स्थितियाँ पैदा होती हैं। विश्वास की एक सार्थक परिभाषा पर न्यायमूर्ति रानडे ने प्रकाश डाला है, वह यह है कि 'प्रबल व्यवहार से प्रभावित विवेक-शक्ति का अर्थ विश्वास है।' इसका अर्थ यह होता है कि विश्वास का संबंध प्रबल व्यवहारों अर्थात् भावना प्रधानता से होता है। विश्वास प्रत्यक्ष व्यवहार में

उतरता ही है इसीलिए उसमें संघर्ष की स्थिति निहित होती है। अब प्रश्न यह पैदा होता है कि यह संघर्ष मतलब व्यवहार की चकित करनेवाली स्थितियाँ विश्वास हैं कि अंधविश्वास, कैसे पहचानें? इस प्रश्न के उत्तर का संबंध संघर्ष से निर्मित शक्ति विवेकमूल्यों की उन्नति करती है या अवनति करती है, इस पर निर्भर है।

एक उदाहरण के साथ इस पर प्रकाश डाला जा सकता है। हर साल पंढरपुर के लिए की जानेवाली तीर्थयात्राएँ (वारी) विश्वास हैं या अंधविश्वास, यह प्रश्न कई बार पूछा जाता है। इस प्रश्न को पूछनेवाले के मन में और एक प्रश्न होता है परंतु असल में वह पूछता नहीं है; लेकिन इसी सवाल के साथ जुड़कर वह अपने-आप आता है, वह यह कि अगर तीर्थयात्रा अंधविश्वास है तो उसका विरोध क्यों नहीं करते हो? और अगर विश्वास है तो मदद क्यों नहीं करते हो? भावनाओं में बहकर की गई व्यवहार-नीति पर विवेक-शक्ति के आधार पर चिंतन करें तो निष्कर्ष कौन सा निकलता है? पंढरपुर की तीर्थयात्रा निश्चित तौर पर भावनात्मक आकर्षण का प्रतीक है। इसलिए किसी भी औपचारिक निमंत्रण के बिना लाखों भक्तों के कदम पंढरपुर की ओर उठने लगते हैं। अतः विश्वास की पहली कसौटी पूर्ण होती है। दूसरी कसौटी है व्यवहारशीलता। भक्त यात्रा के 15-20 दिन भौतिक संकटों को सहजता से झेलकर व्यवहारशीलता दिखाता है। मार्ग कितना भी कठिन हो, कीचड़ से भरा हो, तूफानी वर्षा का हो, ठंडी हवा बहती रहे, निवास और खान-पान की सुविधाओं की कमी हो या अन्य कठिनाइयों से जुड़ा कोई भी प्रसंग हो भक्तों के कार्य-व्यवहार को रोक नहीं सकता है। तीसरी कसौटी विवेक की है। यात्रा करने के पीछे कोई भी स्वार्थ नहीं होता। मन्नतें नहीं माँगी जाती हैं। अपने आराध्य पांडुरंग का दर्शन भीड़ के कारण न भी हो तो चलता है। मंदिर के शिखर का दर्शन दूर से भी हो जाए तो काफी होता है। ईश्वरीय कल्पना की विवेकवादी मानसिकता का यह लक्षण है, इसमें कोई शक नहीं। फिर भी विवेकवादिता का लंबा सफर इसके आगे भी शेष रहता है। तीर्थयात्रा विश्वास है या अंधविश्वास, यह उससे साबित होता है। आजकल पंढरपुर की यात्रा में कई लाख लोग शामिल होते हैं। यात्रा के समय बीच-बीच में आनेवाले गाँव बहुत छोटे होते हैं, उसकी आबादी हजार-डेढ़ हजार के आसपास होती है। एकाध गाँव में ऐसी यात्रा करनेवाले लाखों भक्त ठहरकर सुबह-सुबह नित्यकर्म से निवृत्त हों तो क्या स्थिति पैदा होती होगी इसकी कल्पना ही की जा सकती है। ऐसी परिस्थिति निर्मित न हो इसलिए व्यवस्थापन विषयक कारगर वैज्ञानिक उपाय ढूँढ़ना होगा; लेकिन इस पर कोई सोचता नहीं है, जो सुविधाएँ दी जाती हैं वे अधूरी होती हैं। विश्वास को लेकर विवेक-शक्ति का यह प्राथमिक परीक्षण होता है। भक्तों का समूह निर्व्यसनी प्रवृत्ति पर निस्सीम भरोसा रखता है, इस व्यवहार का परीक्षण किया जा सकता है। गले में तुलसीमाला पहनने से शराब छूटती है, यह भावना है और अधिकांशतः ऐसा घटित भी होता है। इसमें कोई शक नहीं है

कि यह सोचना अच्छा है और विवेकपूर्ण भी। परंतु इसके विपरीत शासन खुलेआम व्यसन के अनुकूल नीतियाँ अपना रहा है। महाराष्ट्र में शराब की बिक्री से सन् 1992-93 में 250 करोड़ रुपए महसूल (कर) जमा हुआ था। वहीं 2008-09 में यह 4200 करोड़ रुपयों तक जा पहुँचा। महसूल की यह रिकार्ड बढ़ोतरी संकेत देती है कि दिनोदिन शराब की खपत बढ़ रही है। लोगों को मद्यासक्त बनाना सत्ताधारी लोगों के लिए लाभदायी होता है। सच तो यह है कि लोगों की गरीबी, विकास और नैतिकता के विरोध में शासन द्वारा रचा गया यह बड़ा षड्यंत्र ही है। इसके विरोध में प्रभावपूर्ण और व्यापक रूप में वारकरी संप्रदाय वारी के कर्मकांडों में इकट्ठा होता है। वारकरियों का विश्वास है कि इस विरोधी भूमिका से मूल्यांकन की एक और कसौटी प्राप्त होती है। सबसे अहम कसौटी यह है कि जिसके लिए वारकरी संप्रदाय (महाराष्ट्र का एक भक्तिसंप्रदाय) अस्तित्व में आया उस समता की भावना को कृतिशील बनाने में वह कौन सी भूमिका निभाता है देखना पड़ेगा। मध्ययुगीन समाज में सभी स्तरों पर विषमता भरी पड़ी थी। लोगों का पहनावा, बाह्य रूप-रंग, खान-पान का अंतर, उपासना आदि कारणों से मनुष्य-मनुष्य के बीच जातियों का ही नहीं, उपजातियों का भी निर्माण हुआ था। ऐसे समय में समता के तत्त्व पर बल देनेवाला वारकरी संप्रदाय उदित हुआ। जिस व्यक्ति के गले में तुलसीमाला है, माथे पर चंदन तिलक है, होंठों पर विट्ठल नाम है, जो सबके साथ बैठकर मुरमुरा, लाई और बताशा का मीठा प्रसाद आनंद के साथ खाता है, वारी में चलता है, उसे जाति-धर्म के परे एक ही स्तर पर माना गया है। 'विष्णुमय जग, वैष्णवों का धर्म, भेदाभेद भ्रम, अमंगल' जैसे तत्त्वज्ञान दर्शन का साक्षात्कार वारकरियों (तीर्थयात्रियों) ने किया है। लेकिन उसका दायरा चंद्रभागा नदी के किनारे वारी तक ही सीमित हो गया है। गाँव-गाँव में प्रत्यक्ष मौजूद ऊँच-नीच, जाति-व्यवस्था को धक्का नहीं दे पाया। जिन दलितों को हमेशा के लिए गाँव के बाहर रखा उनका सम्मान के साथ गाँव में प्रवेश नहीं हो पाया। 'एक गाँव एक पनघट' जैसी समता नहीं आई। अंतर्जातीय विवाहों को निषिद्ध माना गया। महाराष्ट्र में वारी (तीर्थयात्रा) शुरू होने के वर्षों पश्चात् महात्मा फुले और बाबासाहब आंबेडकर का जन्म हुआ। उन्हें जिन परिस्थितियों से गुजरना पड़ा तथा जो सहन करना पड़ा इससे सभी परिचित हैं। इसको लेकर वारकरियों (तीर्थयात्रियों) ने कभी अगुआई नहीं की। विवेकमूल्य को विश्वास उन्नत करता है, यह महत्त्वपूर्ण कसौटी है। समता स्थापित करने के लिए तथा इस कसौटी पर सच्ची भूमिका निभाने के लिए वारकरी संप्रदाय को और अधिक लंबा सफर तय करना पड़ेगा। विश्वास की कसौटी का सही मैदान यही है।

विश्वास : भय, मोह, समीक्षा और मूल्य-विवेक

विश्वास को लेकर और अधिक सूक्ष्मता से विचार-विमर्श करना पड़ेगा। उसमें

महत्त्वपूर्ण पहलू यह है कि विश्वास के आधार पर व्यक्ति को भय और मोह पर जीत हासिल करनी पड़ेगी। विश्वास से व्यक्ति भयरहित और मोहरहित बनना सीखे। अंधविश्वास का पालन केवल भयभीत होकर अथवा स्वार्थ-साधन के लिए होता है। इसलिए समझ में न आनेवाले खतरे और समझ के बाहर वाले संकट दूर हों अथवा जीवन में कुशलमंगल हो, इसके लिए बिना कोई कार्य-कारण भाव जाँचे अंधविश्वास के कर्मकांडों को व्यक्ति अंजाम देता है। अपनी अपूर्ण कामनाओं की पूर्णता का मोह भी इसके साथ जुड़ जाता है। उसी कारण नरबलि जैसी दुर्घटनाएँ घटती हैं। धर्म के नाम पर किए जानेवाले अधिकतर कर्मकांड भय को हटाने के लिए और धन-प्राप्ति के लिए किए जाते हैं। इसका विश्वास के साथ कोई संबंध नहीं होता है। भय और मोह ये दो ताकतवर प्रेरणाएँ हैं, जो मनुष्य को जकड़ लेती हैं। विश्वास के आधार से उन पर जीत हासिल करनी चाहिए। 'मैं अपने धर्म पर बहुत अधिक विश्वास रखता हूँ' यह वाक्य व्यक्ति सहजता से उच्चारित करता है। लेकिन कल्पना करें कि धर्मांतरण का प्रसंग उसके जीवन में आए और कोई एक करोड़ रुपए का प्रलोभन अथवा गले पर तलवार रखकर धमकाए तो धर्म पर विश्वास है इसलिए उसका शिकार होंगे कि नहीं होंगे! ऐसे प्रसंगों में हम कौन सी भूमिका निभा सकते हैं। धर्म पर बहुत अधिक विश्वास है, कहकर इस परिस्थिति का शिकार होने से हम बच सकते हैं? प्रत्येक व्यक्ति को चाहिए कि वह यह सवाल विश्वास को प्रमाण मान स्वयं से पूछकर देखे।

विश्वास सत्य के आधार पर स्वयं का परीक्षण करने के लिए नकारता नहीं है। डॉ. बाबासाहब आंबेडकर ने इसके लिए एक संगत उदाहरण दिया है। उन्होंने कहा है कि व्यक्ति को पीले रंग का चमकनेवाला धातु का टुकड़ा मिल गया तो वह क्या करेगा? उत्तर यह है कि कोई भी सुविज्ञ व्यक्ति उस टुकड़े को लेकर सुनार के पास जाएगा। सुनार उस टुकड़े को आग में डालेगा। यह टुकड़ा पीतल का है तो आग से पिघलेगा। लेकिन उसके पिघलने से कोई नुकसान नहीं है, क्योंकि बिना कीमत वाले इस टुकड़े की उस व्यक्ति को जरूरत नहीं है। अगर टुकड़ा सोने का है तो वह अग्नि से और चमकने लगेगा। उसे अग्नि में पिघलने का भय नहीं है। एक सीधे-सादे धातु के टुकड़े की अग्निपरीक्षा ली जाती है तो जीवन के विविध निर्णय जिस विश्वास के भरोसे लिये जाते हैं उस विश्वास की सत्य की कसौटी पर परीक्षा करने में हमारे घबराने का कोई कारण नहीं। ऐसी अग्निपरीक्षा से विश्वास और अधिक निखरकर सामने आता है। महात्मा गांधी का उदाहरण भी प्रसिद्ध है। महात्मा गांधी ऐसा मानते थे कि परमेश्वर सत्य है। गांधी के एक अनुयायी श्री गोरा की बेटी का अंतर्जातीय विवाह गांधी करवाने वाले थे। श्री गोरा ने उनसे कहा कि 'बापू, आप यह शादी ईश्वर को साक्षी मानकर करवाएँगे। मैं नास्तिक हूँ। मेरी बेटी नास्तिक है। मेरे होनेवाले दामाद भी नास्तिक हैं, अतः हम यह शादी ईश्वर को साक्षी मानकर नहीं करेंगे।'

महात्मा गांधी ने इस शादी को सत्य को साक्षी मानकर करवाया। यहीं से 'ईश्वर सत्य है' का विश्वास गांधी के मन में बैठ गया और अंततः वे सत्य ही 'ईश्वर है' यहाँ तक पहुँचे। उसके उपरांत 'सत्य ही सत्य है' तक उनका सफर जारी रहा।

किसी भी विश्वास को जैसे सत्य की कसौटी पर परखना जरूरी है, वैसे ही अहिंसा का पालन करना विश्वास की बुनियादी शर्त है। हिंसा मानव की प्रज्ञा के विरुद्ध है और सच कहें तो मनुष्य होने के मूल नियमों के विरुद्ध व्यवहार है। मेरे विश्वास से अलग और परिधि में न बैठनेवाली सोच है, कहकर हिंसा का समर्थन करनेवाले विश्वास के आधार पर अंधविश्वास का समर्थन करते रहते हैं। यज्ञ से विश्वशांति स्थापित होती है, बताकर बड़े-बड़े यज्ञ करने-करवाने की आज मुहिम ही चला रखी है। यीशु ने चमत्कार किए थे, इसलिए आज भी क्रिश्चियन धर्म में एकाध व्यक्ति को संत पद की प्राप्ति के लिए चमत्कारों पर विश्वास रखने की शर्त रखी गई है। पैगंबर का रेखाचित्र किसी भी कारण से किसे भी प्राप्त हो, उसको प्रकाशित करना सर्वथा असंभव है। इसमें से प्रत्येक बात का कार्य-कारण भाव से परीक्षण करवाकर उसके बारे में निर्णय लिया जाना संभव है। लेकिन ऐसे परीक्षण की किसी ने बात भी छेड़ी तो हिंसा और मारकाट हो सकती है। विश्वास का ऐसा हिंसावादी समर्थन विश्वास को ही कटघरे में खड़ा करना है, उसे कमजोर करना है।

मूल्य-विवेक को लेकर विश्वास कौन सी भूमिका निभाता है, उसके आधार पर विश्वास या अंधविश्वास तय करना चाहिए। प्रभु रामचंद्र इस देश के करोड़ों लोगों के विश्वास का विषय हैं। उनके जन्मस्थान को लेकर लोगों की भावनाओं को हवा दे दी गई और उस स्थान पर मौजूद मुस्लिम धर्मस्थल को विश्वास के नाम पर ध्वस्त करके श्रीराम की मूर्ति को स्थापित किया गया। ऐसी स्थिति में सवाल यह पूछा जाना चाहिए कि 'प्रभु रामचंद्र के जीवन के कौन से मूल्यों के कारण वे इस देश में विश्वास का विषय बन गए हैं?' प्रभु रामचंद्र के दो जीवन-मूल्यों का हमेशा जिक्र होता है, एक यह कि वे सत्यवचन थे और दूसरा यह कि वे एकपत्नीव्रता थे। प्रभु रामचंद्र के प्रति विश्वास जताने के लिए इन दो मूल्यों का अपने जीवन में आचरण करना होगा। इस आचरण-व्यवहार की थोड़ी जाँच करें तो सामाजिक वास्तविकता कौन सी है? सत्यवचन और सद्व्यवहार को अपना देश कब का छोड़ चुका है, यह सच सर्वमान्य होगा। एकपत्नीव्रत जैसे दूसरे मूल्य को लेकर सोचें तो सामाजिक स्थिति क्या है? रामजन्मभूमि का विवाद जब चरम पर था, तब महाराष्ट्र में किए गए सर्वेक्षण के कारण एक भयानक वास्तविकता से पर्दा उठा कि केवल महाराष्ट्र में छह लाख परित्यक्ताएँ हैं और इनमें लगभग सभी के पतियों ने दूसरा विवाह किया है। यह खुलेआम प्रभु राम के विश्वास के विपरीत व्यवहार है। लेकिन प्रभु राम को अपना घोषित करनेवाले आंदोलनकारी इन विषयों पर चुप्पी साध लेते हैं। इसका अर्थ यह होता है कि वे प्रभु राम के संदर्भ में आदर-विश्वास की बात

करते हैं, परंतु उनका व्यवहार उनके जीवन–मूल्यों को विकसित करनेवाला नहीं है, बल्कि वह वोट बैंक के लिए है।

व्यक्ति अपने विश्वास को ऐसा न बनाए कि उसका आचरण अन्यों के लिए असंभव लगे। स्वयं के विश्वास में इतनी पेचीदगियाँ न हों और प्रक्षुब्धता भी न हो। जिस समय व्यक्ति ऐसा व्यवहार करता है तब विश्वास के नाम पर अन्य बातों का समर्थन करता है। एक उदाहरण से इसे अधिक स्पष्ट किया जा सकता है। हिंदू अथवा मुसलमान धर्म ही सबसे अधिक श्रेष्ठ है, ऐसा विश्वास रखनेवाले असंख्य लोग इस देश में हैं। उनका मानना है कि विश्वास की निर्मिति नैतिक समर्थन से होती है। ऐसा विश्वास रखने की स्वतंत्रता उन्हें देश के संविधान से प्राप्त है। परंतु कुछ अन्य लोगों का विश्वास है कि 'सभी लोग, जाति, धर्म, लिंग, वंश निरपेक्ष और समान हैं।' ऐसा विश्वास रखनेवाली एक बौद्ध स्त्री और जैन पुरुष जब विवाह करना तय करते हैं, तब स्वयं का धार्मिक विश्वास नैतिकता और सर्वश्रेष्ठ अहिंसा पर आधारित है, ऐसा माननेवाले उनके अभिभावक, धर्मभावक उनका प्रखर–कड़ा हिंसात्मक विरोध करते हैं। इन घटना प्रसंगों में उनका विश्वास अंधविश्वास ही होता है।

जीवन में व्यक्ति कई बार कार्य–कारण भाव की अवहेलना करके भावना के आधार पर निर्णय लेता है। उन निर्णयों की अगर कार्य–कारण भाव के आधार पर परख करें तो वे बिलकुल सही हैं, ऐसा साबित होना असंभव होता है। पूरे गाँव को परेशान कर चुके गुंडों के विरुद्ध लड़ने का निर्णय एकाध कमजोर इनसान ले सकता है। उसका कथन यह होता है कि 'मेरा विश्वास है कि ईश्वर की कृपा से अंत में जीत सत्य और न्याय की ही होगी तथा अन्याय की पराजय होगी।' इसके आधार पर दुनिया में ईश्वर है या नहीं साबित नहीं हो सकता है। अंत में न्याय की जीत होगी, इसका भी भरोसा नहीं है। जिस गुंडे के विरोध में लड़ाई छिड़ी है उसने पुलिस, अखबारनवीसों, नेताओं को पैसे देकर अपनी ओर कर लिया तो आसानी से समझ में आ सकता है कि उस व्यक्ति की गुंडे के विरुद्ध लड़ाई आत्मघाती साबित होगी। यह कार्य–कारण भाव के आधार पर समझाया जा सकता है। ऐसी परिस्थिति में व्यक्ति अगर विश्वास के भरोसे संघर्ष जारी रखता है, तो ऐसे में कौन सा अर्थ स्पष्ट होता है? इसका अर्थ यही होता है कि गुंडे के अन्याय के विरुद्ध संघर्ष करने का मूल्यात्मक निर्णय वह कमजोर व्यक्ति कार्य–कारण भाव से नहीं, विश्वास की शरण में जाकर भावनात्मक स्तर पर लेता है। इस निर्णय से जान से हाथ धो बैठने का जोखिम है। अतः अंदरूनी भय पर जीत पाकर मनोबल बनाए रखने के लिए 'ईश्वर की शक्ति से न्याय की जीत होती है', इस विश्वास का आधार वह व्यक्ति लेता है। वास्तव में वह व्यक्ति जीत पाएगा या नहीं, यह एक भिन्न प्रश्न है। संपूर्णतः विपरीत परिस्थिति में नैतिकता के नाते स्वयं के संघर्ष को जारी रखने के लिए व्यक्ति ने

'ईश्वर सत्य को शक्ति प्रदान करता है और अंत में सत्य की जीत होती है' इस विश्वास का भरोसा किया है, इतना ही इसका अर्थ होता है। कई स्वतंत्रता सेनानियों के विश्वास और चर्चा का विषय यह था कि अंग्रेजों को अपनी भूमि से हटाकर देश को आजाद करना है। अपना राष्ट्र अपनी माता है, उसे किसी ने पराधीन किया है, उससे उसे मुक्त करना है, यह विषय भावना की तीव्रता से जुड़ जाता है। भावना संघर्ष में बदलनी चाहिए। मतलब विश्वास के आधार पर ब्रिटिशों का भय या उनकी ओर से दिए गए सारे लालचों पर जीत हासिल करनी चाहिए। आजादी की लड़ाई का इतिहास यह बताता है कि ब्रिटिशों के कई अत्याचारों को आजादी के दीवानों ने निर्भयता के साथ सहन किया। तीसरी महत्त्वपूर्ण कसौटी यह है कि ब्रिटिशों को इस देश से भगाकर आजादी प्राप्त करने का विवेक-बुद्धि के साथ संगत अर्थ कौन सा है? देश में मौजूद प्रत्येक गोरे साहब को जान से मारें, ऐसा करके सारे अथवा बहुसंख्य अंग्रेजों का खात्मा करें, आजादी-प्राप्ति के पश्चात् अंग्रेजों के आगमन के पहले जिनके हाथों में सत्ता थी उन्हें दुबारा सत्ता दें, ऐसी भूमिका क्या संभव और उचित है? आजादी की लड़ाई में राष्ट्रभक्तों ने जो भूमिका ली थी, उसमें उनके उन्नत मूल्य-विवेक के दर्शन होते हैं। उन्होंने ऐसा माना कि हमारी लड़ाई ब्रिटिश साम्राज्य के विरोध में है और गोरा आदमी हमारा दोस्त है। इस देश की आम जनता का विकास पराधीनता में होना असंभव हो गया है, इसलिए देश को आजाद करना चाहिए। पुराने राजाश्रय या विषमता पर आधारित जाति-व्यवस्था को दुबारा स्थापित करने में हमें कोई दिलचस्पी नहीं है। अब इन सारे विचारों को विश्वास इसीलिए कहें कि सात समुंदर पार जिनका साम्राज्य फैला है, उन्हें पराजित करने का कार्य-कारण भाव कौन सा है? इसका उत्तर आजादी की लड़ाई में शामिल हो चुके बहुसंख्य देशभक्तों के पास नहीं था। प्रमुख नेतृत्व के आदेशों पर निर्भर रहकर भावना के साथ लिया हुआ यह निर्णय था। लेकिन आज इसका विश्लेषण जब हम करते हैं तब विश्वास के आधार पर लिया हुआ वह विवेकपूर्ण नैतिक निर्णय था, ऐसा हम मान सकेंगे।

उपरोक्त संपूर्ण विवेचन के बाद भी एक महत्त्वपूर्ण प्रतिपादन स्पष्टता से करना जरूरी है कि विश्वास के आधार पर मूल्य-निर्मिति हो सकती है। कई बार धर्म से उसे मदद मिलती है; लेकिन अंधश्रद्धा निर्मूलन समिति यह मानती है कि मूल्यों की निर्मिति धर्म से नहीं, विवेक से होनी चाहिए। विवेक वैज्ञानिक दृष्टिकोण का मूल्यात्मक रूप है। विवेक ईश्वर की पुकार नहीं, धर्म का आदेश नहीं, बुद्धि का निष्कर्ष है। विवेक की कसौटी पर खरे उतरे मूल्यों के लिए मनुष्य स्वयं का जीवन भी दाँव पर लगा देता है। उसका वास्तव में पालन करता है। दुनिया में इसके कई उदाहरण देखे जाते हैं। लेकिन बहुसंख्य लोग विचारों की अपेक्षा भावना को अहम मानकर व्यवहार करते हैं। इसके कई कारण हैं। यह व्यवहार-विश्वास का है कि

अंधविश्वास का, इसका परीक्षण करने के लिए उपरोक्त सारा विवेचन किया गया है। शब्द 'विश्वास' हो, 'निष्ठा' हो अथवा समझदार 'विश्वास' हो; स्वयं के विश्वास की अपेक्षा भिन्न विश्वास के बारे में सत्य का आधार लेकर परख की जाती है या नहीं, यह देखना चाहिए। अन्यों के विश्वास को लेकर हमारा व्यवहार सहिष्णु और अहिंसक होता है कि नहीं, विश्वास भय और मोह पर जीत हासिल कर व्यक्ति को कर्मठ बना देता है कि नहीं तथा व्यक्ति का विश्वास मानवता को उन्नत बनाता है या अवनत आदि कसौटियों पर विश्वास की परख होनी जरूरी है। परीक्षण का यह अनुरोध जीवन और संस्कृति को आगे लेकर जाता है। इसलिए अंधश्रद्धा निर्मूलन समिति विश्वास और अंधविश्वास विषय को चर्चा का विषय बनाती है।

मेरा आध्यात्मिक आकलन

'मेरा विज्ञान : मेरा अध्यात्म' विषय को लेकर मैंने एक भाषण दिया था। कार्यकर्ताओं को और अन्य लोगों को वह पसंद आया, नया लगा। इसके पहले मैंने महाराष्ट्र में कई जगहों पर 'हम ही सच्चे धार्मिक हैं' विषय पर अपने विचार प्रकट किए थे। यह सच है कि विषय का शीर्षक थोड़ा भ्रम पैदा करनेवाला था। धर्म नकारनेवाला व्यक्ति 'मैं सच्चा धर्मवादी हूँ' ऐसा उच्चारण करना विसंगति पैदा करनेवाला था। यह सच तो था, फिर भी इस विषय को चुनने का विशेष कारण था। फिलहाल धार्मिक भावना का व्यापारीकरण, बाजारीकरण, विकृतीकरण और राजनीतीकरण करने के बाकायदा प्रयास जारी हैं। धर्म के नैतिक पहलू से इन लोगों का कोई लेना-देना नहीं है। कर्मकांड-पुरोहितवादी मानसिक गुलामी का समर्थन उनके नजरिए से धर्म का स्वरूप है। मैं अंधश्रद्धा निर्मूलन समिति का कार्यकर्ता हूँ। अत: विवेक के साथ अर्थात् विवेकाधिष्ठित नीति से जीवनयापन करता हूँ। इस अर्थ से मैं धार्मिकता से जी रहा हूँ। मैंने जिस माँ के गर्भ से जन्म लिया, उसका धर्म मुझे अपने-आप प्राप्त हुआ है। जब तक उसे त्यागकर दूसरे धर्म को विधिवत् स्वीकार नहीं किया है तब तक मैं हिंदू हूँ। मुझे अपने-आप संत और समाजसुधारकों की विरासत प्राप्त हो चुकी है। उनके द्वारा बताई गई धार्मिकता का उदात्त अर्थ मुझे स्वीकार्य है। हिंदू धर्म के लचीले रूप के कारण ईश्वर को नकारकर, वेदों को नकारकर हिंदू रह सकता हूँ। मैं धार्मिक नहीं हूँ, इसे घोषित करने की जल्दबाजी मेरे वैचारिक विरोधियों को थी। क्योंकि उन्हें धर्म का अर्थ क्या है, इस पर मत प्रदर्शित करना और व्यवहार करना था। इसी के तहत राजनीतिक स्वार्थ साधने के लिए एकाधिकार की स्थापना करनी थी। धर्म जैसा प्रभावी अस्त्र उनके हाथों में पूर्णत: सुपुर्द करने की अपेक्षा उनकी धर्म-विषयक वैचारिक भूमिका पर उतरकर 'मैं ही सच्चा धर्मवादी हूँ, आप झूठे धर्मवादी हैं' कहकर उन्हें फटकारते हुए विषय को विवेचित करना मेरे दाँव-पेच का हिस्सा था।

वर्तमान समय में बापू, दादा, परमपूज्य आदि विशेष नामों से संपन्न आध्यात्मिक बाबाओं की चाँदी कट रही है। उनके भक्तों/अनुयायियों की संख्या बड़ी तादाद में है। उनका मूलाधार विषय अध्यात्म है। इसके संदर्भ में एक सीधा-सरल विवेचन

हमेशा उपलब्ध है। पीड़ित लोगों को आधार प्रदान करना, उनके दुख-दर्दों से हमदर्दी दिखाकर कृतार्थ समाधान देना; ऐसी कई बातें इस धर्मजागरण और आध्यात्मिक प्रचार में होती हैं। अर्थात् बाबा-बुवाओं का विषय प्रतिपादन ऐसा होता है कि अनुयायियों की भीड़ जुटना आसान हो जाता है। यह सीमित अर्थ में सच भी होता है। लेकिन वैज्ञानिक दृष्टिकोण से अगर धर्म की समीक्षा करनी है, तो धर्म का सबसे पहले समाजशास्त्रीय आकलन करना प्राथमिक शर्त होती है। मैं निरीश्वरवादी हूँ और कोई भी धर्म माननेवाला नहीं हूँ, तो भी इस शर्त को स्वीकार्य मानता हूँ। समाजशास्त्री और धर्मशास्त्री दोनों द्वारा अधिक गंभीर, शास्त्रीय और सहिष्णु भूमिका निभाने की आवश्यकता है।

धर्म सामाजिक संस्था है, इस तथ्य को अगर धर्मशास्त्री स्वीकृत करें तो उन्हें धर्म का स्थलकालातीत आकलन हो सकता है। वे धार्मिक मूलतत्त्ववाद को दूर रख सकेंगे। धर्म के समाजशास्त्रीय अध्ययनकर्ताओं ने अगर अपनी दृष्टि में दयाभाव विकसित किया, तो विनोबा अथवा विवेकानंद जैसे प्रसिद्ध धर्मचिंतकों ने धर्म का जो उन्नत अर्थ लिया है, उससे उसे एक अलग दृष्टि प्राप्त हो सकती है। विज्ञान और अध्यात्म का विवेचन करते समय मेरी यही भूमिका रही है। यह हमारे संगठन की अधिकृत भूमिका है, ऐसा नहीं है। लेकिन इस भूमिका पर विचार-मंथन की आवश्यकता है। इसी धारणा से सार रूप में इस भूमिका को आगे रख रहा हूँ।

वैज्ञानिक दृष्टिकोण को लेकर भूमिकाएँ सर्वज्ञात हैं और इसको लेकर कोई मत-मतांतर भी नहीं है। यह भूमिका संक्षिप्त रूप में ऐसी है कि निरीक्षण से प्रयोग तक की प्रक्रिया से सत्य को ढूँढ़ा जा सकता है। वैज्ञानिक दृष्टिकोण हमेशा नम्र रहता है। वह अंतिम सत्य का कभी दावा नहीं करता है। सत्य की निरंतरता उसे अधिक महत्त्वपूर्ण लगती है। यह सत्य सार्वत्रिक और वस्तुनिष्ठ होता है। वैज्ञानिक दृष्टिकोण आकलन की परिपक्वता पर बल देता है। आकलन की इस परिपक्वता के कारण समाज के सामने उपस्थित सवालों के उत्तर भी प्राप्त होते हैं। इसीलिए वैज्ञानिक दृष्टिकोण केवल प्रयोगशाला में नहीं, सभी जगहों पर उपयोग में लाना चाहिए।

अध्यात्म का अर्थ है—आत्मा का विचार। आत्मा नहीं है, ऐसा माननेवालों के अनुसार खाली अध्यात्म की चर्चा अर्थहीन है। 'जहाँ विज्ञान खत्म होता है, वहाँ अध्यात्म शुरू होता है' इस लोकप्रिय वाक्य का प्रतिवाद अध्यात्म के लिए बहुत पुराना है। इससे मनुष्य की भूख, दरिद्रता, विषमता आदि के उपाय प्राप्त नहीं हुए हैं। लेकिन विज्ञान के कारण इनके उपाय ढूँढ़े गए हैं और दिशाएँ भी मिली हैं। अत: यह दावा किया जा सकता है कि 'जहाँ अध्यात्म साफतौर पर ठहर जाता है, वहाँ विज्ञान मनुष्य की मदद करता है।' इस विवाद को नजरअंदाज कर कुछ बातों पर गौर करना जरूरी है।

अध्यात्म की ओर कैसे देखें?

आध्यात्मिक तत्त्व के स्वरूप को लेकर बहुत ज्यादा मत-मतांतर हैं। विविध धर्म-पंथों में इसके विश्लेषण को लेकर अंतर है। फिर भी कुछ जगहों पर साधारणत: सहमति रही है। निम्नांकित दो प्रकारों से अध्यात्म को देखा जा सकता है—

1. अध्यात्म पहले भौतिक विचार है। यह इहलोक की अपेक्षा पारलौकिकता का विचार है, सांसारिक जीवन का स्थान उसमें गौण है। आत्मा का मूल स्वरूप क्या है? वह व्यक्ति के जन्म से पहले और जन्म के पश्चात् कहाँ रहती है? वह कई योनि-मार्गों से सफर करती है। क्या वह अमर है? इस विश्व का निर्माता कौन है? उसका हेतु कौन सा है? इस विश्व का नियमन कौन करता है? उसका आत्मा के साथ क्या संबंध है? मैं अपने-आपसे संवाद करता हूँ मतलब क्या करता हूँ? आँखों से दिखाई देता है वह सच है, परंतु आँखें किसके कारण देख सकती हैं? ऐसे असंख्य सवालों के जवाब अध्यात्म में ढूँढ़े जाते हैं। धार्मिक और आध्यात्मिक बातों में थोड़ा अंतर है। आध्यात्मिक तत्त्व भौतिक तत्त्व की अपेक्षा निराला है। वह चेतन तत्त्व है। विभिन्न कारणों से वह अज्ञानी होता है, अशुद्ध होता है, बंधनों में बँधता है और दुख पाता है। इस चेतन तत्त्व का आत्मज्ञान होने पर वह सारे बंधनों से मुक्ति पाता है और उसे असीम सुख की प्राप्ति भी होती है। विश्व का मूलतत्त्व आध्यात्मिक है। उसे ही ईश्वर कहा जाता है। व्यक्ति का सारतत्त्व आध्यात्मिक है, उसे आत्मा कहा करते हैं। आत्मा और ईश्वर (परमात्मा) के तार जुड़ गए कि आनंद के सागर में 'आनंद तरंग' जैसी उसकी अवस्था होती है। यह स्थिति सच्चिदानंद स्वरूप धारण करती है। इसका अर्थ सत् यानी कि सत्य होता है। 'चित्' मतलब शाश्वत होता है और आनंद रूप तो होता ही है। दुख में डूबे आध्यात्मिक को आत्मज्ञान प्राप्त करवाने का जो मार्ग होता है, उसे धर्म कहा जाता है। शब्द और अनुभूति ज्ञान-प्राप्ति के मार्ग हैं। शब्द का अर्थ अलौकिक शब्द, वेद-प्रामाण्य की तरह या अनमोल वचनों जैसा है। आध्यात्मिक तत्त्व चेतन है। चेतन होने के कारण आत्मा विचार करती है। उसे स्मृति है। उसे ज्ञान-प्राप्ति होती है। वह संवेदनक्षम है इसलिए वह सुख-दुख का अनुभव करती है। दया, प्रेम, परोपकार, नैतिकता ये सारी बातें आध्यात्मिक तत्त्व से संभव होती हैं। प्रत्येक व्यक्ति में आत्मा वास करती है। परमेश्वर केवल एक आत्मा नहीं, परमात्मा है। वह गुण की स्तरीयता के नाते सर्वश्रेष्ठ है। आत्मा का परमात्मा के साथ मिलन हो गया, तो सहजता से सर्वश्रेष्ठ गुणों का लाभ आत्मा को होता है, उस आत्मा को धारण करनेवाले व्यक्ति को होता है। उसकी अपूर्णता समाप्त हो जाती है। सारी संपन्नताएँ प्राप्त होती हैं। इसलिए इसी मार्ग का अनुसरण प्रत्येक व्यक्ति को करना चाहिए।

अध्यात्म की उपरोक्त धारणाओं को नकारना चाहिए। उत्क्रांति का अध्ययन

यह बताता है कि वर्तमान ब्रह्मांड एक अमूर्त ऊर्जा से निर्मित हुआ है। ब्रह्मांड की सारी बातों की आरंभिक ऊर्जा स्वयंभू निर्जीव ऊर्जा है। उसकी धीरे-धीरे उत्क्रांति होती रही है। भौतिक पदार्थ, जीवन और चेतनाएँ आ गईं। आरंभिक ऊर्जा को चेतना शक्ति नहीं कहा जा सकता है क्योंकि वैज्ञानिकों ने साबित किया है कि जीवित मस्तिष्क का मतलब चेतना है। उसके बिना चेतना का अस्तित्व संभव नहीं है। अतः विश्व का मूलतत्त्व ज्ञान-प्रधान, संवेदनशील, नैतिक, न्यायपूर्ण और आनंदस्वरूप है; इसका स्वीकार करने के लिए कोई आधार नहीं है। अमूर्त स्वयंभू निर्जीव ऊर्जा से भौतिक पदार्थों का, उसमें से प्राणिजगत् का और अगली विकास प्रक्रिया के नाते चेतना का, विशेष स्तर प्राप्ति के बाद मनुष्य का निर्माण हुआ। इसीलिए यह सच नहीं है कि मनुष्य ईश्वर का विशेष प्रिय प्राणी है बल्कि सच यह है कि उत्क्रांति के विशेष स्तर पर पहुँचा हुआ वह एक मात्र प्राणी है।

आत्मा का परमात्मा से मिलन करवाकर आनंद-प्राप्ति के आध्यात्मिक कार्यक्रम में और एक गंभीर धोखा है। मनुष्य के जीवन में प्रत्यक्ष तौर पर प्रतिदिन कुछ न टलनेवाली संघर्ष से भरी मुश्किलें होती हैं। उन मुश्किलों का उपाय ढूँढ़कर संघर्ष करने की अपेक्षा जिसका अस्तित्व नहीं है, ऐसे एक परमात्मा के साथ, पारमात्मिक मिलन करवाकर सारी मुश्किलों से छुटकारा पाने का यह मार्ग वास्तव में व्यक्तित्व को विखंडित करनेवाला हो सकता है। संघर्षपूर्ण जीवन और आभासी अध्यात्म में मनोव्यापार की दुनिया के विखंडित होने की संभावनाएँ बढ़ जाती हैं।

2. अध्यात्म का और एक रूप है। इसके अनुसार अध्यात्म मन शुद्धि की प्रक्रिया है। मन शुद्धि के लिए कुंडलिनी, योग, सुदर्शन क्रिया, नाम-जप की आवश्यकता नहीं है। हमारे भीतर की सारी वासनाएँ, विकार दूर हों और नैतिक गुणों को निखारने के लिए अध्यात्म एक साधना है। अध्यात्म यह विचार मानता है कि भौतिक सुखों के परे जीवन में एक हितकारी पवित्रता-प्राप्ति का स्थान है और भौतिक सुखों की अपेक्षा वह अत्यंत मूल्यवान है। आम लोग भौतिक जीवन को ही अपनी जिंदगी का उद्‌देश्य मानते हैं। अधिकाधिक पैसा, आराम, उपभोग, मान-सम्मान आदि में जीवन की कृतार्थता समझते हैं। लेकिन सच्चा अध्यात्मवादी इनसान इससे परे होता है। उसका जीवन संयत, सदाचारी, सादा, अपरिग्रही होता है। वह करुणा को अहम मानकर मानवोपयोगी व्यवहार करता है। अतः इससे यही अर्थ निकलकर सामने आता है कि जो आचरण में आता है, वही अध्यात्म है। शेष केवल पाखंड है। जो नैतिक दृष्टि से जागृति बनाए रखता है, वह नाम-स्मरण है; बाकी सब केवल नामघोष है। एकाध महान आध्यात्मिक पुरुष करोड़पति है, रोज पकवान खाता है, सुंदर और महँगे रेशमी परिधान धारण करता है, संगमरमर के महल में रहता है, हमेशा सुंदर-खूबसूरत महिलाओं के सहवास में रहता है आदि अगर हम सुन रहे हैं तो उसमें निहित विसंगतिपूर्ण व्यवहार अपने-आप समझ में

आता है। क्योंकि अध्यात्म का संबंध विवेकवादी, संयमित व्यवहार, अपरिग्रही जीवन-शैली के साथ जुड़ चुका है। आध्यात्मिक अहसासों का और एक सूत्र है, अंत में सत्य की जीत होगी, पवित्रता की जीत होगी। यह मनुष्य की भावात्मक जरूरत है इसलिए प्रयत्नों के एक मार्ग के नाते भी अध्यात्म की ओर देखा जाता है। यह बात भी सही है कि सभी धर्मों में एक दार्शनिक विचार निहित है—अंत में जीत मनुष्य की पवित्रता की होगी, ऐसे प्रतिपादित करना और वैसा विश्वास पैदा करना, धर्म-विश्वासों का एक महत्त्वपूर्ण हिस्सा है। इस अर्थ से सभी धर्मों का अध्यात्म एक ही है। इससे आगे बढ़कर आचार्य विनोबा ने और एक बात कही है, वह यह है कि 'राजनीति और धर्म खत्म हो सकते हैं, लेकिन विज्ञान और अध्यात्म बना रहेगा।' इस वाक्य के अर्थ को गंभीरता से विश्लेषित करना पड़ेगा। खुलेआम स्वार्थ-संबंधों की उठापटक का क्षेत्र राजनीति है। मौजूद साधन सामग्री पर स्वयं का कब्जा जमाने की लड़ाई है। विज्ञान से सबको सुख की प्राप्ति हो सकती है, यह व्यवस्था उत्तम है। लेकिन स्वार्थ साधने की राजनीतिक मंशाओं के संघर्षों में आज असंभव लगता है। निम्नांकित आँकड़ों पर नजर डालें तो इस बात को समझा जा सकता है। भारत में और अन्य अनेक देशों के आर्थिक बजट में सर्वाधिक खर्चा सुरक्षा व्यवस्था पर होता है अर्थात् विकास के लिए उपयोगी सारा पैसा सुरक्षा की राजनीति खा जाती है। आज सुरक्षा के खर्चे पर रोक लगाना असंभव है। उसके साथ राजनीति भी अनिवार्य है। परंतु क्या दिनोदिन समझदार बनता जा रहा इनसान कभी राजनीति की व्यर्थता का भी परिचय प्राप्त कर सकता है। उससे उपयोगी विज्ञान के मार्ग की एक बहुत बड़ी मुश्किल खत्म हो सकती है। सुरक्षा के नाम का संपूर्ण बजट मनुष्य के विकास और कल्याण के लिए प्रयुक्त हो सकता है। इसी से जुड़ा अगला प्रश्न धर्म को लेकर आता है। डॉ. लोहिया का एक मार्मिक कथन है कि 'राजनीति अल्पकालीन धर्म है और धर्म दीर्घकालीन राजनीति है।' दीर्घकालीन राजनीति को लेकर प्रत्येक धर्म में नीति है, धर्म का तत्त्वज्ञान है, कर्मकांड है, पुरोहित है और शोषण भी है। स्वामी विवेकानंद और आचार्य विनोबा को लगता था कि ऐसे धर्म का दो प्रकार से पतन होगा। पहला यह कि धर्म की जो बातें विज्ञान के नियमों से विसंगत हैं, खत्म होंगी। जैसे गैलीलियो का कहना ही सच था, यह जब पता चला, तब देर से ही क्यों न हो पोप को बिना शर्त माफी माँगनी पड़ी। सभी धर्मों का बुनियादी हिस्सा मानव की मंगल-कामना और पवित्रता की जीत होगी, इस नैतिकता की विजय का पक्का भरोसा ही धर्म में निहित अध्यात्म के समान कहा जा सकता है। शेष तत्त्वज्ञान, कर्मकांड, पुरोहितवादिता धर्म के संबद्ध अंग होंगे; वे आगे चलकर कभी न कभी खत्म हो जाएँगे और केवल अध्यात्म ही विज्ञान के साथ शेष रहेगा, यही स्पष्टीकरण आचार्य विनोबा ने किया है।

अंतिम विजय पवित्रता की होगी, यह विश्वास कार्य–कारण भाव पर आधारित नहीं है, वैसे ही वह सर्वतः कार्य–कारण भाव के विरोध में भी नहीं है। व्यवहार में यह हमेशा देखा गया है कि सत्य की विजय होती है, वैसे ही कई बार पराजय भी होती है। इन प्रसंगों में रूढ़ अर्थ से धार्मिक व्यक्ति 'आखिरकार ईश्वर कृपा से सत्य की विजय होगी' कहता है। उसका यह प्रतिपादन ईश्वर के प्रति मन में निहित भरोसा है और साथ ही पवित्रता की विजय हो इस सहज स्फूर्त इनसानियत की अभिव्यक्ति पर अवलंबित है। जिन लोगों का परमेश्वर और धर्म पर विश्वास नहीं, वे स्वयं को उचित लगनेवाले परंतु जिन मूल्यों को ग्रहण करना अपनी ताकत से परे है, उसकी पूर्णता के लिए संघर्ष शुरू कर देते हैं। अतः स्पष्ट है कि उस समय उन्हें ईश्वर और धर्म का आधार उपलब्ध नहीं रहता है। लेकिन उनकी भावना यह होती है कि मेरे संघर्ष को अन्य लोग जरूर सहयोग प्रदान करेंगे, उनकी मदद से मैं उचित लगनेवाले मूल्यों के नजदीक पहुँच सकता हूँ। ऐसी भूमिका में सीधे कोई कार्य–कारण भाव मौजूद नहीं है। अनुभव यह बताता है कि मूल्यों की लड़ाई में लोग सहयोग प्रदान करते हैं, वैसे ही विरोध भी करते हैं। संक्षेप में यह आशावाद भी प्रकट होने की अभिव्यक्ति है।

अध्यात्म साधना

अध्यात्म की रूढ़ साधना का कार्य–व्यापार अपने आस–पास बड़ी मात्रा में उपलब्ध है, अतः उसके बारे में लिखने की जरूरत नहीं है। लेकिन उपरोक्त विश्लेषण के अनुसार अध्यात्म के अभिनव अर्थ से जुड़ी अध्यात्म–साधना का मार्ग भी थोड़ा–बहुत अभिनव ही होगा। उसका विश्लेषण संक्षिप्त रूप से निम्नांकित ढंग से किया जा सकता है—

(अ) अध्यात्म का सबसे बड़ा दुश्मन अहंकार वृत्ति है। उससे मुक्ति के लिए हमेशा कार्यमग्न रहना पड़ेगा। इससे एक साथ कई बातें पूर्ण होती हैं। कार्यमग्नता से कार्य बढ़ते जाते हैं, यह लाभ है। कार्य असफल हो जाए तो अहंकार कम होता है। स्वयं के कर्तृत्व के अहंकार का कर्म से निर्माण होता है। अतः अहंकार को खत्म करने के लिए कर्म बंद करें ताकि अहंकार की निर्मिति न हो, ऐसा भी एक युक्तिवाद किया जाता है; उसे पूर्णतः गलत मानना चाहिए। कर्मशून्यता का मतलब अहंकार को खत्म करना नहीं बल्कि स्वयं के कर्तव्यों से पलायन करना है। बीज बोने का कर्तव्य तो करना ही पड़ता है। उससे फल–प्राप्ति की आशा न करें, यह वृत्ति सहज और व्यवहार्य है। इसका कारण यह है कि संस्कृति के विकास के फल आज हम जो बड़े प्यार से खा रहे हैं, उसके बीज बहुत पहले बोए गए हैं। सहज है कि हमारे द्वारा लगाए गए पेड़ों के फल

आगे चलकर अन्य किसी को मिलेंगे। ऐसे कर्म के लिए बहुत बड़ी आध्यात्मिक अनासक्ति की जरूरत नहीं है। सहज व्यावहारिक समझदारी भी काफी है।

(आ) मन की शुद्धता आध्यात्मिकता का निचोड़ है। विकारी विचारों से मुक्ति और उन्नत विचारों की अभिव्यक्ति, दोनों बातें आसान नहीं हैं। आध्यात्मिकता के कर्मकांड इन्हीं से शुरू रहते हैं। कुंडलिनी जागृति, नाम-जप, सुदर्शन क्रिया आदि स्वरूपों वाली साधनाएँ मन:शुद्धि के लिए बताई गई हैं। विनोबा ने इसके बारे में अद्‌भुत तरीके से सोचा है। उनका कहना है कि जो विश्वात्मा है, परमात्मा है वह विश्व में उसके गुण रूप से प्रकट हुआ है। व्यक्ति स्वयं के मन को शुद्ध करे, इसका मतलब यह है कि प्रकृति अथवा प्रत्येक व्यक्ति में मौजूद परमात्मा जिस गुण-रूप के साथ प्रकट हुआ है उसका दर्शन करे, स्तवन करें और उसका ग्रहण करे। इसका यह अर्थ हुआ कि स्वयं की आध्यात्मिक उन्नति के लिए अपनी गुणग्राहकता को बढ़ाना है। सामान्यत: व्यक्ति की मानसिकता इसके बिलकुल विरुद्ध होती है। वह दूसरों के दोषों को बहुत जल्दी देख लेता है और गुणों को नजरअंदाज करता है।

(इ) समाज स्वार्थी है, इसीलिए दुखी है। समाज का प्रत्येक व्यक्ति स्वार्थी है इसीलिए समाज स्वार्थी लगता है। व्यक्ति अपना सुख देखता है, इसीलिए शायद अन्यों को दुख होता है। इसकी ओर उसका ध्यान नहीं जाता है। इन स्थितियों को देखकर लगता है कि आध्यात्मिक साधना सामूहिक रूप में होनी चाहिए क्योंकि सामूहिक सुख के लिए प्रयत्न करना जरूरी है।

(ई) सहज स्फूर्त मानवता ही अध्यात्म का रूप है और वह केवल मानवीयता के बलबूते पर अपना अस्तित्व बनाए रख सकता है।

ईश्वरीय साक्षात्कार

अध्यात्म का प्रयोजन ईश्वरीय साक्षात्कार करना ही है। ईश्वर किसे कहें इस विवादित चर्चा में बिना पड़े यह माना गया है कि इसके साक्षात्कार तीन प्रकार से होते हैं—(अ) अंतर्यामी में, (आ) प्रकृति में, (इ) जनता-जनार्दन में। 'ईश्वर' है कि नहीं, इस विवाद में पड़ने की जरूरत नहीं है। वह नहीं है यह मानकर भी एक विवेकवादी व्यक्ति होने के नाते इन तीन स्तरों पर क्या दिखाई देता है?

(अ) मनुष्य की वासना-विकार पर जीत और मनुष्य के मंगल-नैतिक भावनाओं का परिपोष होना चाहिए। यह बात ईश्वर के नाम से हो या उसके नाम के बिना हो, होना जरूरी है। मनुष्य का मन उन्नत अवस्था में कैसे पहुँचेगा,

इसकी तलाश धर्म ने और अध्यात्म ने अपने-अपने तरीके से की है। इस तलाश की प्रामाणिकता अगर स्वीकार करें तो भी यह सच सामने आता है कि प्रयास अधूरे रहे हैं। लेकिन उसका आदर करना चाहिए। दूसरी ओर मनोविज्ञान के क्षेत्र में एक चुनौती मौजूद है कि मनुष्य स्वयं के भाव-भावनाओं की शुद्धि और उन्नति कैसे कर सकता है! बाहरी परिस्थिति के कारण यह भाव-भावनाएँ निर्मित होती हैं ऐसा अगर मानें तो भी इसको लेकर बहुत कुछ करना मनोविज्ञान में बाकी है।

(आ) प्रकृति के साथ सुसंगति स्थापित कर जीवनयापन करने से परमात्मा का साक्षात्कार होता है, यह किसी को बताने की जरूरत नहीं है। अत: कोई पर्यावरण सुसंगत जीवनयापन कर रहा है तो उसका विरोध करने की भी आवश्यकता नहीं है। वर्तमान समाज पर्यावरण विसंगत जीवन शैली को अपनाकर आत्मघात के रास्ते पर चल रहा है। इसमें ईश्वर को स्वीकारनेवालों से लेकर नकारनेवालों तक सबका अंतर्भाव होता है। हरी सब्जी, घुँघनी, फल आदि नियमित रूप से सेवन करें; तेलयुक्त, तीखे, तले हुए, बहुत मीठे पदार्थों का सेवन वर्ज्य करें; सीधे-सादे, सूत से बने कपड़े पहनें; प्राकृतिक तौर से पीने योग्य चीजों का सेवन करें; थोड़ा ही क्यों न हो पर शरीर-श्रम अवश्य करें; आँखों का इस्तेमाल हमेशा टी.वी. देखने के लिए करने की अपेक्षा पठन-पाठन और प्रकृति अवलोकन के लिए करें आदि बातों को समझने में कोई आध्यात्मिकता नहीं है। यह समझदारी की बात है। इसका अवलंब कोई आध्यात्मिक साधना के नाते कर रहा है तो उसमें कुछ भी आपत्तिजनक नहीं है। इन चेतनाओं के विकसित होने के कारण संपूर्ण समाज का, जीवन का पर्यावरण से संगति के लिए, हमेशा प्रयासरत रहना है।

(इ) आचार्य विनोबा ने लिखा है कि 'मैंने 12 सालों में संपूर्ण भारत की दो बार पदयात्रा की है इसलिए मुझे जनता-जनार्दन में ईश्वर के तीसरे रूप का भी दर्शन हुआ है। यह अगर नहीं होता तो मेरी आध्यात्मिकता अधूरी रह सकती थी।' जनता-जनार्दन के रूप में ईश्वर की प्रतीति होती है या नहीं, पता नहीं, लेकिन आज अध्यात्म के नाम पर जिनके आस-पास लाखों लोगों की भीड़ जमा है, वे सब जनता-जनार्दन से संबंधित मानवी-मूल्यों की लड़ाई को त्याग चुके हैं। इन लाखों-करोड़ों भक्तों का मन आध्यात्मिक दृष्टि से सुस्थिति में होता है परंतु स्वयं को लेकर अनेक तनाव-भ्रम से अस्वस्थ-असहज क्यों होता है? क्योंकि उनकी प्रवृत्ति भी स्वार्थ तथा आत्मकेंद्रित होती है, आध्यात्मिक कदापि नहीं। नैतिक सामर्थ्य को कृतिशील बनाने के लिए मनुष्य स्वयं की शरीर सीमाओं में तथा समाज मर्यादाओं में

रहता है और अभिभूत होकर काम करता है। इन मुश्किल प्रयासों में तथा उसकी सफलता-असफलता में आनंद है, कृतार्थता है। उसका कारण उसमें शोषितों के प्रति स्नेह होना है। कुल मिलाकर उसका अर्थ यह होता है कि जिसे जनता-जनार्दन के माध्यम से अध्यात्म के द्वारा परमात्मा को प्राप्त करना है, उसे सच मायने में मानवीयता का रास्ता अपनाना चाहिए। इस बात को लेकर अध्यात्म प्रकट रूप से कुछ भी कह नहीं रहा है तो वह अध्यात्म व्यर्थ का है। वैसे प्रतिवर्ष संपन्न होनेवाली आषाढ़ी (तीर्थयात्रा) की वारी की आध्यात्मिकता के बारे में कई सवाल उठाए जा सकते हैं। लेकिन प्रत्यक्ष तौर पर सदियों से 'विष्णुमय जग, वैष्णवों का धर्म, भेदाभेद भ्रम, अमंगल' कहनेवाले वारकरियों (तीर्थयात्रियों) के दैनिक जीवन में अमंगल भेदाभेद खत्म हो चुका है, ऐसा लगता नहीं है। वारकरी संप्रदाय के प्रभाव से छुआछूत कम हो गई, गाँव से बाहर रहनेवाली दलित बस्तियाँ गाँव के भीतर प्रवेश कर चुकी हैं, अंतर्जातीय शादी को स्वीकारने की मानसिकता बन गई है, चुनाव में जाति का प्रभाव कम हो गया है आदि बातों में से किसी का भी प्रत्यक्ष दर्शन नहीं होता है। अत: सामाजिक सच यह है कि ईश्वर को अस्वीकार करनेवाले विज्ञाननिष्ठ व्यक्ति में समाज-परिवर्तन के लिए जनता के साथ जुड़ने की अधिक संभावनाएँ हैं और ईश्वर के अस्तित्व को स्वीकारनेवाला आध्यात्मिक व्यक्ति फिलहाल केवल शब्दों का पाखंड रच रहा है, जनता-जनार्दन के भीतर मौजूद ईश्वर के लिए कुछ करने की तैयारी नहीं है।

समाज का सच उपरोक्त वर्णन से अलग है, अर्थात् आध्यात्मिक व्यक्ति प्रत्यक्षत: जनता-जनार्दन की सेवा में जुट चुका है तो यह दृश्य आनंदमय और अनुकरणीय है। लेकिन वास्तविक दुनिया में इसकी प्रतीति जनता को होनी चाहिए।

उपरोक्त सारे विश्लेषण का सार रूप में अर्थ यह होता है कि अहंकार को त्यागना है तो निरंतर कार्यमग्नता की सलाह देनेवाला अध्यात्म, अपने सम्मुख उपस्थित व्यक्ति का गुण ग्रहण करके मन:शुद्धि की कल्पना करनेवाला अध्यात्म, सामूहिक सुख-प्राप्ति के लिए साधना की इच्छा रखनेवाला अध्यात्म समाजोपयोगी है। इस प्रकार के अध्यात्म से चकित होकर संदेह करना, उसका विरोध करना तथा उसके साथ लड़ना आवश्यक नहीं है। दूसरी तरफ इससे जो भी कुछ प्राप्त होगा उस अभिव्यक्ति को वैज्ञानिक दृष्टिकोण से परखनेवाला मनुष्य सहजता से ग्रहण कर सकता है; क्योंकि स्वयं के मन और अंतर्चेतना की उन्नति करना, पर्यावरण संगत व्यवहार करना और समताधिष्ठित समाज के लिए आग्रह के साथ भूमिका रखने का कार्य विवेकवादी व्यक्ति ही करता है, इन अर्थों में यह व्यक्ति आध्यात्मिक है कि नहीं ?

अंत में एक विषय की जानकारी संगठनात्मक आंदोलनकारियों के लिए। अध्यात्म का दावा करनेवाले अनिरुद्ध बापू को लेकर झूठा प्रचार किया जाता है कि वे भक्तों को एक ही समय विविध ईश्वरीय रूपों में दर्शन देते हैं। दूसरे आध्यात्मिक पुरुष नरेंद्र महाराज तो खुलेआम विरोधियों के हाथ-पाँव तोड़ने की धमकी देते हैं। आसाराम बापू बड़े स्पष्ट शब्दों में बताते हैं कि पिछले जन्म का नतीजा है कि इस जन्म में स्त्री विधवा है। सत्य साईं बाबा चमत्कार करते हैं परंतु वह कभी भी अन्यों को जाँचने-परखने की इजाजत नहीं देते हैं। उन पर हमला करनेवाले उन्हीं के भक्तों को कमरे में बंद किया जाता है। उन हमलावर भक्तों को पुलिस के हवाले न कर सीधे गोली मारकर हत्या की जाती है, इसको लेकर वे कभी कुछ नहीं कहते हैं। निर्मलामाता की कुंडलिनी जागृति को चुनौती दी गई तो उनके भक्तों की भीड़ प्रदर्शनकारियों पर टूट पड़ती है, उनके साथ मार-पीट होती है। इन सारे लोगों को आध्यात्मिक मानने का अर्थ एक ही होता है कि अध्यात्म शब्द का सामाजिक आकलन अधूरा है। इसका दूसरा पहलू यह भी है कि इन सारे पाखंडी लोगों में से हर एक का रहन-सहन ऐशो-आराम का है। इनके पास अकूत संपत्ति इकट्ठी हो जाती है। वह बाकायदा चंद लोगों के हाथों में केंद्रित होती है। थोड़ा-बहुत समाजोपयोगी कार्य करने का पाखंड रचकर बहुत अधिक सत्कार्य किए हैं, ऐसा झूठा प्रचार करना, ढिंढोरा पीटना तथा दावे करना इन लोगों की फितरत होती है। व्यवस्था-परिवर्तन को लेकर चुप्पी साध लेते हैं। बेरोजगारी, महँगाई, भ्रष्टाचार, जातीयता, धर्मांधता, विषमता, स्त्री-भ्रूण हत्या जैसे विषय उनके नहीं होते हैं।

इसके विपरीत गाडगे बाबा, महात्मा गांधी, आचार्य विनोबा की परंपरा है। गाडगे बाबा ने करोड़ों रुपए जमा किए परंतु प्रत्येक रुपए का हिसाब रखा, ईमानदार रहे। सारी जिंदगी की उनकी जमापूँजी केवल चिथड़े बने कपड़े, हाथ की लाठी और भिक्षा-पात्र रहा है। संपूर्ण महाराष्ट्र की साफ-सफाई करने का व्रत उन्होंने लिया और उसके लिए वे यात्राएँ करते रहे। जातिगत ऊँच-नीच और अंधविश्वासों को दूर करने के लिए प्रयासरत रहे, इसका बड़ी कठोरता के साथ विरोध किया। आचार्य विनोबा संपूर्ण भारत की लगातार 12 वर्षों तक बिना थके, एक बार भी बीमार पड़े बिना पदयात्रा करते रहे। उन्होंने 42 लाख एकड़ जमीन दान में पाई। उसमें से लाखों एकड़ जमीन का भूमिहीनों में वितरण भी किया। महात्मा गांधी इंग्लैंड में कड़ी सर्दी के बावजूद एक ही वस्त्र का परिधान पहनते रहे। वहाँ के राजा से इन्हीं कपड़ों में मुलाकात की। स्वयं के नेतृत्व में आजादी मिलने के बाद भी स्वतंत्रता दिवस के उत्सव में बिना शामिल हुए नोआखाली में दंगा-पीड़ितों की सेवा में जुट गए। ये लोग अत्यधिक विश्वासी थे, ईश्वर को माननेवाले थे। आध्यात्मिक उन्नति के शिखर पर बड़े कष्टों के साथ पहुँचे थे। आज जो अपने-आपको आध्यात्मिक दिव्य पुरुष मानते हैं उनसे वे सर्वथा भिन्न

और ईमानदार थे। उनकी जीवन-विषयक व्याख्या ईश्वरीय, धर्म के साथ और अध्यात्म के साथ रही है। अंधश्रद्धा निर्मूलन समिति की व्याख्या वही हों, यह जरूरी नहीं है। लेकिन इन विभूतियों के जीवन की सकारात्मकता का अर्थ समझते वक्त अध्यात्म शब्द का सकारात्मक (कुछ लोग उसे आंदोलन के लिए अनुकूल भी कह सकते हैं।) अर्थ लगाने में क्या हर्ज है!

स्त्रियाँ और अंधविश्वास उन्मूलन

अंधविश्वास की भयानक वास्तविकता अंधविश्वास से निर्मित मानसिक गुलामी है। इस गुलामी से मन पूर्ण रूप से बंधक बन जाता है और शोषण की सारी क्रियाओं को मुक्ति का महाद्वार मानने का विपरीत व्यवहार शुरू होता है। यह विरोधमूलक स्थिति महिला वर्ग में बहुत अधिक देखी जा सकती है। स्त्री अंधविश्वास के शोषण का सर्वाधिक शिकार होती है, फिर भी उसके विरोध में वह एक शब्द भी नहीं कहती। फिर विरोध के साथ कर्मठशील पहल की बात तो बहुत दूर की कौड़ी है। यह अंधविश्वास नहीं है, यह जीवन को अर्थ प्रदान करनेवाली श्रद्धा ही है—ऐसा मानकर गर्व और कृतार्थता भी महसूस की जाती है। अंधविश्वासों से शोषित पीड़िताएँ अंधविश्वास के प्रचार का खुद वाहक बनती हैं।

कोई व्यक्ति अंधविश्वास का शिकार बन जाता है, इसका मूल कारण यह है कि उसके आस-पास का माहौल समस्याओं से भरा पड़ा होता है और उसमें वह अंधविश्वास की शरण लेता है। दूसरा यह भी है कि उसे इन समस्याओं से मुक्ति पाने के लिए विचार और व्यवहार का कोई मार्ग दिखाया नहीं जाता है। स्त्रियों के जीवन में दुख, असफलता, विफलता अधिक है, इसलिए अंधविश्वास भी अधिक है। पुरुषप्रधान व्यवस्था में अंधविश्वास के चक्रव्यूह से मुक्ति पाने का रास्ता भी दिखाई नहीं पड़ता है, अतः महिलाएँ अधिकाधिक अंधविश्वास का शिकार बनती हैं।

स्त्रियों की लाचारी का मुख्य कारण परिवार, समाज और धर्म में उन्हें दोयम माना जाना है। जन्म से लेकर मृत्यु तक स्त्री की स्थिति नकारी जाती है। 21वीं सदी में स्त्री का वर्तमानकालीन सच अस्तित्व के नकार का है। इसलिए कुल आबादी की तुलना में स्त्रियों की संख्या बड़ी तेजी से घटती नजर आ रही है। उसे रोकने के लिए 'लाडली बेटी' जैसे अभियानों को चलाने की जरूरत पड़ रही है। समाज में एक समय ऐसा भी था जहाँ मातृसत्तात्मक पद्धति मौजूद थी। लेकिन आज की स्त्री पुरुषों की वर्चस्ववादी मानसिकता की गुलाम है। शादी होना और फिर बच्चे पैदा करना पुरुषों के लिए एक सामान्य बात होती है लेकिन स्त्री के लिए वह उसका सर्वस्व होता है। इसीलिए स्त्री कुमारिका और सौभाग्यकांक्षिणी होती है। उसकी सौभाग्यवती,

तलाकशुदा, परित्यक्ता, विधवा आदि सारी अवस्थाएँ पुरुषों के संदर्भ में होती हैं। पुरुष उसका 'मालिक' होता है, वह पति के रूप में ईश्वर भी होता है। उसे हमेशा यह संस्कार दिया जाता है कि बेटी, पत्नी, माँ आदि भूमिकाएँ स्वयं को न्यूनतम मानते हुए निभाए, इसी में उसके जीवन की सार्थकता है। उसके सारे व्रत-उपवास 'अच्छे पति और अच्छे बेटे' के लिए होते हैं। पति की किसी भी कारण मृत्यु हो तो उसके लिए उसे ही जिम्मेदार ठहराया जाता है। विधवा का घर में प्रवेश अशुभ माना जाता है। हल्दी-कुमकुम के कार्यक्रमों अथवा उत्सवों में हिस्सा लेने से उसे रोका जाता है। उसके हाथों से किसी भी कार्य का आरंभ वर्ज्य माना जाता है। अपनी कोख में जिसे उसने नौ महीने तक सँभाला, पाल-पोसकर बड़ा किया उस बेटी का कन्यादान करने तक से उसे दूर रखा जाता है (अर्थात् कन्या दान देने की वस्तु नहीं है, वह एक जीवित प्राणी है, इसे भुला दिया जाता है)। जीवन के अनेक क्षेत्रों में प्रतिष्ठा का ढिंढ़ोरा पीटनेवाली, स्वयं के उच्च कुलवंश पर गर्व करनेवाली मराठा जाति आज भी अपने समाज की जवान विधवा के पुनर्विवाह का निर्ममता से विरोध करती है।

आजादी के बाद स्त्री और पुरुष की समानता को स्वीकारा गया है, परंतु ये केवल किताबी बातें हैं। प्रत्यक्ष तौर पर कहीं पर भी समानता नहीं है, समान कार्य का समान पारिश्रमिक नहीं है। संपत्ति में उसके अधिकार को नकारा जाता है। विधानसभा और लोकसभा में 50 प्रतिशत नहीं तो 33 प्रतिशत आरक्षण पाने में भी बार-बार उपेक्षा हाथ लगी है। अत: स्त्रियों को लेकर हमेशा एक अंतर्विरोध बना रहा है। परीक्षा में सबसे ज्यादा अंक पानेवाली तथा मेरिट लिस्ट में नाम दर्ज करनेवाली लड़कियाँ ही अधिक होती हैं। इसके साथ ही परित्यक्ता होनेवाली, मनोरुग्ण बन पागलों-सी घूमनेवाली और दहेज के लिए जिंदा जलाई जानेवाली स्त्रियाँ ही अधिक होती हैं। प्रमुख राजनीतिक पार्टियों का नेतृत्व भी यही कर रही हैं। परंतु दूसरी तरफ लोकसभा और विधानसभा में स्त्रियाँ भी चुनाव जीत नहीं पाती हैं। स्त्रियों को जीवन-भर झेलनी पड़ रही अधीनता पर जब तक गौर किया नहीं जाता, तब तक वे बड़ी तादाद में अंधविश्वासी क्यों हैं हम समझ नहीं सकते हैं। स्त्रियाँ और अंधविश्वास निर्मूलन यह अलग सामाजिक प्रश्न नहीं है, इतना भी इस विवेचन से समझ में आएगा तो काफी है। समाज-जीवन पर धर्म, संस्कृति, अर्थनीति और राजनीति का अधिकार है, इसमें स्त्री क्या अहमियत रखती है, इस विषय के साथ 'स्त्रियाँ और अंधविश्वास' का विषय भी विविध पहलुओं से जुड़ा है।

स्त्री स्वास्थ्य और अंधविश्वास

समाज में स्त्रियों के कुपोषण को लेकर बहुत बड़ा प्रश्न है। आर्थिक विपन्नता एक अत्यंत महत्त्वपूर्ण विषय है। सबके खाने के बाद खुद खाना, बचा-खुचा खाकर

अधपेट उठना, बासी रोटी खाकर अपना पेट भरना आदि बातें स्त्री बड़ी सहजता से करती है। वह अधिकाधिक व्रत-उपवास करके स्वास्थ्य को गंभीर हानि पहुँचाती है। उसके हाथों में भोजन की संपूर्ण व्यवस्था होती है, फिर भी परिपूर्ण आहार कैसे बनाए इसकी जानकारी उसे नहीं है। इस अज्ञान के फलस्वरूप उचित पोषणमूल्यों से वह और उसका परिवार दूर रहता है। मासिकधर्म शुरू होने के चार-पाँच वर्ष बाद स्त्री का शरीर पूर्ण रूप से विकसित होता है। 13-14 वर्ष की उम्र में मासिकधर्म शुरू होता है। अर्थात् शादी की उम्र 18 वर्ष होनी चाहिए और वैसे है भी लेकिन ग्रामीण इलाकों में आज भी 18 वर्ष पूर्ण होने से पहले शादी होती है। गर्भधारण भी बहुत जल्दी होता है। संतुलित आहार व्यवस्था, कच्ची उम्र के चलते गर्भाशय की अविकसित अवस्था के कारण जन्म लेनेवाले बच्चे कमजोर होते हैं। भारत में 30 प्रतिशत बच्चों का जन्म के समय वजन ढाई किलो से कम होता है। अन्य अविकसित देशों की तुलना में भारत में बाल-मृत्यु-दर बहुत अधिक है। वैसे ही प्रसूति के दौरान स्त्रियों की मृत्यु-दर भी बहुत अधिक है। कच्ची उम्र में शादी होने का यह नतीजा है कि अपरिपक्व शरीर और मन वैवाहिक जिम्मेदारियाँ निभाते-निभाते दम तोड़ने की कगार तक जा पहुँचते हैं। इन परिस्थितियों में छोटी-बड़ी मानसिक बीमारियाँ भी उनके साथ जुड़ती हैं।

स्त्रियों के स्वास्थ्य की अव्यवस्था का लेखा-जोखा प्रस्तुत करने के लिए उपरोक्त विश्लेषण नहीं किया गया है। यह स्पष्ट करना तथा बताना महत्त्वपूर्ण है कि इन्हीं स्थितियों के चलते स्त्री अपनी सारी जिंदगी अवमान के साथ चारदीवारी के भीतर तबाह कर रही है। ऐसी जिंदगी को उच्च-कुलीन जिंदगी कहा जाता है। उसके बारे में चर्चा करना भी अपराध माना जाता है। इससे मुक्ति पाने के लिए अगर कोई प्रयास करे तो कितना प्रखर विरोध हो सकता है, आप इसकी कल्पना भी नहीं कर सकते हैं।

स्त्री और धर्म

इसमें कोई शक नहीं है कि स्त्रियों की वर्तमानकालीन अवहेलना के लिए धर्म जिम्मेदार है। सभी धर्मों ने स्त्रियों को दोयम दर्जे का स्थान प्रदान किया है। यहूदी धर्म में यह धारणा है कि 'खाना खाते वक्त अगर रोटी जल जाए तो पत्नी को तलाक दें!' यह कितनी बड़ी विडंबना है; पूरी जिंदगी बिना जले रोटी बनाना क्या किसी स्त्री के लिए संभव है? क्रिश्चियन धर्म के विश्लेषणानुसार आदम (पुरुष) के बाद उसके लिए (पुरुष के लिए) ईव (स्त्री) की निर्मिति हो गई है। उसकी निर्मिति आदम की एक पसली से होने का वर्णन है। ज्ञान के फल को खाने का मोह पुरुष के मन में पैदा करने का घोर पाप किए जाने का अपराध स्त्री के सर ही मढ़ा जाता है। इसलिए स्त्री के कारण सारी दुनिया का वेदनामयी इतिहास शुरू होने की बात

कही जाती है। पुरुष के पश्चात् पुरुष के लिए जन्मी तथा पुरुष के एक पसली का मूल्य पाई स्त्री और ज्ञान का फल खाने का उसका अनुग्रह अक्षम्य पाप है आदि बातों से धर्म की पुरुष-प्रधानता साफतौर पर स्पष्ट है। दिगंबर जैनियों में स्त्री के लिए मोक्ष का अधिकार नकारा गया है। परमप्रिय शिष्य आनंद के कहने पर बुद्ध ने अपने धर्म के भीतर स्त्रियों के प्रवेश की अनुमति दी; लेकिन 'हजारों वर्षों तक बरकरार रहने की क्षमता वाला मेरा धर्म अब पाँच सौ वर्षों तक ही टिक सकता है' ऐसा विचार गौतम बुद्ध ने व्यक्त किया था। इस्लाम धर्म में पुरुष के मुँह से केवल तीन बार 'तलाक' शब्द का उच्चारण स्त्री के वैवाहिक जीवन को बर्बाद करने के लिए काफी है। स्त्री का पति की संपत्ति पर हक नहीं या तलाक के बाद मासिक वृत्ति पाने की भी वह अधिकारी नहीं है। उसे धर्माज्ञा के तहत नकारा गया है। मुस्लिम धर्म में शादी दोनों पक्षों के बीच का अनुबंध होता है। तलाक होने पर यह अनुबंध भी खत्म होता है। अत: उसके लिए पुरुषों द्वारा हरजाना देने की व्यवस्था करना धर्म के लिए अनिवार्य नहीं लगता है, इस तरह का प्रतिपादन मुस्लिम धर्म के प्रवक्ता करते हैं। एक वाक्य के तहत पाँच करोड़ मुस्लिम बहनों का मासिक वृत्ति का अधिकार नकारा जाता है। हिंदू धर्म में ज्ञान के अधिकार से स्त्री को वंचित रखा गया है। हिंदू समाज-जीवन पर लंबे समय तक नियंत्रण रखनेवाले मनुस्मृति ग्रंथ में स्त्री के बारे में लिखा है कि 'स्त्री को स्वतंत्र अधिकार नहीं है। पति जुआरी, व्यसनाधीन अथवा वेश्यावृत्ति करनेवाला हो तो भी उसके आदेशों का पालन करना चाहिए।' तुलसीदास ने 'ढोल गँवार, सूद्र पसु नारी। सकल ताड़ना के अधिकारी।।' के रूप में आध्यात्मिक अनुमति पहले से दे रखी है। हजारों वर्षों के संस्कारों के तहत यह सारी धार्मिकता मनुष्य मन के कोने-कोने में बसी है। परिवार और समाज में इसकी जड़ें जम चुकी हैं। ऐसी पार्श्वभूमि में आसानी से सामाजिक मानसिकता बदलना असंभव है। ऐसी उर्वर भूमि पर अंधविश्वास फूले-फले नहीं तो ही आश्चर्य होगा।

प्रतिकूल सामाजिक सच

स्त्री अगर पैसे कमा भी रही हो, तो भी आज घर के भीतरी निर्णय लेने का अधिकार कई जगहों पर स्त्री को नहीं है। वह निर्णय नहीं ले सकती है। परिवार की छोटी-बड़ी जरूरतों के बारे में बच्चे अथवा अन्य कोई व्यक्ति स्त्री से पूछ रहा है तो उसका उत्तर अधिकांश जगहों पर स्वयं नहीं दिया जाता है। 'पापा को घर आने दो, वही बता देंगे कि क्या करना है।' हर जगह यही सुना जाता है। परिवार में उचित सम्मान और स्थान न होने के कारण स्त्री अधिकाधिक लाचार बनकर परावलंबी रहती है। अत: वह किसी-न-किसी कारण से अंधविश्वास को गले लगा लेती है। स्वास्थ्य-विषयक सुविधाओं के अभाव और अज्ञान के कारण उसके अंधविश्वास के कीचड़

में धँसने की संभावनाएँ बढ़ जाती हैं। निरंतर उपवास, अधूरे, अनुचित और पोषणरहित आहार के कारण शारीरिक और मानसिक दुर्बलताएँ बढ़ जाती हैं। इन दुर्बलताओं से मुक्ति पाने के लिए यकीनी तौर पर पूजा-पाठ, व्रत-उपवासों का आधार लिया जाता है। कई बार इस प्रकार की बीमारी का कारण टोना-टोटका माना जाता है, अतः झाड़-फूँक करनेवाले बाबा के पास जाकर समय, परिश्रम और पैसों की बर्बादी की जाती है। गर्भवती स्त्री को अनेक शारीरिक और मानसिक तनावों से गुजरना पड़ता है। इस समय जो मानसिक बीमारियाँ पैदा होती हैं, उसे उसके शरीर में भूत ने प्रवेश किया है, ऐसा माना जाता है। प्रसूति के दरम्यान स्त्री की मृत्यु होना अथवा प्रसव के समय या उसके कुछ महीनोपरांत नवजात बच्चे के जानमाल को खतरा होने की घटनाएँ हमेशा देखी जाती हैं। अर्थात् इन घटनाओं से बचने के लिए वह स्त्री और उसके परिजन विविध मन्नतों से लेकर झाड़-फूँक और टोटकों के उपायों तक कुछ भी करते हैं। बच्चा न होना अथवा केवल लड़कियाँ होना तो स्त्री और उसके परिवार के लिए अत्यंत अप्रतिष्ठा लगती है। इसका उपाय ढूँढ़ने के लिए किसी भी रूप में अंधविश्वासों का आधार बिना रोक-टोक लिया जाता है। संतति हो और वह लड़की हो, इस परंपरा का प्रभाव स्त्रियों में अंधविश्वास भर देता है। निष्कर्षतः कह सकते हैं कि स्त्रियों के संपूर्ण स्वास्थ्य की दुर्बल भौतिक नींव अंधविश्वासों को जन्म देती है।

स्त्रियों की बहुत बड़ी आबादी मानसिक दबावों से गुजर रही है। आर्थिक मुश्किलें, बच्चों की समस्याएँ, ससुरालवालों की पीड़ाएँ, पति के प्रेम का अभाव, वैवाहिक विसंवाद, परिवार में सम्मान न होना, लैंगिक असमानता आदि कारणों से निर्मित असहनीय तनावों से स्त्री का व्यक्तित्व कुंठित होने लगता है। वह कभी-कभी एकदम चुप होती है या पूजा-पाठ करते वक्त तनावों से पीड़ित होकर अनावश्यक बड़बड़ाने लगती है, बहकी-बहकी बातें करने लगती है। इस घटना का अर्थ यह लगाया जाता है कि उसके शरीर में देवी प्रकट होने लगी है। उसे अतिरिक्त प्रतिष्ठा मिलने लगती है और देवी प्रकट होने की यह प्रथा मजबूत हो जाती है। इसके अलावा जिस स्त्री के चेहरे के भाव और शरीर की भाषा बदल रही है, जिसकी आवाज बदल रही है, जिसे अपने कपड़ों का होश-हवास नहीं, ऊटपटाँग भाषा में बहकते हुए बड़बड़ाने लगती है, ऐसे में उसे भूत की बाधा हो गई माना जाता है। भूत को भगाने के लिए भयंकर उपाय भी किए जाते हैं। कई बार प्रसूति के तनावों से दिल की धड़कनें बढ़ती हैं, शरीर से कँपकँपी छूटने लगती है, कोई छाती पर बैठा है ऐसे लगने लगता है। यह सारे लक्षण हिस्टीरिया की मनोवैज्ञानिक बीमारी के हैं। उसे नकारकर 'भूत की बाधा' माना जाता है। अर्थात् स्त्री के शारीरिक और मानसिक स्वास्थ्य का अच्छा न होना, उसे चारों तरफ से अंधविश्वास की ओर धकेलने लगता है।

रूढ़ि, परंपरा, व्रत-उपवास

रूढ़ि, प्रथा और परंपराओं का दासत्व स्त्री को अंधविश्वास की खाई में धकेल देता है। सन् 1987 में राजस्थान के देवराला में एक स्त्री सती हो गई। पूरे देश में भारी चर्चा हो गई। देवराला गाँव में जमावबंदी थी फिर भी सामाजिक विडंबना और भयावहता यह रही कि उस जमावबंदी के आदेश को तोड़कर सती स्थल को देखने के लिए स्त्री-पुरुषों के झुंड के झुंड बड़ी तादाद में 'सती माता की जय' की पुकार करते चले आ रहे थे। स्त्री अपनी मूलभूत प्रतिष्ठा की अपेक्षा पति की चिता पर अपने-आपको भस्म करने के कारण गर्व का विषय बनती है। इससे अंधविश्वास की मानसिक गुलामी का पीड़ादायी सच सामने आता है। देवदासी अथवा भगवान के नाम पर महिलाओं को त्यागना भी अवमान-अप्रतिष्ठा वाली घटनाएँ हैं। आज ऐसी घटनाएँ कम हो गई हैं पर पूरी तरह बंद नहीं हुई हैं। आदिवासी जनजातियों की बहुलता वाले जिलों में आज डायन प्रथा है। कुछ जगहों पर इस प्रथा को 'भूताली' भी कहा जाता है। आदिवासी गाँवों या बस्तियों में कुछ दुर्घटनाएँ घटित होती हैं, बच्चा गंभीर रूप से बीमार पड़ जाता है, अचानक आग से घर भस्म हो जाता है, भैंस दूध देना बंद कर देती है आदि घटनाओं में पूरा गाँव वैज्ञानिक कार्य-कारण भाव को नजरअंदाज करता है। अपने गाँव के भगत के पास जाते हैं। भगत गाँव में कौन सी स्त्री डायन है, यह अनुमान लगा लेता है। गाँववासियों का संदेह मजबूत होता है। फिर पूरा गाँव ऐसी डायन स्त्री को भगत के पास पकड़कर लाता है। इसके सारे खर्चे की वसूली उसी स्त्री से होती है। भगत अपनी पद्धति से झाड़-फूँक और तंत्र-मंत्र करते हुए कुछ जाँच-पड़ताल करता है और उसे लगा तो संबंधित स्त्री को डायन घोषित करता है। इस घटना के बाद उस स्त्री का गाँव से निष्कासन होता है। आगे चलकर उसके बाल-बच्चों की शादी नहीं होती है। कई बार उस स्त्री को जान से भी मारा जाता है। अकेले महाराष्ट्र में आदिवासियों की बहुलता वाले 10 जिले हैं। इन जिलों के शिक्षित लोगों में भी डायन की प्रथा पक्के तौर पर पाई जाती है। ऐसी घटनाओं में शोषण केवल स्त्रियों का ही होता है।

समाजसुधारकों के प्रयासों से स्त्रियों को पढ़ाई का हक प्राप्त हो गया। बाल-विवाह, केशवपन जैसी निर्दयी रूढ़ियों से मुक्ति मिल गई। जोर-जबर्दस्ती के केशवपन से मुक्ति और अपने मनोनुकूल बाल कटवाने की अनुमति तक उनका सफर जारी रहा। फिर भी रूढ़ि, परंपरा और व्रत-उपवासों से उसकी मुक्ति नहीं हो पाई। इतना ही नहीं, शिक्षित स्त्रियों में इसको लेकर सवाल उठाने की मानसिकता भी तैयार नहीं हो पाई है। हरतालिका का उपवास करके कहीं अच्छा पति मिल सकता है? पुरुषों को अच्छी पत्नी की जरूरत है या नहीं? वटवृक्ष की पूजा तथा करवाचौथ करने से सच में पति की उम्र बढ़ जाती है? पत्नी के लिए वह व्रत-उपवास क्यों नहीं करता? ऐसे प्रश्न किसी के मन में उठते नहीं और उठें तो पूछे नहीं जाते हैं। सहज रूप से विचार

करें तो इन व्रत-उपवासों का अंतर्विरोध और पाखंड समझ में आता है। हम एक उदाहरण के आधार पर दो व्रतों की पड़ताल कर सकते हैं। असंख्य सुहागिनें शादी के उपरांत अपने पति को दीर्घायुष्य प्राप्त हो इसलिए अर्थात् अपने अखंड सौभाग्य की कामना के लिए और पति से पहले मृत्यु पाने के लिए मंगलागौरी का व्रत करती हैं। वही स्त्री सात जन्मों तक यही पति मिले इसलिए वटपूर्णिमा का व्रत भी करती है (महाराष्ट्र के बाहर करवाचौथ किया जाता है)। अब अपनी परंपरा के अनुसार पति हमेशा पत्नी की अपेक्षा उम्र में बड़ा होता है, अगले जन्म में भी वह बड़ा ही होना चाहिए। अर्थात् उसका जन्म भी पहले होना चाहिए, अत: इस जन्म में उसे पत्नी से पहले मरना पड़ेगा; इसके सिवाय वह अगले जन्म में पत्नी से बड़ा कैसे होगा? मतलब स्त्री मंगलागौरी की पूजा करती है, अपने पति की लंबी उम्र के लिए और वटसावित्री की पूजा की फल-प्राप्ति होनी है, तो पति को पहले मरना पड़ेगा। तात्पर्य इतना ही है कि अपनी परंपराएँ और पुरखों के चलते आ रहे रीति-रिवाजों का, व्रत-उपवासों का वह आँखें बंद करके अंधविश्वासों के साथ पालन करती है। हिंदू हृदयसम्राट स्वातंत्र्यवीर सावरकर द्वारा किया गया प्रतिपादन 'हरतालिका से वटपूर्णिमा तक के व्रत-उपवास असत्य की पूजा है' को इन महिलाओं द्वारा जाँचने-परखने की जरूरत है और इस पर आचरण करने की भी आवश्यकता है।

यह व्रत-उपवास शायद कम थे इसलिए संतोषीमाता और मार्गशीर्ष के गुरुवार के नवीन व्रतों की शुरुआत करवाई गई है। आज पढ़ी-लिखी महिलाओं में मानो आपस में होड़-सी लगी रहती है कि इन व्रतों को सबसे बेहतर तरीके से कौन निभा रहा है देखें। हिंदी धारावाहिकों द्वारा 'करवाचौथ' जैसी उत्तर-भारतीय प्रथाओं का भी समाज में धड़ल्ले से प्रचार हो रहा है। व्रत-उपवासों को लेकर, रूढ़ि-परंपराओं के पालन को लेकर स्त्रियों ने अपने अंतर्मन के साथ कभी कोई संवाद नहीं किया है। उनके साथ बैठकर अन्य कोई इस विषय पर गंभीर चर्चा भी नहीं करता है। उन्हें लगता है कि अपने पुरखों ने जो किया है, हमसे पहली पीढ़ी की स्त्रियों ने जो किया है वह थोड़े ही गलत हो सकता है? गलत को स्वीकारने के लिए वे मूर्ख थोड़े ही थे? परंतु उसी समय अपने पुरखों से न बताई गई बातें, न किए हुए अनेक कार्य कैसे किए जाते हैं? बाल कटवाए जाते हैं, मेकअप किया जाता है, गाड़ी चलाई जाती है, पढ़ाई करते हैं, नौकरी करते हैं। इन बातों को नजरअंदाज किया जाता है।

व्रत-उपवास एवं उत्सवों से परिवार पर, बच्चों पर अच्छे संस्कार होते हैं, उन्हें उत्सव परंपराओं की जानकारी मिलती है, यह बहुत गलत, आडंबरपूर्ण दलील दी जाती है। सच्चे मायने में ऐसे कर्मों से स्त्री पर अधीनता और गुलामी के संस्कार जरूर होते हैं। प्रत्येक व्रत की फल-निष्पत्ति पति और लड़के के कल्याण हेतु होती है। व्रत करनेवाली स्त्री की जिंदगी और स्वास्थ्य को लेकर उसमें क्यों कुछ नहीं होता है?

व्रत-उपवासों का पालन नहीं किया तो कुलाचार खत्म होगा, विपत्ति आएगी

ऐसे अनाम भय का साया मौजूद होता है। लेकिन जो महिलाएँ इन व्रतों को नकारती हैं, उनका कहाँ बुरा हुआ है?

हमारा मन मानता नहीं है परंतु वरिष्ठ परिवारजनों, बुजुर्गों और सास-ससुर का मन रखने के लिए करना पड़ता है, ऐसा कहा जाता है, लेकिन प्रश्न यह खड़ा होता है कि स्त्रियाँ सास-ससुर और बुजुर्गों के मन के विरुद्ध कभी कुछ करती नहीं हैं? खाना कौन बनाए, कैसा बनाए, इसको लेकर भी समझौता करने के लिए वे तैयार नहीं होती हैं। तो फिर यहाँ उनकी सोच क्यों घास चरने लगती है?

इन व्रतों को लेकर यह भी दलील दी जाती है कि इसके पालन के पीछे प्रकृति से नजदीकी, औषधियों का परिचय, पर्यावरणीय सुरक्षा आदि बातें पुरखों को अभिप्रेत थीं। ठीक है कोई बात नहीं, परंतु प्रश्न यह उठता है कि ये सारे लाभ स्त्री ही क्यों उठाए? इसका उत्तर कोई दे सकता है? औषधि वनस्पतियों का अगर सीधा संबंध है तो व्रतों की कहानियों में औषधियों के विवरण को क्यों नहीं जोड़ा है?

सबसे बड़ी विडंबना यह है कि व्रतों की निरर्थकता सभी स्वीकारते हैं। यह भी कहते हैं कि 'अपनी लड़कियों को ऐसा हम नहीं बताएँगे कि इसका पालन करें । उन्हें तय करने देंगे।' परंतु वे यह नहीं कहते हैं कि 'हम उन्हें यह मत करो', ऐसा कहेंगे। इसका कारण मानसिक गुलामी से निर्मित भय है दूसरा-तीसरा कुछ नहीं।

महिलाओं के विविध प्रश्नों को उठानेवाले विविध संगठन अन्य बातों को सीधे उठाते हैं, उसके साथ सीधे भिड़ भी जाते हैं लेकिन आस्तिकता, धार्मिकता के नाम पर व्रत-उपवासों के माध्यम से जारी विषमता के 'स्लो पॉयजनिंग' को लेकर उनसे कुछ बोला नहीं जाता है। महिलाओं के अंधविश्वासों का अगर निर्मूलन करना है तो नवीन आत्मज्ञान के बीजों को बोना पड़ेगा।

पुरुष-प्रधानता

स्त्री के लिए आत्मज्ञान कि प्राप्ति कभी हुई नहीं, इसका मूल कारण समाज में निहित पराकाष्ठा की हद तक पहुँची विषमताधिष्ठित पुरुषप्रधान व्यवस्था है। स्त्री को संस्कृति परखने के अधिकारों से दूर रखा गया है। संस्कृति निर्माण की बात तो बहुत दूर की है। उसकी सारी चेतनाएँ सदियों से अत्यधिक अशास्त्रीय पोथी-पुराणों के आधार पर बनी हैं। चूल्हा-चौका और बच्चों तक ही उसके सारे कर्तव्य सीमित किए गए हैं। अपने देश में स्त्रियों को शिक्षा का मौका बहुत देर के बाद मिला है और वह भी अभी तक उच्च वर्णियों तक ही सीमित है। स्त्रियों के लिए उपयोगी और विशेष माने जानेवाले विषयों को वैज्ञानिक स्वीकृति कुछ सालों पहले ही मिली है। अत: सहज है कि सोच-विचार करना, परंपरा की परख करना, नकारना, नवीन विचारों को व्यक्त करना या उसको स्वीकार करना जैसी बातों का हमेशा अभाव रहा है।

विपत्तियों के आधुनिक आयाम

शिक्षा-प्रसार हो गया, आधुनिकता आ गई और उसके साथ पूँजीवादिता भी आ गई। इस पूँजीवादिता से स्वयं के लाभ के लिए परंपराओं का बाजारीकरण किया गया। वह दोनों अर्थों से फायदेमंद है। एक ओर शोषण करनेवाली गलत धारणाएँ संस्कृति में निहित परंपराओं के नाते स्वीकारी जाती हैं। जिनसे मानसिक गुलामी जन्म लेती है। उनका आकलन करना, बदलना और वह खत्म करना, हाशिए पर छोड़ा जाता है, नजरअंदाज किया जाता है। दूसरी ओर परंपराओं का उदात्तीकरण किया जाता है और उसके आधार पर व्यापक धंधा किया जाता है। संक्रांति के समय काली साड़ी पहनने की कुरीति शुरू हो गई है। अन्यों की देखादेखी सब महिलाएँ इसे स्वीकारती हैं। लाखों काली साड़ियाँ बिना जरूरत की खरीदी जाती हैं। व्यावसायिक लाभों में वृद्धि होती है। मीडिया द्वारा ऐसी बातों को उछाला जाता है, उसे प्रसिद्धि मिल जाती है और उसके साथ जुड़े व्यापार तथा बाजार को गति प्राप्त होती है। समाज में एक साथ दो प्रक्रियाएँ शुरू रहती हैं। परंपरा के बाजारीकरण से स्त्री को रोका जाता है और दूसरी ओर उसके वास्तविक जीवन की पीड़ाएँ उसे विद्रोह करने के लिए उकसाती हैं। इन परिस्थितियों के तात्त्विक विवेचन की अपेक्षा व्यवहार में कौन सा पक्ष ताकतवर होता है, इस पर स्त्रियों की अंधविश्वास से मुक्ति निर्भर है। पुरोगामी पक्ष, विविध संगठन, अंधश्रद्धा निर्मूलन समिति जैसे समाजसुधार करनेवाले आंदोलन अपना प्रभाव कितना जमाते हैं, उस पर इस गतिरोध का हटना अवलंबित है। अनुभव से स्त्री परिवर्तित हो रही है और इसी से व्यवस्था-परिवर्तन और मूल्य-परिवर्तन हो सकता है। पति के लिए व्रत-उपवास करती है। उसे ईश्वर भी मानती है और कई बार तो केवल उपेक्षा ही नहीं तो मारपीट भी सहन करती है। इन अनुभवों से स्त्री पक्के तौर पर बदलती रहेगी। अर्थात् यह ध्यान रखना चाहिए कि किसी भी प्रकार की मूल्य-व्यवस्था का परिवर्तन लंबे समय तक चलनेवाली प्रक्रिया होती है।

स्त्रियों को लेकर उपर्युक्त बातों का विचार करें तो उलझन-भरी स्थितियाँ सामने आती हैं। मासिकधर्म को पहले छिपाना उतना संभव नहीं था, परंतु अब वह संभव है। घर में शुभ कार्य हो अथवा मंदिर में जाना हो, तो मासिकधर्म वाली स्त्री को दूर रखा जाता था। अब मासिकधर्म के दौरान कुछ हद तक ढील आ गई है। कुछ महिलाएँ अपने घर में शुभ कार्य में शरीक होती हैं, मंदिर जाती हैं लेकिन उसे वे प्रकट होने नहीं देती हैं। उन्हें पता होता है कि इसे प्रकट होने दिया तो निश्चित रूप से उन्हें रोका जाएगा। सबके साथ मिल-जुलकर रहने की जरूरत होती है। रूढ़ परंपराओं पर आघात करने या आवाज उठाने की अपेक्षा चुपचाप उसका उपाय ढूँढ़ना, अपनी व्यापक जरूरतों को पूर्ण करना स्त्री बेहतर समझती है। कई अवसरों पर काफी संख्या में महिलाएँ इकट्ठा होती हैं। उनके सैर-सपाटे और यात्राओं के कार्यक्रम मंदिर, तीर्थस्थानों के होते हैं। हो सकता है उसके पीछे ईश्वर के प्रति पवित्र

भाव हो परंतु सबके साथ आनंद-प्राप्ति की प्रखर इच्छा भी होती है। आधुनिक युग में भी मौज-मस्ती के लिए यदि स्त्री अपनी सहेलियों के साथ यात्राओं पर जाए स्वीकार्य नहीं है। मात्र तीर्थस्थलों पर जाने के लिए कोई रुकावट नहीं है। इससे यह स्पष्ट होता है कि स्त्रियों को अंधविश्वास से मुक्ति दिलानी है तो वह बहुआयामी प्रक्रिया से संभव है। अंधविश्वास के विरोध में आवाज उठाते वक्त स्त्री को नम्रता और सावधानी बरतनी पड़ती है और मन को मज़बूत, दृढ़ निश्चियी भी बनाना पड़ता है। माँ के संस्कारों से उसका पालन-पोषण होता है और ससुरालवालों की मानसिकता को परखकर उन्हें खुश रखने के लिए वह प्रयासरत रहती है। एक तरफ अपने बुजुर्ग के प्रति आदर-भाव बनाए रखना, पारिवारिक प्रेम, आत्मीयता कायम रखना, तो दूसरी तरफ लीक से हटकर विचार करना और उसे आचरण में लाने के लिए प्रयासरत रहना बहुत मुश्किल है। उसकी यह स्थिति दो पाटों के बीच फँसने जैसी है। घर के बाहर अपनी कल्पनाओं को साकार करने के लिए सांस्कृतिक अवकाश उसके पास उपलब्ध होता है; लेकिन उसमें भी परंपराओं की चौखटों को तोड़कर नवीन आशाएँ भरने का चुनौती-भरा कार्य उसके सामने होता है। उससे परे वर्तमान में बढ़ती हुई असुरक्षाओं और आर्थिक चिंताओं का स्त्री क्षण-प्रति-क्षण मुकाबला कर रही है। यह स्थिति सुरक्षा पाने की उसकी कल्पनाओं को और मजबूत करती है तथा दूसरी ओर घूम-फिरकर किसी-न-किसी प्रकार के अंधविश्वास की सहायता लेने के लिए मजबूर करती है। कभी पूजा-पाठ या उपवास या कभी विविध प्रकार की विधियाँ, व्रत होते हैं। यह सारा आधार भ्रम है। यह स्वयं मानना तथा दूसरों को बिना दुख पहुचाएँ प्रत्यक्षत: जिंदगी में संघर्ष से भरी वास्तविकताओं का मुकाबला करना आदि बातें स्त्री के लिए मानो अग्निपरीक्षा ही होती हैं। अंधश्रद्धा निर्मूलन समिति यह मानती है कि इन सारी विपत्तियों से भरी बेरहम परिस्थितियों का मुकाबला करनेवाली महिलाओं को बहन मानकर प्यार से, सम्मान से प्राथमिकता दिया जाना जरूरी है।

महाराष्ट्र के समाजसुधारक और अंधविश्वास उन्मूलन

समाजसुधारकों ने अंधविश्वास निर्मूलन का कार्य महाराष्ट्र में अत्यंत प्रभावी ढंग से किया गया है। लोकहितवादी गोपाल हरि देशमुख की जन्म-तिथि सन् 1823 है और प्रबोधनकार ठाकरे की पुण्य-तिथि सन् 1973 है। इन दोनों के दरमियान डेढ़ सौ वर्षों का अंतर है। इस कालखंड में महात्मा ज्योतिबा फुले, राजर्षि शाहू नरेश, समाजसंत गाडगे बाबा, भारतरत्न डॉ. बाबासाहब आंबेडकर, स्वातंत्र्यवीर सावरकर, प्रबोधनकार के.सी. ठाकरे जैसी अक्षुण्ण परंपरा है। इन समाजसुधारकों ने देशवासियों की स्थिति, शिक्षा, खेती, छुआछूत निर्मूलन आदि विषयों पर मूलगामी विचारों को रखा है। इस विश्लेषण में प्रखर बुद्धि, ईमानदारी थी और वैज्ञानिक दृष्टिकोण भी था। उसके साथ मानवतावाद की भी सुसंगति थी। भारतीय संविधान निर्मिति के 26 वर्षों बाद उसके भीतर नागरिकों के कर्तव्यों का समावेश किया गया। उसमें महत्त्वपूर्ण कर्तव्य—वैज्ञानिक दृष्टिकोण, सुधार का तत्त्व और मानवतावादी आचरण रखने का अंतर्भाव हैं। यही विचार समाजसुधारकों ने सौ वर्ष पहले साफ शब्दों में रखे थे, उनकी इस दूरदृष्टि की जितनी प्रशंसा की जाए वह कम है। स्त्री शिक्षा, शिक्षा का सार्वत्रीकरण, छुआछूत निर्मूलन, सामाजिक न्याय को लेकर थोड़ी-बहुत प्रगति समाजसुधारकों द्वारा दिखाई गई दिशा से हो चुकी है। लेकिन वैज्ञानिक दृष्टिकोण पर आधारित विचार और आचार को लेकर जागृति का अभाव रहा है। वह अगर है भी तो उसकी गति अत्यंत धीमी है। कभी-कभार कुछ घटनाओं को देखकर शक होता है कि कहीं हमारा विकास उलटी दिशा में तो जारी नहीं है। इसीलिए इन समाजसुधारकों की विरासत को हमें बड़ी गंभीरता से गहराई में जाकर समझना पड़ेगा।

अंधविश्वास निर्मूलन का कार्य जोखिम-भरा है। अंधविश्वास निर्मूलन के कार्यों से जिनके स्वार्थ तथा लाभ पर रोक लगती है, उनका विरोध तो झेलना ही पड़ता है। लेकिन अपनी पुरानी परंपराओं को आदत बना चुका बहुजन समाज, जिसे सच्चे अर्थों में इन विचारों और कार्यों की आवश्यकता होती है, का भी विरोध सहन करना पड़ता है। अगर आज यह सामाजिक वास्तविकता है, तो एक शतक पहले कितनी भयानक स्थितियाँ रही होंगी, इसकी कल्पना ही की जा सकती है। इस

परिस्थिति में दुराग्रही धर्मरक्षकों को समाजसुधारक आगरकर ने फटकारते हुए कहा था कि, याद रखो ज्ञान और विज्ञान, विचार और अविचार, समझदारी और नासमझदारी, दुराग्रह और दुरभिमान आदि के संघर्ष के दौरान आखिरकार आप जैसों की दुर्गति, पराजय और निराशा होती है। समय पर सुधर गए तो बिना किसी हानि के इस दुनिया से आनंद के साथ मुक्ति पा सकते हो...इसलिए अनुचित आग्रह को छोड़कर बदलते समाज के साथ समझौता करने का प्रयास करो।

महात्मा ज्योतिबा ने जोर देकर बताया कि 'संसार के अन्य पशु-प्राणियों की अपेक्षा मानव की भिन्नता अगर कोई है, तो वह उसके सर्वांगीण विचार करने की क्षमता में है। मनुष्य की प्रगति की उड़ान तथा उसकी उपलब्धि केवल बुद्धि-सामर्थ्य का कमाल है।' ज्योतिबा फुले ने मनुष्य बुद्धि की असाधारणता का महत्त्व प्रतिपादित करते हुए अफसोस भी जताया है कि उसने अपनी इस 'अमूल्य-पवित्र बुद्धि' का पूर्ण रूप से सार्थक उपयोग नहीं किया है। मूलतः मानसिक गुलामी से मनुष्य को मुक्त करने की अथाह सामर्थ्य बुद्धि में है। परंतु बुद्धि की कसौटियों पर बिना जाँचे मनुष्य ने अनेक बातों पर विश्वास रखा है, इसलिए वह मानसिक गुलामी के चक्रव्यूह में फँस चुका है।

लोकहितवादी के मतानुसार ईश्वर ने मनुष्य को ज्ञान देकर अन्य जीव-जगत् से भिन्नता प्रदान की है। 'मनुष्य के पास विचारशक्ति है, वाणी है। वह भले-बुरे में फर्क कर सकता है। इसलिए सही क्या है, गलत क्या है ठीकठाक पहचानना चाहिए। अगर ऐसा हो गया तो पुरानी गलत रूढ़ि-परंपराएँ खत्म हो सकती हैं। उनकी निरर्थकता समझ में आ सकती है।' ज्ञान ही सच्चे मायने में बहादुरी है, यह नवीन सिद्धांत उन्होंने समाज के सामने रखा है।

सभी समाजसुधारकों के विवेचन में मनुष्य हितों की सुरक्षा के एक प्रधान साधन-मार्ग के रूप में मनुष्य बुद्धि पर विश्वास जताया गया है।

अंधविश्वास का विवेचन

अंधविश्वासों को लेकर अंधश्रद्धा निर्मूलन समिति आज जो आघात तथा हमला करती है उससे कई गुना कटु, कड़वी और कठोर भाषा में आलोचना समाजसुधारकों ने की है। लोकहितवादी ने लिखा है कि लोगों में ऐसा भ्रम पैदा किया गया था कि संस्कृत ग्रंथ लिखनेवाले मानो ईश्वर ही थे और ऐसे ग्रंथ लिखना मनुष्य का काम नहीं है। जन्मतः ब्राह्मणत्व की प्राप्ति होने लगी, अतः उनमें दुर्गुण और अविद्या ने भी प्रवेश किया। परदेशगमन पर पूर्णतः पाबंदी लगाई गई। कलियुग की कल्पना लोगों पर हावी होने लगी। भाग्य पर दोष मढ़ा जाने लगा। समाज चौखटों के भीतर बाँधा गया। सारी बातों को धर्म के नाम पर खपाया जाने लगा। चारों तरफ अंधविश्वास के साम्राज्य को प्रस्थापित किया गया। पुराणों की कथा-कहानियाँ भाग्य और ईश्वरीय

सामर्थ्य पर रची गईं। कुल मिलाकर मनुष्य का स्वयं के कर्तृत्व से विश्वास उठ चुका था। समाज की अनेक रूढ़ियों को पुराणों का आधार दिया गया। उससे लोगों का अज्ञान बढ़ता गया और वे सुस्त होते गए। उद्योगप्रधानता खत्म हो गई। पूजा-पाठ, जप-जाप्य, स्नान-संध्या, यज्ञ, अनुष्ठान के लिए ज्यादा समय दिया जाने लगा। अतः उद्योग डूब गए। व्यापार व्यवसाय खत्म हो गए। लेकिन ब्राह्मण भोज बढ़ गए। कागज, सूत, काँच, सुई, कैंची आदि उपयुक्त साधनों को बनाने के ज्ञानाभाव के कारण सारे व्यवसाय डूब गए। गरुड़पुराण, निर्णयसिन्धु आदि मतलबी ग्रंथ लिखे गए। उससे समाज का अत्यधिक नुकसान हुआ। लोकहितवादी आगे यह भी लिखते हैं कि 'किसी भी संस्कृत पंडित ने यंत्रों में सुधार नहीं किया। व्यास के समय की चक्की और पांडवों के काल का हल कई शतकों तक वैसे के वैसा बना रहा। संस्कृत में शब्द विज्ञान है परंतु पदार्थ विज्ञान नहीं है। केवल व्याकरण-अलंकार का ज्ञान निरुपयोगी और थोथा पांडित्य है। दुनिया-भर के अन्य देश, वहाँ के राज्य, सेना, व्यापार, यंत्रों की उत्पत्ति, उचित-उपयोगी कानून आदि के बारे में भारतीय समाज को कोई जानकारी नहीं थी। प्राचीन काल में विचारशील ऋषियों ने शास्त्रों को लिखा परंतु उसके पश्चात् तीन हजार वर्षों तक उसमें कुछ भी प्रगति नहीं हो पाई। पूर्वजों ने जो लिखा है, केवल उसे ही पढ़ें; नई कल्पनाओं को साकार मत करें, ऐसी गलत धारणाएँ समाज में निर्मित हो गईं। प्रारब्ध, ज्योतिषशास्त्र, पिशाच कल्पना, साधु-बैरागी आदि का महत्त्व बढ़ता गया। मनुष्य जीवन पर नवग्रहों का नियंत्रण रहता है, ब्राह्मणों को दान करने से नवग्रहों की बला दूर होती है, नसीब से सब कुछ होता है, मन्नतें, व्रत-उपवासों से ईश्वर प्रसन्न होता है आदि गलत धारणाएँ समाज में फैलती गईं, जड़ें जमाती गईं।'

साधु-बाबा-बुवा आदि पर अंधविश्वास रखें तो मनुष्य धोखा खाता है। लोकहितवादी ने इन लोगों को लेकर कड़वी भाषा में आलोचना की है। बाबाओं के कर्म देखें तो उसका उच्चार करने में भी शर्म आ जाती है। कोई व्यभिचारी, कोई चोर, कोई झूठा है। वे सदा-सर्वदा लोगों को लूटने की ताक में बैठे रहते हैं। वे साधु नहीं तो पाखंडी होते हैं। हमेशा स्नानादि तथा पूजादि करनेवाला साधु हो तो उसे पत्थर से ज्यादा अहमियत नहीं देनी चाहिए। उसके नजरिए से पूरा संसार नश्वर होता है। इस दुनिया में अपना उपयोग न रहे, यही उनका धर्म रहता है। साधुओं का मतलब सुस्त, निकम्मा, निरुपयोगी, अज्ञानी, पशु जैसा मूर्ख है। कोई सुबह से शाम तक जपादि करता रहता है, कोई महीने में 15 दिन उपवास किया करता है। एकाध किताब का ही पूरी जिंदगी पाठ किया करता है। थैली भर-भर के पत्थर लाकर सामने रखता है और उसकी पूजा में घंटों बर्बाद करता है। एकाध बाबा का नाम लेकर उसके बड़प्पन का बखान करता है, उनकी सिद्धता का गुणगान गाता है। अगर हमने उनसे पूछा कि वह साधु क्या करते हैं, तो बताते हैं कि 'कितनी बड़ी

सिद्धि-प्राप्त पुरुष हैं, कहीं जाना नहीं, किसी से मिलना नहीं, हमेशा मुख से जप शुरू रहता है। दोपहर तक स्नान-संध्या, फिर भागवत पूजादि। किसी से बात भी नहीं।' लोकहितवादी सवाल पूछते हैं कि ऐसे साधु का समाज के लिए क्या उपयोग है। उन्होंने अपनी 'आगमप्रकाश' किताब में इसका मार्मिक शब्दों में वर्णन किया है। वे लिखते हैं कि 'जगह-जगह धूनी लगाकर बाबा बैठे हैं। माथे पर, शरीर पर भभूतादि से लकीरें खींचकर तांत्रिक-मांत्रिक लोग भोले-भाले लोगों को अपने षड्यंत्र-कपटनीति में फँसाने के लिए इंतजार कर रहे हैं। अवधूत, सिद्ध, योगी अपनी तपस्या का पाखंड रचाकर भभूत-भस्म देने के लिए मठों की स्थापना कर पालथी मारकर बैठ चुके हैं। चमत्कारी, जादू-टोना करनेवाले तथा मूठ मारनेवालों के झुंड-के-झुंड जगह-जगह पर देखे जाते हैं। बीमारी हटानेवाले, पुत्र कामेच्छा पूरी करनेवाले साधु-संत मिला करते हैं। गुरूपदेश करनेवाले, स्वर्ग-मार्ग दिखानेवाले और मोक्ष-प्राप्त करवानेवाले रामदासियों से मुलाकात होती है।' इनका वर्णन करके लोकहितवादी आगे कहते हैं कि यह सभी लोग हमें लूटने के लिए बने हैं, इसे ध्यान में रखकर बड़ी सावधानी और चतुरता के साथ अपना बचाव करना जरूरी है।'

अंधविश्वास निर्मूलन करना मतलब वैज्ञानिक दृष्टिकोण अपनाना है। वैज्ञानिक दृष्टिकोण से यह पता चलता है कि प्रत्येक कार्य के पीछे कोई कारण होता है। उसके कारण को मनुष्य बुद्धि से समझ सकता है। अत: अंधविश्वास निर्मूलन करने का अर्थ अपने आस-पास घटित घटनाओं के कार्य-कारण भाव को ढूँढ़ना है। सुधारकवादी आगरकर अंधविश्वास का स्पष्टता से विरोध करते हैं। उल्लू का रोना, बिल्ली का रास्ता काटना, सितारे का टूट जाना, चंद्र के आस-पास काली छाया दिखना आदि बातों को अनिष्टकारी मानना और सपने में साँप दिखना, सवत्स स्त्री या गाय का सामने पाना, भरद्वाज पक्षी का दर्शन होना आदि को इष्टत्व माना जाना पूर्णत: अंधविश्वास है। इसके बारे में कह नहीं सकते कि ऊपरी सारी बातें विचार के साथ स्थापित हो गई हैं। इस प्रकार गलत तथा झूठ कार्य-कारण संबंध प्रस्थापित होना अज्ञानी वृत्ति का द्योतक है। इसी प्रकार से पूर्वजन्म, पुनर्जन्म, अशरीरी आत्मा, कब्लास, स्वर्ग, वैकुंठ, पाताल, यम आदि काल्पनिक धारणाएँ हैं और इन अंधविश्वासों का कोई आधार नहीं है, यह आगरकर का स्पष्ट प्रतिपादन है। महात्मा फुले ने कार्य-कारण भाव के संबंधों पर उदाहरण के साथ प्रकाश डाला है। 'जप अनुष्ठान से बारिश होती। आर्य क्यों मरते। जल बिन॥ अथवा भट ब्राह्मणों की बहुस्त्रियाँ बाँझ। अनुष्ठान से बीज। क्यों नहीं॥ आदि उदाहरणों का विश्लेषण करके ज्योतिबा इन घटनाओं में कार्य-कारण भाव कैसे नहीं है, उसे स्पष्टता से बताते हैं। ज्योतिराव ने सवाल उठाया है कि प्रत्येक लड़ाई शुभ-मुहूर्त से करनेवाले पेशवाओं की पेशवाई क्यों डूब गई? और किसी भी लड़ाई के दौरान शुभ-मुहूर्त न देखनेवाले अंग्रेज क्यों

जीते? महात्मा फुले आगे यह भी पूछते हैं कि हमारे यहाँ लड़कियों की शादी जन्मकुंडली से (फलितज्योतिष के अनुसार) 36 गुणों का मिलान करके होती है, फिर भी उनको वैधव्य आता है' लेकिन जन्मकुंडली के बिना शादी करनेवाली गोरी मैडमों की जिंदगी सुख से बीतती है, ऐसा क्यों? इन विधानों को सूक्ष्मता से देखा जाए तो ध्यान में आता है कि फलितज्योतिष में कोई भी कार्य-कारण भाव नहीं है, आदि बातें महात्मा फुले ने की हैं। दो सैन्य दल जब आमने-सामने युद्ध के मैदान में भिड़ जाते हैं, उस समय सैन्य के मनोबल और संख्याबल पर युद्ध की हार-जीत तय होती है। आकाश के ग्रहों की स्थिति, तारों की स्थिति कैसी है उस पर हार-जीत तय नहीं होती है। महात्मा फुले के समय बाल-विवाह हुआ करते थे। बाल-मृत्यु का अनुपात भी बहुत अधिक था। स्वाभाविक है कि बड़ी तादाद में स्त्रियाँ विधवा बन रही थीं। बाल-विधवा होने का कार्य-कारण भाव वर-वधू की जन्मकुंडली से संबद्ध नहीं है। शादी की उम्र बढ़ाकर और स्वास्थ्य व्यवस्था को सुधारकर बाल-मृत्यु-दर कम कर सकते हैं, यह कार्य-कारण भाव महात्मा फुले स्पष्ट करते हैं। फलितज्योतिष विज्ञान क्यों नहीं है, इस संदर्भ में विवेचन करते समय तथा जन्मपत्रिका बनाते समय बच्चे का जन्मसमय निश्चित तौर पर कौन सा मानें, और वही क्यों? अंधश्रद्धा निर्मूलन समिति के सदस्य जब ऐसे प्रश्न उठाते हैं, तो आज भी ज्योतिषाचार्य निरुत्तर हो जाते हैं। लेकिन आज जो बहस और विवाद अंधश्रद्धा निर्मूलन समिति के सदस्य करते हैं, लगभग वही बहस ज्योतिराव जी ने डेढ़ सौ वर्ष पहले की है।

समाज में बुवा-बाबाओं की पैदाइश कैसे होती है, इसका मर्मस्पर्शी विवेचन ज्योतिराव फुले ने 'शेतकरयांचा आसुड़' (किसान का कोड़ा) पुस्तक में किया है। वे लिखते हैं कि 'असंख्य अक्षरशत्रु भट्ट-ब्राह्मणों को पोथी-पत्री पर पेट भरने की अक्ल नहीं होती है। अपने में से एकाध बेवकूफ बुद्धू किस्म के व्यक्ति को पाखंडी बुवा-बाबा बनाते हैं। उसके पाँव में खड़ाऊँ, गले में वीणा लटकाकर सर पर छत्र धारण करवाते हैं। उसी बुद्धू-पाखंडी के पीछे झाँझ, ढोलक बजाते हुए, 'जय जय राम, जय जय राम' का घोष करते हुए, अज्ञानी किसानों की गलियों में प्रतिष्ठित लोग भीख माँगने के लिए घूमा करते हैं।

असंख्य भट्ट-ब्राह्मण मंदिर के विस्तृत सभामंडप में अपने में से किसी सुंदर जनेऊधारक कम उम्र के लड़के को बुवा-बाबा बनवाते हैं। हाथ में करताल थमाकर उसके पीछे कतार बनाकर झाल-मृदंग की आवाज के साथ प्रेम से 'राधा-कृष्ण राधा' कहना शुरू कर देते हैं। नचनिया लौंडों जैसे ऊटपटाँग इशारे करते हुए साक्षात्कार के लिए आनेवाले साधन-संपन्न व्यक्ति को जाल में फाँसकर अपना पेट भरते हैं और मौज-मस्ती भी करते हैं।

असंख्य भट्ट-ब्राह्मणों में वेदशास्त्र का अध्ययन कर प्रतिष्ठा से निर्वहन करने की क्षमता नहीं होती है। अत: अपने ही किसी आधे पागल व्यक्ति को बागलकोट

का स्वामी बना देते हैं। बचे हुए सारे भट्ट-ब्राह्मण गाँव-गाँव घूम-फिरकर बागुलबुवा का प्रचार करते हैं कि स्वामी सबके मन-भाव को, कल्पनाओं को समझते हैं और उसकी पूर्णता का उपाय भी बता देते हैं। ऐसे कई प्रकार के पाखंड रचाकर बहला-फुसलाकर अज्ञानी किसानों को स्वामी जी के दर्शन के लिए लेकर जाते हैं और उनकी संपत्ति लूटा करते हैं।'

महात्मा ज्योतिबा फुले के उपरोक्त विश्लेषण से यही स्पष्ट होता है कि बागुलबुवाओं के सारे पाखंडों की जानकारी उन्हें थी। समाज के ऊधमखोर, मंदबुद्धि, मस्तीखोर, आलसी लोगों को अर्थार्जन के लिए बुवाबाजी का धंधा एकदम आसान लगता है। वे एकाध बुद्ध, सुंदर जवान, आधे पागल आदि को अपना साथी-संगी बना लेते हैं और गहरी चालों के साथ षड्यंत्र करके समाज में बुवाबाजी का पाखंड फैलाते हैं। इन पाखंडी बागुलबुवाओं की व्यसनाधीनता के कारण व्यभिचार और पैसों की बर्बादी शुरू होती है।

देव, धर्म की आलोचना

अंधविश्वास—यह शब्द विश्वास के साथ जुड़ा है और जनसाधारण के मन में विश्वास शब्द की गहरी पैठ धर्म विश्वास से ही होती है। धर्म का बहुआयामी इतिहास है और वह मानव जीवन के सभी तौर-तरीकों को लंबे समय से प्रभावित भी करता आया है। स्वाभाविक तौर पर अंधविश्वास निर्मूलन में धर्मालोचना अत्यंत महत्त्वपूर्ण है। समाजसुधारकों को इसकी जरूरत महसूस होती है। उन्हें यह पता है कि अंधविश्वास का निर्मूलन केवल शिक्षा प्रसार से नहीं होगा। अंधविश्वास को मानने और उसके साथ जुड़ी कई क्रियाओं से हिंदू धर्म की प्रत्यक्ष और परोक्ष मदद होती है। इसलिए धर्म आलोचना और धर्म-सुधार के प्रयास समाजसुधारकों ने किए हैं। अंधविश्वास हवाई बातें नहीं हैं। उन्हें धर्मग्रंथों और धार्मिक कर्मकांडों का दृढ़ आधार है। उन प्राप्त आधारों को जब तक उखाड़कर फेंका नहीं जाता तब तक अंधविश्वास खत्म नहीं होगा। ईश्वर कल्पना, धर्मग्रंथ, धर्माचरण इन सबको इनसानों ने रचा है। जिसने रचा उसके स्वार्थ और हित सुरक्षित किए गए हैं। आज 'धर्म का समाजशास्त्र' नामक भूमिका महत्त्वपूर्ण है। परंतु ज्योतिराव फुले ने सामाजिक स्थितियों को देखकर इन बातों का वर्णन किया है। ज्योतिराव फुले का स्पष्ट मत है कि 'दुनिया का प्रत्येक धर्मग्रंथ उसके विशिष्ट काल की निर्मिति है। उसमें बताई गई सारी बातें कभी भी सार्वकालिक नहीं होती हैं। इसके साथ ही ग्रंथ लेखक की पूर्वग्राहिता और स्वार्थों से ग्रंथ में विश्लेषित बातें मुक्त नहीं होती हैं।' तर्क, विवेक और समता के तत्त्व की कसौटियों पर प्रत्येक धर्म में निहित व्यवस्था को परखने की सिफारिश ज्योतिबा ने की है। इसमें कोई शक नहीं है कि अधिक मात्रा में लिखे गए धर्मग्रंथ ही अंधविश्वासों के सबसे बड़े मूल स्रोत हैं। कृष्णाजी इ. केलुस्कर ने

ज्योतिराव फुले की एक याद को ताजा किया है, उससे यह स्पष्ट होता है कि धर्मग्रंथों को लेकर भी ज्योतिराव फुले अलग सोच रखा करते थे। केलुस्कर ने ज्योतिराव फुले से कहा, 'धर्म में पुरोहितों की दखलंदाजी खत्म करनी है तो जिन धर्मग्रंथों ने उन्हें स्थापित किया उन्हें गलत साबित करना पड़ेगा। इसके बिना उनका पाखंड और धार्मिक षड्यंत्र टूटेगा नहीं। धर्मक्रांति के लिए इन उपायों की जरूरत है।' उनके इस कथन के उत्तर में ज्योतिराव फुले ने कहा, 'यह कार्य व्यापक-विस्तृत विज्ञान का है और उस विज्ञान को साकार करनेवाला जब तक जन्म नहीं लेता है, तब तक हमें हमारी लेखनी और वाणी के कोड़ों से पोंगा-पंडितों को फटकारते रहने का कार्य जारी रखना चाहिए।' अर्थात् इन सारी बातों के पीछे महात्मा फुले की धारणा—अस्पृश्य जातियों से ब्राह्मणों तक—सब हिंदुओं के नैतिक उन्नयन की थी। उनका ब्राह्मणों के प्रति क्रोध-भाव इन्हीं धार्मिक कृत्यों के कारण था और अपेक्षा थी कि वे नैतिक भूमिकाओं से सुसंगत व्यवहार करें। महात्मा फुले सच्चे अर्थों में सत्यशोधक थे। उनका अभिप्रेत धर्म सत्यधर्म तो था ही, परंतु उसके साथ वह सार्वजनिक भी था। स्वयं को सत्य की प्राप्ति हो गई और वह दूसरों को बता रहे हैं जैसा अभिमानयुक्त गर्व उनके पास नहीं था। नैतिकता की यात्रा करना उनकी खोज का लक्ष्य था, वही उनके लिए जीवन को व्याप्त करनेवाली प्रेरणा थी। इसीलिए उन्होंने आराधना, भक्ति, प्रसाद, मन्नतें, जप, अनुष्ठान जैसी सारी बातों का निषेध किया है। उन्होंने मूर्तिपूजा का विरोध किया है। निर्गुण का स्मरण मनुष्य विशुद्ध स्वरूप में करे, उसे मनुष्य या भौतिक आकार देने की कृति के वे सख्त विरोध में थे। निर्गुण का साक्षात्कार मनुष्य कर ही नहीं सकता है; अत: ईश्वर-दर्शन की आशा रखना गलत है। कोई व्यक्ति, ईश्वर का साक्षात्कार हुआ है, ऐसा अगर बता रहा है तो ज्योतिराव फुले उसे झूठ-फरेबी, पागल करार देते थे। हिंदुओं की अवतार संबंधी कल्पना को ज्योतिराव जी ने पूर्णत: त्याज्य माना है। उनके मतानुसार ईश्वर को अपनी कार्यपूर्ति के लिए मानव रूप धारण करना पड़ता है, यह समझा जाना उसकी सर्वशक्तिमानता का खात्मा करने जैसा है। इसलिए जो लोग स्वयं को किसी न किसी देवता का अवतार घोषित कर गर्व से सर उठाकर घूमा करते हैं, वे सब ज्योतिराव फुले के मतानुसार ढोंगी, पाखंडी और दांभिक हैं। जनमानस पर कई वर्षों से अनेक मिथकों का प्रभाव षड्यंत्रों के तहत जमाया गया है। ये सारे मिथक बड़ी खूबी के साथ शोषण का नैतिक समर्थन और व्यवस्था-परिवर्तन का कड़ा विरोध करते हैं। सामाजिक क्रांति के प्रणेता ज्योतिराव फुले ने मिथक को भंग करने का कार्य बड़ी कुशलता के साथ किया है। ब्रह्मा के मुख से ब्राह्मण, बाँहों से क्षत्रिय, जाँघों से वैश्य और पैरों से शूद्र जन्मे हैं, धर्मग्रंथों के इस मिथक का अत्यंत प्रभावी प्रतिवाद ज्योतिराव फुले ने किया है। वे पूछते हैं कि संतान को जन्म देने की जिम्मेदारी प्रकृति ने स्त्री को सौंप दी है। ब्रह्मा ने अप्राकृतिक रूप से यह जिम्मेदारी कैसे और क्यों ले ली ? गर्भधारण

करना, गर्भवास, प्रसूति, स्तनपान आदि संतान के जन्म से जुड़ी अनिवार्यताएँ हैं। उपर्युक्त चार अवयवों से वह कैसे पूर्ण हो सकता है! एक अवयव से जन्म देनेवाली स्त्री चार दिन अछूत मानी जाती है तो यह ब्रह्मा सोलह दिनों तक खुद को अछूत मानकर बाहर बैठता है क्या? जैसे उपहासात्मक संदेहों को ज्योतिराव फुले ने समाज के सामने रखा है।

बकरे को मारकर उसके मांस भक्षण से ईश्वर प्रसन्न होता है, मुक्ति देता है और मन्नत पूरी होती है—मानना मूर्खतापूर्ण है। आगरकर ने ऐसे आचरण की कड़ी आलोचना की है और नाराजगी प्रकट की है। वे कहते हैं, 'अगर यज्ञ में बलि देनेवाले बकरे को वेदनाएँ नहीं होती हैं और उसे मोक्ष प्राप्त होता है मानें तो भगवान के सामने बकरे का बलिदान करनेवाला इनसान अपने किसी नजदीकी रिश्तेदार को ईश्वर अर्पण के लिए क्यों तैयार नहीं होता है?' स्वयं के छोटे-बड़े कार्यों की सफलता के लिए बकरे की बलि देने की मन्नत करनेवाले लोगों को संत गाडगे बाबा ने भी फटकारा है। वे पूछते हैं, 'ऐसे कैसे आपका देव ले लेता है बकरे का जीव?' आगे और अधिक कठोरता के साथ सवाल पूछते हैं, 'जिसने संसार का निर्माण किया है वह आपका भगवान इतना लालची और घूसखोर है क्या?' 'सभी प्राणिमात्र में एक ही ईश्वर का अस्तित्व है।' इसकी याद दिलाते हुए संत गाडगे बाबा कहते हैं, 'अरे भगवान के मंदिर में एक निरपराध को कटवाकर चबाते हो और उससे अपना कल्याण चाहते हो? आपका कभी कल्याण नहीं होगा।' राजर्षि शाहू नरेश ने स्पष्टता से यह व्यक्त किया है कि भट्ट जैसा बताए वैसा आचरण करने से अपना कल्याण होता है, इसे ब्राह्मणों के अलावा सभी ने माना, नतीजतन वे गधा बन चुके हैं। अतः उन्हें सच्चे ज्ञान की दीक्षा देना जरूरी है। मूल वेदों के अच्छे विचारतत्त्वों को नजरअंदाज कर धूर्त-चालाक लोगों ने पुराण और स्मृति में अपने गंदे विचारों के साथ घुसपैठ की है। स्वयं को और स्वयं की जाति के अन्य लोगों की खूब ऐशोआराम और मौज हो इसलिए धर्मग्रंथों में अनीति को बढ़ावा देनेवाली बातों का लेखन किया है। ऐसे ग्रंथों को अपने धर्मग्रंथ कहने में शर्म महसूस होनी चाहिए। जन में जनार्दन ईश्वर को मानना चाहिए। ऐसा माने बिना झूठे ऊँच-नीच भाव का निर्माण करना, उसके अनुरूप ग्रंथों का निर्माण करना तथा उनका आधार लेकर हमारे ही साथी-संगियों को नीच-पशु बनाने का महापाप हमसे हो रहा है। इस पापी व्यवहार के साथ ही हमने भागवत पाठ के लिए कई सप्ताहों का आयोजन किया, बड़े-बड़े अनुष्ठान शुरू किए, अनेक प्रकार के स्तुति स्रोतों का गायन किया, कीर्तन और पुराणकथाओं का वाचन किया, करताल़ की ध्वनि के साथ भजनों को अंजाम दिया, बिना चप्पल पहने कड़ी धूप में चलकर तीर्थयात्राएँ कीं, ईश्वर की मूर्ति के सामने नतमस्तक हो गए। क्या ऐसा करने से ईश्वर प्रसन्न होता है? बिलकुल नहीं। ऐसे आचरणों से ईश्वर की प्रसन्नता प्राप्त नहीं होती है बल्कि अन्यायपूर्ण व्यवहार के

लिए वह सजा दे सकता है, आदि बातों का विश्लेषण राजर्षि शाहू नरेश ने किया है। शाहू नरेश निरीश्वरवादी नहीं थे; लेकिन उनका विश्वास और धर्म मानवतावादी और परमसहिष्णु था। उनका धर्म मूर्तिपूजा, भिक्षावृत्ति, दलाली का विरोध करनेवाला, सभी मनुष्यों को समान माननेवाला और जनसेवा को ही ईश्वर सेवा माननेवाला था। धर्म को रूढ़ि-परंपरा और कर्मकांडों से मुक्त करना, शुद्ध मानवतावादी आशय खोजना तथा उसको अमल में लाने के लिए बाध्य करना ही राजर्षि शाहू के कथन का अर्थ था। वे स्वयं भी इसके लिए प्रयासरत थे। उन्होंने आर्यसमाज की यज्ञ-विधियों को भी महत्त्व नहीं दिया है। अंधविश्वास और उसे जन्म देनेवाली रूढ़ि-परंपराओं का उन्होंने विरोध किया है। जाति-भेद, वर्ण वर्चस्व, कर्मकांडों पर अंधा विश्वास रखनेवालों पर और उससे निर्मित अनैतिकता पर कठोर प्रहार किया है।

स्वातंत्र्यवीर सावरकर ने—अतींद्रिय ज्ञान ही धार्मिक भावना और अध्यात्म का आधार होता है—इस तथ्य की नींव उखाड़नेवाला तथ्य सामने रखा है। पारलौकिक और पारमार्थिक सत्य का जो स्वरूप और नियम वे बताते हैं, वे भिन्न ही नहीं परस्पर विरोधी भी होते हैं, इस साक्षात्कारी ज्ञान को सत्यज्ञान कैसे मानें? ऐसा सवाल सावरकर उठाते हैं। धर्मग्रंथ में जो लिखा है यदि वह प्रत्यक्ष सबूत, निरीक्षण, अनुभव और प्रयोग से साबित हुआ तभी उसको स्वीकारें, ऐसा स्वातंत्र्यवीर सावरकर का अनुरोध है। उन्हीं के शब्दों में कहा जाए तो—'पुरातन युग के ग्रंथ बंद करके, यह सारे प्राचीन श्रुति-स्मृति-पुराणादि ग्रंथ शासन इकट्ठा करे और इन्हें ऐतिहासिक ग्रंथ मानकर संग्रहालयों में सम्मानपूर्वक रखे और विज्ञान युग का पन्ना पलटकर देखना शुरू करे कि उन ग्रंथों में कल क्या हुआ था?' इतना ही बताने का अधिकार है। आज क्या उचित है यह बताने का अधिकार प्रत्यक्षनिष्ठ प्रयोगशील विज्ञान का है! धर्मग्रंथों की मर्यादाओं पर प्रकाश डालते वक्त स्वातंत्र्यवीर सावरकर ने स्पष्टता से इस प्रकार का कठोर प्रतिवाद किया था।

किसी भी व्यक्ति या ग्रंथ को यदि त्रिकालदर्शी, अखंडनीय, असंदेहास्पद, सार्वकालिक, परमप्रमाण माना गया तो समझिए उस धर्म और समाज की प्रगति ठहर गई है। इसे समझ लें तो बेहतर होगा! उस व्यक्ति के या उस ग्रंथ के दायरे से बाहर वह समाज सोच ही नहीं सकता, बच नहीं सकता! उसका बनना असंभव है! दो हजार वर्षों के पहले वह परमप्रमाण व्यक्ति अथवा वह सर्वज्ञानमय ग्रंथ अगर है तो वह समाज और धर्म दो हजार वर्षों बाद भी पिछड़ा हुआ रहना चाहिए। फिर वह ग्रंथ ईश्वरनिष्ठ और ईश्वरोक्त वेद हो, अवेस्ता हो, बाइबल हो, कुरान हो या एकाध अर्वाचीन ऐसा सिखों का गुरुग्रंथ हो अथवा वह व्यक्ति निरीश्वरवादी या अज्ञेयवादी कोई बुद्ध हो, महावीर हो!

स्वातंत्र्यवीर सावरकर ने इस्लाम और ईसाई धर्म के अंधविश्वासों की भी कठोर आलोचना की है। उन्होंने लिखा है—'आपका समाज भी धर्मांधता की

पिछड़ी सोचों से, क्रूर आचारों से पिलपिला रहा है। इन हानिकारक आचारों को आप जितनी जल्दी छोड़ दें, आपके हित में होगा। मानवता के नाम पर वह काला धब्बा है।' ऐसी कठोर भाषा में धर्मालोचन किया तो 'धर्मभावना को ठेस मत पहुँचाओ' सुनना ही पड़ेगा। सावरकर जी ने आगे लिखा—'धर्मभावना को ठेस मत पहुँचाओ', 'बुद्धिभेद मत करो', 'संस्कृति का पालन करें', 'सम्मानचिह्नों का आदर करना चाहिए' आदि वाक्य सनातनियों के आखिरी शस्त्र होते हैं। किसी का पक्ष लेते वक्त किसी की भावनाओं को ठेस पहुँच ही जाती है। लोकमान्य तिलक को भी सनातनियों की धर्मभावना के प्रत्यक्ष नकार के बाद विरोध का सामना करना पड़ा था। बुद्धिभेद न करें पर दुर्बुद्धिभेद जरूर करें। संस्कृतिरक्षण का मतलब दुष्कृतिरक्षण नहीं है। गाय हिंदू राष्ट्र का एक दुग्धबिंदु है, सम्मानबिंदु बिलकुल नहीं।

यह चर्चा का विषय और प्रश्न किसी छोटे अध्याय या विवेचन का नहीं, वह सर्वव्यापक राष्ट्रीय प्रवृत्ति का विषय है। पोथीनिष्ठता कि प्रत्यक्षनिष्ठता, पुरातन कि अद्यतन, प्रश्नशून्य, विश्वासशील धर्म कि प्रश्नशील प्रयोगक्षम विज्ञान?

किसी समय गोहत्या हो गई तो चल सकता है परंतु संपूर्ण राष्ट्र की बौद्धिक हत्या नहीं होनी चाहिए। सावरकर की यह सारी विचार-प्रणाली, प्रतिवाद उनकी तेज बुद्धि की ईमानदारी को दिखा देता है।

जनसामान्यों के साथ संवाद को जारी रखते हुए धर्मालोचना कैसे करें इसका उदाहरण संत गाडगे बाबा ने अपने कीर्तनों के माध्यम से दिया है। मूर्तिपूजा करना, तीर्थस्थानों की यात्रा करना व्यर्थ है, आदि बातें उन्होंने बार-बार बताकर परिवर्तन करना चाहा है। कर्जे से तीर्थयात्रा करना बिलकुल गलत है, यह भी उन्होंने जोर देकर बताया है। वे पूछते थे कि भगवान खरीद लेते हो कि नहीं? या आपको केवल मंदिर में बैठने पर भगवान की मूर्ति मुफ्त में मिला करती है। अरे! भगवान को खरीदा नहीं जा सकता है, यह भी मनुष्य को पता नहीं है तो मनुष्य कैसा! क्या आपका भगवान स्वयं स्नान कर सकता है? क्या वह स्वयं अपनी धोती पहन सकता है? उसका प्रसाद अगर कुत्ता उठा रहा है तो वह कुत्ते को भगा सकता है? क्या आपका भगवान मंदिर को उजाले से भरने में सक्षम है? दीप बुझ गया और भक्त दर्शन के लिए गए हैं तो आप कहते हो दीया जला दो। दर्शन के लिए भक्त आ गए हैं। दीप लाओ। भगवान को किसने दिखाया? लोग कहते थे, दीये ने! गाडगे बाबा आगे कहते हैं कि तो फिर दीया महान कि भगवान महान? अरे! मंदिर में भगवान नहीं है। इस दुनिया में भगवान है? इनसान को संकटों में मदद कौन करता है? इनसान, भगवान नहीं। इसलिए गरीबों पर दया करें, उनसे प्रेम करें। दुनिया की सेवा करें।

संतों ने बताया है कि जन-जन में ईश्वर वास करता है। संत एक इनसान ही होता है परंतु वह सत्पुरुष होता है, उसे सुनना चाहिए। उसकी सेवा करें, जन-जन में

बसे ईश्वर की सेवा करें, वहीं भगवान है। कुल मिलाकर संत गाडगे बाबा विवेकवाद का चलता-फिरता विश्वविद्यालय ही थे।

समाज विज्ञान, मानववंश शास्त्र, के अध्ययन के साथ धर्म आलोचना कैसे करनी चाहिए इसका उदाहरण डॉ. बाबासाहब आंबेडकर ने सामने रखा है। निरीश्वरवादी धर्म संकल्पना को बाबासाहब आंबेडकर स्पष्ट कर देते हैं। निरीश्वरवादी धर्म हो सकता है, यह समाज-मन पर अंकित करने के लिए बाबासाहब आंबेडकर द्वारा विवेचित 'धर्म' और 'धम्म' जैसी दो संकल्पनाओं में फर्क करने के पीछे उनका विशिष्ट उद्देश्य था। लगभग सभी यूरोपियन ईश्वरवादी 'धर्म' को ही धर्म माना करते थे। निरीश्वरवादी संप्रदाय उनकी दृष्टि से धर्म नहीं था। परंतु बाबासाहब ने 'निरीश्वरवादी धर्म हो सकता है', यह दृढ़ता के साथ बता दिया है। ईश्वरवादी धर्म में मनुष्य और ईश्वर का संबंध केंद्र में होता है, तो मनुष्य और मनुष्य का संबंध दोयम दर्जे का या आनुषंगिक होता है। धम्म में मनुष्य और मनुष्य के बीच का संबंध और इस संसार में सदाचरण, दोस्ती तथा प्रेम का संबंध केंद्र में होता है। ईश्वर, ब्रह्म, परलोक आदि बातों का कोई स्थान नहीं है या है भी तो दोयम है। यूरोप का ईश्वराधिष्ठित धर्म समाज में उपस्थित वर्गों के हित-रक्षण के लिए प्रयास करता है। भारत में जन्मत: प्राप्त जाति-रक्षण की जिम्मेदारी होती है, यूरोपियनों के सामने यह जिम्मेदारी नहीं होती है। अत: पुनर्जन्म सिद्धांत और कर्मसिद्धांत को गति देनेवाली शक्ति की भूमिका में वह नहीं होता है। भारत का ईश्वर वर्ण और जाति जैसी जन्माधिष्ठित संस्थाओं की सुरक्षा के लिए अवतरित होता है। जन्म से प्राप्त वर्ण, जाति-व्यवस्था को प्रतिष्ठित करने के लिए भारत का संपूर्ण धर्मशास्त्र द्विजवर्ण, जातिकर्म सिद्धांत और पुनर्जन्म सिद्धांत की रचना करता है। शोषण होता है फिर भी शूद्रातिशूद्रों और स्त्रियों का विश्वास बना रहे, अबाधित रहे इसलिए संचालक शक्ति के नाते ईश्वर की निर्मिति की जाती है। उसी प्रभावों के अधीन रहकर शोषित वर्ग अपने शोषण का कारण द्विजवर्ण जाति के भौतिकवादी स्वार्थों में और हित-संबंधों में खोजबीन नहीं करता है, तो पुनर्जन्मवाद, अवतारवाद और कर्मवाद में खोजते रहता है। इसीलिए स्वाभाविक है कि श्रीकृष्ण कहते हैं, 'मैं ईश्वरों का ईश्वर हूँ।' ख्रीस्त ने बताया कि 'मैं भगवान का पुत्र हूँ।' पैगंबर मोहम्मद स्वयं को 'भगवान का प्रेषित' घोषित करता है। लेकिन बुद्ध की भूमिका मार्गदर्शक की है और इसीलिए बौद्ध धर्म में भगवान की जगह नीति ने ली है। डॉ. बाबासाहब आंबेडकर की यह धर्मालोचना 'धर्म' शब्द के क्रांतिकारी अर्थ को प्रतिपादित करती है।

धर्म-सुधार

जब धर्म के रीति-रिवाज, रूढ़ि-परंपराओं, अंधविश्वासों पर हमला किया जाता है तब वह हमला धर्म पर हो गया है, ऐसा माना जाता है। यह हमला करनेवाले हिंदू धर्म

के विरोधक हैं, ऐसा भी उन पर ठप्पा लगाया जाता है। उन्हें जनसामान्यों की भावनाएँ न समझनेवाले बुद्धिवादी करार दिया जाता है। इस गतिरोध को हटाने के लिए एक मार्ग लोकहितवादी रानडे और महात्मा फुले ने बताया था, वह धर्म-सुधार का था। मूर्तिपूजा, कर्मकांडों, उच्च-नीचता को बगल देकर उच्चतम धर्म की ओर विकास करने का यह मार्ग था। लोकहितवादी स्पष्ट करते हैं कि प्राचीन ग्रंथ रचयिताओं ने व्यवहार और धर्म की अलग-अलग किताबें नहीं लिखी हैं इसलिए व्यवहार और धर्म में भेद नहीं रहा है। लोग उथले धर्म और महान धर्म के अंतर को पहचानें। सत्य बोलना, दया करना, विद्या-प्राप्ति का सबको अधिकार होना आदि बातें धर्मनीति के साथ संबंध रखती हैं। यही परमधर्म है। इसे छोड़कर उथले-क्षुद्र धर्म का ढिंढोरा पीटा जा रहा है। सारे धर्म अब लोगों के पैसों पर निर्भर होते जा रहे हैं। रुपए-पैसे के दान से पापक्षरण होता है। प्रायश्चित्त हो जाता है और ईश्वर प्रसन्न होता है। इस प्रकार का विश्लेषण ब्राह्मण किया करते हैं। लेकिन लोग यह पहचानें और याद रखें कि भूतदया, अहिंसा और मन की शुद्धता को बनाए रखना ही श्रेष्ठ धर्म है। लोकहितवादी की प्रबल इच्छा थी कि निरर्थक कर्मकांड और ज्ञानशून्य पाखंडी आचरण को पूर्णतः त्यागकर व्यक्ति प्रतिष्ठा और विद्यावृद्धि को अग्रक्रम देनेवाले, मानव के लिए हितकारी धर्म को प्रस्थापित करना चाहिए। इसके लिए उन्होंने धर्म-सुधार का प्रचार किया था। उनका अनुमान था कि इस प्रकार अगर धर्म-सुधार हो जाए तो अपने-आप ही अंधविश्वास की जंजीरें टूट सकती हैं।

काल-प्रवाह में पिछड़ चुकी धर्मशिक्षा का समाज-सुधारक आगरकर ने विरोध किया था। उन्होंने लिखा है—'कुछ हिंदुओं को चार वेदों का अधिकार, कुछ को दो का, कुछ को एक का और बहुतों को किसी भी वेद का अधिकार नहीं है। फिर भी वे सब हिंदू ही हैं। हिंदू होकर भी जाति-जाति के भीतर रोटी-बेटी व्यवहार स्वीकृत नहीं है। वह धर्म और वेदों से बँधा हुआ है। उन वेदों में ईश्वर-माया, द्वैत-अद्वैत, पुरुष-प्रकृति, पूर्वजन्म, पुनर्जन्म, मुक्ति, सायुज्यमुक्ति जैसे कई वाद-विवाद के विषय हैं। उसका निपटारा कैसे करें? अगर कोई धर्मशिक्षा चाहे तो किस पंथ और किस विचारों की?' धर्मशिक्षा का दुराग्रह करनेवालों का भी विचार करें, यह आगरकर जी सूचित करते हैं। जिन धर्मतत्त्वों अथवा नीतितत्त्वों से मनुष्य ने आज तक अनुभव संचित किया है कि वे अत्यधिक निर्दोष और हितकारी हैं, उनका जितना हो सके उतना प्रसार करने के लिए किसी भी समझदार इनसान का विरोध नहीं रहेगा। लेकिन इसके विरुद्ध आगरकर यह भी बताते हैं कि जो तत्त्व अभी तक निर्विवादित नहीं हो पाए हैं, उनको लेकर किसी भी देश के, स्थिति के और धर्म के लोगों द्वारा विशेष दुराग्रह करना किसी का भी कल्याण नहीं करता है। सुधारक आगरकर ने धर्म कल्पना, विकसित धर्म कल्पना, एकेश्वरवाद, अज्ञेयवाद के रूप में धर्म-सुधार का मार्ग सूचित किया है।

धर्म-सुधार को लेकर महर्षि विट्ठल रामजी शिंदे का विचार भिन्न है। उन्होंने लिखा है—शुद्ध सामाजिक सुधार जिसे कहा जाए, ऐसा कार्य अब भी बुद्धिसहित धर्म की कल्पना से अलग है। स्वर्गीय आगरकर जैसे पुरानी पीढ़ी के समाजसुधारक इस कार्य को आज भी उपयुक्ततावाद, युक्तिवाद, भूतदया आदि तत्त्वों पर खड़ा करने के लिए तैयार रहते हैं। लेकिन धार्मिक मनोवृत्ति के आधार पर इसे स्वीकार करने के लिए तैयार नहीं हैं—इस प्रकार की धर्मविमुख प्रवृत्ति समाजसुधारकों में हो यह बहुत दुर्भाग्यपूर्ण है। मैं यह कहने के लिए अपने-आपको रोक नहीं पा रहा हूँ—सामाजिक सुधार और राजनीतिक सुधार में साहचर्य नहीं है कहना गलत और अर्थशून्य है, इसे ऊपर भी बताया है। वैसे ही मेरा यह पक्का मानना है कि समाजसुधार और धर्म के आदितत्त्व के आचरण में साहचर्य नहीं है, कहना भी भ्रामक है। सभी प्रकार के भावनामय आंदोलन आध्यात्मिक आंदोलन ही होते हैं। हम कहीं से भी शुरुआत करें अंततः एक ही उद्गम के पास पहुँचते हैं और वह उद्गम आध्यात्मिक है। लेकिन महर्षि विट्ठल रामजी शिंदे जी की आध्यात्मिकता विकसित रूप में नैतिक मानवता ही थी। उनका मत था कि अन्य बातों की तरह धर्म का स्वरूप भी उत्क्रांत और विकसित होता आया है। जिस एकेश्वरवादी धर्म का (प्रार्थना समाज) उन्होंने प्रसार किया उस धर्म को अवतारवाद स्वीकार्य नहीं है। मूर्तिपूजा अमान्य है। संपूर्ण मानव जाति एक ही ईश्वर से निर्मित है। उन्हीं के बच्चे हैं, अतः बिना भेद के आपस में बंधुत्व का बर्ताव रखें। यही इस धर्म का पाठ है। इसलिए किसी भी प्रकार के अंधविश्वास को नकारनेवाले एकेश्वरी पंथ का स्वरूप बुद्धिवादी है, ऐसा मत महर्षि शिंदे का था। धर्म-सुधार को लेकर भी महर्षि शिंदे सुधारक थे। हिंदू धर्म में देवदासी प्रथा बहुत दर्दनाक थी। उसके विरोध में खड़े होकर महर्षि विट्ठल रामजी शिंदे ने प्रबोधन का कार्य किया। उन्होंने 1907 में लेख लिखकर पश्चिम हिंदुस्तान के हिंदू मंदिरों में चल रही अनीतियों की जानकारी सरकार को दी। उन्होंने देवदासी के रूप में त्यागी गई अछूत जाति की लड़की को अपने घर में पनाह दी और उसे अध्यापक भी बनाया। देवदासी प्रथा निर्मूलन के लिए 1911 में एक परिषद का आयोजन भी किया। इस कार्य के लिए उन्होंने एक संस्था की स्थापना की। उनकी जान को कई बार खतरा भी पैदा हो गया परंतु बिना डरे कार्य को जारी रखा। सौ साल पहले होली के त्योहार का बहुत वीभत्स रूप था। शरीर पर राख-गोबर लगाना, शराब पीना, गाली-गलौज करना आदि निंदनीय कार्य धर्म के नाम पर खुलेआम चल रहे थे। इन वीभत्स रीति-रिवाजों के विरोध में महर्षि शिंदे ने जोरदार आवाज उठाकर जनजागृति की। मुंबई प्रदेश के स्कूली खाते के डायरेक्टर से मुलाकात की और ग्रामीण इलाके तक स्कूली अध्यापकों की मदद से आंदोलनात्मक विचार पहुँचाए। उसके उपरांत प्रत्येक स्कूल में होली के त्योहार के समय मर्दाना खेलों का आयोजन, भाषण, संवाद आदि विधायक उपक्रम शुरू हो गए।

परिवर्तन और अंधविश्वास उन्मूलन का संबंध

अंधश्रद्धा निर्मूलन समिति अंधविश्वास निर्मूलन का कार्य व्यापक समाज-परिवर्तन का कार्य मानती है। इसका अर्थ यह होता है कि राजनीति तथा आर्थिक क्रांति की पूर्व तैयारी सामाजिक और वैचारिक क्रांति करती है। अंधविश्वास निर्मूलन का कार्य और उसके द्वारा होनेवाले धर्म संबंधी प्रबंधों के पीछे भी यही सूत्र है। 'गुलाम को गुलामी का अहसास कराए तभी वह विद्रोह पर उतर आता है।' यह डॉ. बाबासाहब आंबेडकर का चुनौती-भरा विचार-प्रबोधन रहा है। और इस प्रकार से कहना व्यापक परिवर्तन की माँग के साथ सीधा संबंध जोड़ता है। दूसरी महत्त्वपूर्ण बात यह होगी कि अंधविश्वास निर्मूलन के कार्य से जैसे व्यापक परिवर्तन के लिए बदलाव की उर्वर भूमि तैयार होगी वैसे प्रत्यक्ष वास्तविक बदलावों के कारण अंधविश्वास निर्मूलन के कार्य के लिए भौतिक आधार भी प्राप्त होगा। प्रत्यक्ष समाज-परिवर्तन की प्रक्रिया में इन पद्धतियों से अंधविश्वास निर्मूलन के कार्यों को मदद प्राप्त होती है। पूँजीपति, जाति-व्यवस्था, पुरुषप्रधानता आदि आधारों पर भारत की शोषण परंपरा खड़ी है। इस प्रक्रिया को भारतीय धर्मसंस्थाओं ने और पुरोहितों ने ताकत प्रदान की है। समाज में मौजूद यातु स्वरूपों के विधि-प्रभावों ने कर्मकांड की मानसिकता कायम रखी है। धर्म का विवेकीकरण रोका है। इस अवरोध से अंधविश्वास निर्मूलन के कार्यों से दूर होने की संभावनाएँ निर्मित होती हैं। अर्थात् महाराष्ट्र के समाजसुधारकों को ब्रिटिशों की राजकीय गुलामी की अपेक्षा वर्गबद्ध समाज के तन-मन में बसी गुलामी अधिक पीड़ादायी और घातक लग रही थी। इसीलिए उन्होंने पूरी ताकत के साथ गुलामी के विरोध में आंदोलन किया था। अंधविश्वास निर्मूलन व्यापक लड़ाई का एक मोर्चा ही है। अंधविश्वास के विरोधी सारे समाजसुधारकों के कार्यों को देखते समय एक सूत्र पर ध्यान केंद्रित करना पड़ेगा। वह सूत्र है—बहुजनों को ज्ञान-प्राप्ति के लिए पाबंदी है इसीलिए अज्ञान है। अज्ञान के कारण वैज्ञानिक दृष्टिकोण पनप नहीं पाया है। अत: कार्य-कारण भावों के परीक्षण का अभाव है। इससे अंधविश्वास का जन्म होता है। यह अंधविश्वास धर्म-विश्वास के माध्यम से निर्मित अथवा निर्मित की गई धर्म-अज्ञानता और पुरोहितों के पाखंडों और धोखों से स्पष्ट होता है। इससे प्रत्यक्ष और परोक्ष शोषण होता है। लेकिन धार्मिक अज्ञानता की मानसिकता में गुलामी का जन्म होता है जिससे इस शोषण का अहसास नहीं होता है। उलटे मानसिक गुलामी का सर्मथन, संरक्षण, संवर्धन, संगठन और उदात्तीकरण किया जाता है। इससे व्यक्ति और समाज की बहुत बड़ी हानि होती है। उसको अगर रोकना है तो अंधविश्वास निर्मूलन करना पड़ेगा। इसे अंजाम तक पहुँचाने के लिए समाजसुधारकों ने धर्म से क्या लें और किस हिस्से को छोड़ें, स्वयं के विवेक-बुद्धि का इस्तेमाल कैसे करें, धर्म की आलोचना कैसे करें आदि बातों पर स्पष्टता से लेखन किया है।

व्यापक परिवर्तन के इन विचारों का प्रतिपादन करते हुए तथा ऐहिक जीवन के प्रति हीन भाव पैदा करनेवाले 'जगन्मिथ्या' वाद का महात्मा ज्योतिराव फुले ने जोरदार विरोध किया है। वे कहते हैं, 'पवित्र दुनिया या संसार के संबंध में अज्ञानी अतिशूद्रों के मन में अरुचि पैदा करना संपूर्णत: व्यर्थ है। उनके द्वारा इच्छाहीन और भ्रमित होकर परित्याग करते ही चालाक आर्यभट्टों का उन पर टूट पड़ना ही ऐसी अफवाएँ फैलाने के पीछे होनेवाला मूल षड्यंत्र है।' वे मानते हैं कि इन अफवाहों में बिना फँसे अपना सांसारिक जीवन अधिकाधिक सुखी और संपन्न कैसे बना सकते हैं, इसका प्रयत्न करना प्रत्येक व्यक्ति का परम कर्तव्य है। प्रत्येक व्यक्ति को यहाँ भूख, प्यास, बीमारी, भय से मुक्त समृद्ध जीवन जीना चाहिए। निर्माता ने इस संसार की निर्मिति मनुष्य के उपभोग के लिए ही की है। विवेक के साथ मनुष्य उसका अवश्य उपभोग करे।'

अपने देश में व्यापक परिवर्तन का संबंध जाति-व्यवस्था के साथ और विशेषत: अस्पृश्यता के साथ जुड़ जाता है। यह सच है कि अस्पृश्यता भौतिक शोषण की व्यवस्था है। मात्र एक स्तर पर वह भ्रामक धारणाओं और अंधविश्वासों से निर्मित हुई है। धर्म ने उसे ताकत प्रदान की है। स्वयं को स्पृश्य माननेवाले लोगों ने कुछ जातियों पर अस्पृश्यता आरोपित की है। इन्हीं उच्चवर्णियों की मानसिकताओं की वह उपज है। महर्षि शिंदे ने इसलिए अपने कार्य का अनिवार्य अंग इसे माना है कि अगर अस्पृश्यता खत्म करनी है तो तथाकथित उच्चवर्णियों के मन में पली-बढ़ी भ्रामक मानसिकता को उखाड़कर फेंकना होगा। महर्षि शिंदे ने अपने कार्य का दूसरा हिस्सा इसे भी माना है कि सदियों से अस्पृश्यों को बहिष्कृत माना गया, बहिष्कृत स्थिति उन पर थोपी जाने के कारण उनमें कई प्रकार की कमजोरियाँ पैदा हो गई हैं, उन्हें हटाकर उन्हें सुशिक्षित और कर्मशील बनाना है। राजर्षि शाहू नरेश के विचारानुसार पूर्णत: अंधविश्वास पर अवलंबित जातिभेद वाली व्यवस्था और अस्पृश्यता संपूर्ण मानवजाति की शत्रु है। स्वार्थी पुरोहितों ने लोगों के अज्ञान और अशिक्षा का लाभ उठाते हुए समाज के मन में बुद्धि-भेद का निर्माण किया है। अस्पृश्यता के पोषण में सवर्ण जातियों का स्वार्थ निहित है; लेकिन दूसरे अर्थ में यह उनका अंधविश्वास भी है। राजर्षि शाहू नरेश मानते हैं कि यह व्यवहार बुद्धि और विवेक के विरोध में है। उन्होंने निरक्षरता, अज्ञान, विषमता के विरोध में आवाज उठाई, ऐसा नहीं है, उन्होंने स्वयं पहल करते हुए सामाजिक सुधारों पर भी बल दिया। अंधविश्वास निर्मूलन के प्रयासों में व्यापकता का यही कृतिशील हिस्सा है। बुद्धिप्रामाण्यवादी कार्यों की व्यापकता को लेकर न्यायमूर्ति रानडे ने मार्मिक टिप्पणी की है। उनके मतानुसार, 'रूढ़ियों का प्रभाव बेहोशी पैदा करता है। भले-बुरे का फर्क करने की शक्ति मनुष्य खो देता है। विवेक-शक्ति को छोड़कर वह बाह्यशक्तियों की शरण में जाता है।' समाज के अनेक समूहों में इस बेहोशी का प्रभाव है और

उसी से आज भी उनका अविवेकी आचरण देखा जाता है। इसलिए अहसास होता है कि विवेक का आधार लेकर व्यापक समाज-परिवर्तन करना बहुत मुश्किल कार्य है। सुधारवादी आगरकर ने जिन विचारों को हमारे सामने रखा है, वे केवल अंधविश्वास निर्मूलन के लिए ही नहीं, व्यापक समाज-परिवर्तन की दिशा तय करने के लिए अत्यंत महत्त्वपूर्ण हैं। आगरकर पूछते हैं कि, 'हे लोगो, आप विचारों की लड़ाई से क्यों डर रहे हो?' उनका यह सवाल आज भी अहमियत रखता है क्योंकि आज भी विचारों का प्रतिवाद विचारों से नहीं, ताकत का जोर आजमाकर उसे दबाने के प्रयासों से करना लोग पसंद करते हैं। आगरकर लिखते हैं कि हमारे समाज में लोकनिंदा का भय बहुत अधिक है। साक्रेटिस, कोपर्निकस, गैलीलियो आदि अगर हिम्मत नहीं दिखाते तो यूरोपीय देशों में अज्ञान का अंत संभव नहीं था। नवीन पद्धति से जीने का साहस जब तक नहीं किया जाता, तब तक केवल ज्ञान कोई मायने नहीं रखता है। अर्थात् 'कथनी के अनुसार करनी होना' आदर्श आचरण है, फिर भी वह मुश्किलों से भरा रहता है, यह बात आगरकर भी जानते थे। इसीलिए 'जो इष्ट है वह बताऊँगा और जो संभव है वह करूँगा' का मार्ग भी उन्होंने हमें दिखाया है। लोग इस बात को मन में गाँठ की तरह बाँधें। समाज में जिसका घटित होना इष्ट है वही बताते रहना अच्छा है, लेकिन वह संभव नहीं है इसीलिए उचित विचारों को बताना बंद करना गलत है।

अंधविश्वास निर्मूलन पर आघात करते वक्त व्यापक समझदारी दिखानी चाहिए। इसे ध्यान में रखते हुए सावरकर कहते हैं, 'धर्मग्रंथों का आधार लेकर सामाजिक संस्थाओं को खड़ा करने के दिन लद गए हैं। विज्ञान युग में समाज-संस्था का अगर संगठन करना है, तो प्रत्यक्ष विज्ञाननिष्ठता और ऐहिक तत्त्वों के आधार से करना उचित होगा।' अंधविश्वास का पालन करनेवालों के मूल अंतर को स्पष्ट करते वक्त सावरकर लिखते हैं, 'अनजान भोले, जानकार संकोची और चालाक व्यवसायी बन गए हैं। जिन्हें कुछ भी समझ नहीं आता वे भोलेपन के साथ अंधविश्वासों का पालन करते हैं। जिन्हें अपनी गलती का अहसास होता है, परंतु समाज क्या कहेगा इस संकोच के कारण वे अंधविश्वासों का पालन करते हैं। लेकिन चालाक, चतुर व्यावसायिकों की बात ही अलग होती है, वे लोगों के अंधविश्वासों का उपयोग अपने स्वार्थ-साधन तथा अपना उल्लू सीधा करने के लिए करते हैं। अंधविश्वास के विरोध में काम करते समय इस अंतर को याद रखना पड़ेगा तभी यह कार्य व्यापक समाज-परिवर्तन के लिए वह फलदायी हो सकता है।

अंधविश्वास निर्मूलन को लेकर डॉ. बाबासाहब आंबेडकर द्वारा किया गया मार्गदर्शन व्यापक जागृति और दिशा देने के लिए असाधारण महत्त्व रखता है। भारतीयों के प्रबोधन में अंधविश्वास निर्मूलन आंदोलन का वैचारिक और व्यावहारिक अधिष्ठान कौन सा हो? इसका जवाब पाना है, तो भारतीय समाज-रचना की

विशेष जाति-व्यवस्था का अध्ययन करना पड़ेगा। यूरोपियनों की वर्गवादी समाज-व्यवस्था में धर्मशास्त्र ईश्वरवाद तथा उसके आध्यात्मिक उप-आयाम की रचना है। भारत का प्रमुख धर्म हिंदू है और उसके धर्म का वास्तविक रूप धर्म की अपेक्षा असंख्य जातियों का समूह है। एक अर्थ से इस व्यवस्था की पक्की भौतिक नींव थी इसलिए समाज के बहुत बड़े जनसमूह को ज्ञान-प्राप्ति के लिए पाबंदी थी। संपत्ति प्राप्त करने के लिए मनाही थी। इन पाबंदियों का कठोरता से पालन करना ही धर्म था। यह व्यवस्था जन्म से उनके मन में वास कर रही है। लंबी परंपरा के तहत इनकी मानसिकता पक्की हो गई है। ईश्वरवाद, अवतारवाद, चमत्कारवाद, अध्यात्मवाद, पुरोहितों का वर्चस्व आदि से इसे पूर्णत: सुरक्षित बनाया है। स्वाभाविक है कि इस तरह की ब्राह्मणवादी धर्मव्यवस्था के अवलोकन के लिए अधिक मूलगामी अन्वेषण पद्धति की जरूरत है। जाति-व्यवस्था पर निर्मित ईश्वरकेंद्री हिंदू धर्म में विश्वासवाद से संबंधित अंधविश्वास की एक व्यापक व्यवस्था ही मानसिक, भौतिक, धार्मिक स्तर पर निर्मित की गई है जो फिलहाल मौजूद भी है। एक अर्थ से यह सब कपटनीति-चालाकी का अंधविश्वास ही था। इसकी वजह से मानसिक गुलामी भी दृढ़ होती है। वह मानसिकता गुलामी में ही समाधान, संरक्षण और कल्याण मान रही थी। अत: स्वाभाविक है कि अंधविश्वासों पर किया जानेवाला हमला स्वयं पर मान रही थी। शोषण करनेवाले और शोषित भी इस व्यवस्था के समर्थन में खड़े थे। इस विपरीत परिस्थिति के कारण यूरोप के वर्गवादी समाज में जो सर्वसमावेशक प्रबोधन हुआ, वह भारतीय जातिगत समाज में संभव नहीं हो पाया। यूरोप में प्रबोधन का आंदोलन धर्म, संस्कृति, समाज-विद्या इन क्षेत्रों के ज्ञान, परंपराओं के मूल आधारों को भेदते हुए आगे बढ़ता गया। कोपर्निकस ने बाइबल-प्रणीत पृथ्वीकेंद्री सिद्धांत को नकारा और सूर्यकेंद्री सिद्धांत को स्थापित किया। ईश्वर की सेवा में चित्र, गायन, संगीत आदि कलाओं को समर्पित रहना चाहिए, ऐसे रिवाज को तोड़ा गया और चित्रकला, गायनकला आदि का उदय हुआ। दकार्त, वाल्तेयर जैसे विचारकों ने बुद्धिप्रामाण्यवाद की सहायता से पारंपरिक ज्ञान-शाखाओं के ईश्वर प्रामाण्यवादी मूल्यों को चुनौती दी। दांते से लेकर शेक्सपियर तक साहित्यकारों ने मानव के सुख-दुख को साहित्य का विषय बनाया। भारतीय ज्ञान-शाखाओं में परंपराप्रामाण्य की दहशत बनी रही। अत: खुले तौर पर विचारों का आदान-प्रदान नहीं हो पाया। इसीलिए भारत में अंधविश्वास निर्मूलन स्वाभाविक तौर पर अधिक मुश्किल कार्य है।

एक तरफ जाति-व्यवस्था श्रम का विभाजन कर रही थी तो दूसरी तरफ बौद्धिक उत्पादन साधनों का भी विभाजन कर रही थी। अध्ययन-अध्यापन द्विज जाति के पास था, शोषित अंकित रहे इसलिए शूद्र जातियों को ज्ञान लेने से पाबंदी थी। इन आदेशों की अवमानना करनेवालों को क्रूर तथा हिंसक दंड-योजनाओं का

सामना करना पड़ता था। ज्ञान की पाबंदी का हमेशा प्रबंध रहे इसलिए जाति-संस्था ने कुछ नियम-कानून तय किए थे। अत: बुद्धि के इस्तेमाल से पवित्र ज्ञान विकसित होने लगा और मेहनतकशों का शरीर-श्रम अपवित्र माना गया। आज भी भारत में स्त्री-पुरुषों के सामने विचार-जागृति को लेकर ज्ञानबंदी का अवरोध खड़ा है। 21वीं सदी के आरंभिक दौर में दुनिया की कुल 50 प्रतिशत निरक्षर जनता भारत में है। जागतिक आबादी 600 करोड़ है और उसमें 110 करोड़ आबादी भारत की है। सार्वजनिक खर्चे में से 6 प्रतिशत खर्चा शिक्षा पर होना चाहिए, ऐसी सीमित अपेक्षा होकर भी यह खर्चा आज तक कभी 3.5 प्रतिशत के ऊपर गया नहीं है। दुनिया के अनेक देशों में शिक्षा पर किया जानेवाला खर्चा इससे तीन गुना अधिक रहता है। फुले-आंबेडकर ने बहुजनों की बुद्धिप्रामाण्यवादिता की पूर्व तैयारी जिसके कारण हो सकती है, उस विचार-जागृति के फलस्वरूप औपचारिक सार्वत्रिक शिक्षा की ओर देखा था। अगर ऐसा व्यापक प्रसार हुआ तो निश्चित तौर पर अंधविश्वासों पर रोक लग सकती है।

हिंदू धर्म में प्रेषित नहीं है; केंद्रीभूत धर्मसंस्था नहीं है। केंद्रीय धर्मसंस्था की जगह हिंदू धर्मशास्त्र भक्तों को व्यक्तिगत पूजा-पाठ, उपासना के लिए खुली छूट देता है। अवतारवादी कल्पना तो आदत ही बन गई है। यह अवतारवाद की संकल्पना अमूर्त ईश्वर के मूर्त प्रतीकों को ढूँढ़ने के लिए होती है। इसीलिए महानगरों से लेकर गाँवों तक, चारों तरफ बुवा-बाबाओं के झुंड उफान पर हैं। डॉ. बाबासाहब आंबेडकर ने ब्राह्मणों के अधीनस्थ जाति-व्यवस्था की आलोचना की है और इस आलोचना के साथ जुड़कर समाजशास्त्रीय विश्लेषण किया गया। उससे बुवा-बाबाओं का वास्तविक समाजशास्त्र खुलकर सामने आया है। ब्राह्मणों को अपनी धार्मिक पवित्रता और श्रेष्ठत्व को सुरक्षित बनाए रखने के लिए अन्य जातियों को विभाजित रखना जरूरी था, सामाजिक-सांस्कृतिक दृष्टि से सबको अलग और संघर्षजन्य परिस्थिति में रखना आवश्यक था। इसीलिए केंद्रीभूत धर्मसंस्था और प्रेषित जैसी संस्थाओं की निर्मिति नहीं की गई। गुरु का महत्त्व बेहद बढ़ाया गया। बुवा-बाबा-गुरु यह सब भगवान के साक्षात् अवतार बन गए। अवतारवादी परमेश्वर जनमानस में पारंपरिक तौर पर धर्म-विश्वास के नाते पहले से मौजूद था। उसका परिणाम यह हुआ कि हिंदू धर्म में बुवा-बाबाओं की बाढ़-सी आ गई। बुवा-बाबा-गुरु सब पुरोहितवादिता के विविध रूप थे। भारतीय पुरोहितवादिता में विचार स्वातंत्र्य विरोधी प्रवृत्ति के कारणों का विवेचन डॉ. बाबासाहब आंबेडकर ने किया है। वह इस प्रकार से है—'हिंदुओं का पुरोहित वर्ग सर्वसाधारण पारसी पुरोहित वर्ग की अपेक्षा शैक्षणिक-नैतिक या अन्य क्षेत्र में किसी भी तरीके से बढ़कर नहीं है। लेकिन उन्हें वंश परंपरा से उपाध्यायता प्राप्त है, यह स्थिति पारसी समाज में नहीं है। हिंदू पुरोहितों के विरोध में आरोप तय करें तो वे असंख्य हैं। यह वर्ग संस्कृति चक्र की गति में अवरोध पैदा कर

रोक लगानेवाला अड़ंगा है। अज्ञात शक्ति और असहाय मानव के बीच मध्यस्थता की भूमिका का पाखंड रचाकर भिक्षुकी के नाते अपना जीविकोपार्जन करता है।' भिक्षुक के स्थान पर अवतारवादी माना जानेवाला बुवा-बाबा-गुरु कोई भी स्वरूप रखें तो विषय की गंभीरता स्पष्ट होती है। यह पुरोहित वर्ग और बुवा-बाबाओं का वर्ग अपने पुरखों द्वारा निर्मित धार्मिक ज्ञानशक्ति को भेदने के लिए नकार देता है। उसको लेकर पवित्रता का दृष्टिकोण अपनाता है। पुरखों से निर्मित धर्मशास्त्र, पुराण, महाकाव्य, इतिहासकथा और पुराणकथा का आलोचनात्मक विश्लेषण करने की अपेक्षा उसके बारे में ग्रंथप्रामाण्यवादी दृष्टिकोण मजबूत होने की अपेक्षा रखता है और अपना धार्मिक अधिष्ठान और बौद्धिक कौशल साबित करने के लिए सारी शक्ति लगा देता है। अंधविश्वास निर्मूलन का कार्य करते समय इस व्यापक परिप्रेक्ष्य की ओर ध्यान देना चाहिए। वर्तमान युग में इसके साथ अन्य दो बातें जुड़ चुकी हैं। दृक्-श्रव्य माध्यमों से अंधविश्वास बढ़ाने के लिए असंख्य बातें जनसामान्य के मत्थे मढ़ी जा रही हैं। उसमें मंत्रशक्ति के चमत्कार, दैवीशक्ति के साक्षात्कार, अद्भुत शक्तियाँ आदि प्रसंगों की भरमार होती है। जिन्हें यह उचित नहीं लगता वह अभिजन और वैज्ञानिकों का वर्ग इसको लेकर एकजुट विरोध के लिए किसी भी प्रकार की पहल नहीं करता है। दूसरी तरफ प्रस्तुत कार्यक्रमों का प्रसारण पूँजीपतियों के लिए उगाही का जरिया बनता है और उसे करोड़ों ग्राहक उपलब्ध होते हैं। साथ ही धर्मांध शक्तियों को करोड़ों मतदाता भी उपलब्ध होते हैं।

भारत में पूँजीपति वर्ग बनिया व्यापारी जाति से जन्म ले चुका होता है। व्यापार में प्राप्ति करने के लिए जाति-व्यवस्था अनुकूल साबित हो गई है। व्यापार पर कुछ विशेष जातियों का वर्चस्व है। इसी ठेकेदारी के कारण उसको धन-लाभ होता है। अत: वह सहजता से जाति-व्यवस्था का समर्थक बना रहता है। इसीलिए वह धार्मिक गौरववाद, अंधविश्वास, धर्म द्वेष का समर्थन करनेवाली राजनीतिक शक्तियों से साँठ-गाँठ कर लेता है।

अंधविश्वास निर्मूलन आंदोलन के सामने सबसे बड़ा और अहम सवाल यह है कि इनके विरोध में संघर्ष कैसे करें? समाजसुधारकों द्वारा किया गया अंधविश्वास निर्मूलन का कार्य इस संदर्भ में स्पष्ट दिशादर्शन करता है। यूरोप में प्रबोधन के इस दिग्दर्शन अथवा दिशादर्शन के क्षेत्र में ईसाई धर्मप्रणीत अध्यात्मवाद के विरुद्ध पूँजीपतिवादी समर्थक भौतिकवाद का संघर्ष शुरू हो गया। भारतीय वर्ण जाति, स्त्री दास्य समर्थक ब्राह्मणी परंपरा के विरुद्ध वर्ण जाति, स्त्री दास्य विरोधक अब्राह्मणी परंपरा ऐसी सामाजिक संघर्ष की ऐतिहासिक विशेषता रही है। इसीलिए समाजसुधारकों की परंपरा सांख्य, लोकायत, बौद्ध, बसवेश्वर आदि से प्रेरणा लेती है।

इस संपूर्ण विवेचन के साथ और दो बातों का जिक्र करना जरूरी है। अंधविश्वासों के पीछे भौतिक स्वार्थों की मजबूत नींव रहती है। अंधविश्वासों के विरोध में लड़ाई

लड़ते वक्त इस व्यापकता को फुले–आंबेडकर परंपरा ने बहुत अच्छे ढंग से जाना–परखा था। अंधविश्वास निर्मूलन का कार्य शोषण करनेवाला आर्थिक स्वार्थ–संबंधों के विरोध में सीधा खड़ा होगा कि नहीं पता नहीं है। लेकिन इस शोषण से लाचारी प्रकट होती है और जनसमूह अंधविश्वासों की ओर धकेला जाता है, इसे हमेशा याद रखना चाहिए। वर्गीय उत्पादन संबंधों को बदलने से उस पर बनी अंधविश्वासों की इमारत अपने–आप ध्वस्त नहीं होगी। इस प्रकार के भौतिक परिवर्तन के लिए मानसिक परिवर्तन की नितान्त आवश्यकता है। महाराष्ट्र के समाजसुधारकों ने अंधविश्वास निर्मूलन का पूरा खयाल रखा था। वह अंधविश्वास निर्मूलन के कार्य में हमेशा पथदर्शक रहेगा।

धर्मनिरपेक्षता

अंधविश्वास निर्मूलन कार्य की जो चतु:सूत्री बताई जाती है, उसमें चौथा महत्त्वपूर्ण सूत्र है—व्यापक परिवर्तन आंदोलन के साथ खुद को जोड़ें। व्यापक परिवर्तन से क्या मतलब है? इसका ठीक अर्थ अगर बताना चाहें तो कहा जा सकता है कि वह भारतीय संविधान के घोषणा-पत्र में उद्घोषित किए गए मूल्यों से संबद्ध है। भारत लोकतांत्रिक, समाजवादी, धर्मनिरपेक्ष राष्ट्र के नाते उभरकर सामने आएगा, ऐसा संविधान के घोषणा-पत्र में स्पष्टता से आश्वासन दिया गया है। एक तरफ अंधविश्वास निर्मूलन का आंदोलन जनमानस का परिवर्तन करने में परिणामकारक सफलता हासिल करता है, तो उसकी संभावनाएँ बढ़ जाती हैं। दूसरी तरफ इस देश में प्रभावी ढंग से लोकतंत्र, समाजवाद, धर्मनिरपेक्षता का आचरण संभव हो गया, तो उससे अंधविश्वास निर्मूलन का कार्य अपने-आप बहुत आगे तक जा सकता है। लेकिन उसके व्यापक अभिप्राय में अंधविश्वास निर्मूलन कार्य का सबसे अधिक नजदीकी संबंध धर्मनिरपेक्ष तत्त्व के साथ है। धर्मनिरपेक्षता भारतीय संविधान का मूलभूत ढाँचा है। प्रस्तुत अभिप्राय को सर्वोच्च न्यायालय ने स्पष्ट कर दिया है। अंधविश्वास निर्मूलन के कार्यों से व्यापक परिवर्तन के लिए बुनियादी कार्य हो गया तो निश्चित तौर पर समाज-जीवन को सच्चे मायने में योगदान दिया जा सकेगा। लेकिन यह कार्य आसान नहीं है। समिति का कार्य धर्म की आलोचना करना है, इसलिए धर्मनिरपेक्षता की अपेक्षा धर्म-विरोधी कार्य करनेवाली समिति के रूप में विरोधियों ने समिति की छवि बनाई है। बहुसंख्य समिति के सदस्य एवं कार्यकर्ता ईश्वर और धर्म को न माननेवाले होते हैं, इसलिए इस धर्म-विरोधी छवि और दृढ़ता से गढ़ना सहज संभव हो जाता है। इसके साथ ही इस देश में धर्मनिरपेक्षता की एक पुरोगामी समझ परंपरा से तैयार हो गई है। व्यक्ति धर्म का आनंद से पालन करे, बिना रोक-टोक के पालन करे; लेकिन पुरोगामी विचार प्रवाह कठोरता से यह बताता है कि धर्म का सार्वजनिक रूप में प्रवेश निषिद्ध है और राज्य संस्था भी इससे दूर रहे, उसका पालन न करे। परंतु अपनी सामाजिक संरचना में इस दृष्टि का अभाव है। हजारों सालों से धर्म-चेतनाओं की प्रेरणा पाकर जो व्यक्ति बन चुके हैं, उन्हीं के समूहों से तैयार हो गया समाज अपनी सामूहिक अथवा सामाजिक

जीवन की धार्मिक भावना को घर छोड़कर कैसे आ सकता है! इसका प्रबोधन और प्रत्यक्ष आचरण उसके अपने समाज में क्यों नहीं हो। उलटा वर्तमान युग में धर्म को जोरदार तरीके से सामाजिक जीवन में लाया जा रहा है। मीडिया उसे ताकत प्रदान कर रही है। प्रबोधन की जिम्मेदारी ले चुकी राजनीतिक पार्टियाँ लोकसमूह के अनुनय को स्वीकारने में अपने को धन्य मान रही हैं। सबसे अधिक दुर्भाग्यपूर्ण बात यह है कि धर्मनिरपेक्षता बनाए रखने की जिम्मेदारी जिस राज्य संस्था पर है उसका नेतृत्व करनेवाले प्रमुख लोग ही राजधर्म को सीधे-सीधे नजरअंदाज कर विपरीत व्यवहार कर रहे हैं। गुजरात दंगे का उदाहरण इस बात को साफतौर पर स्पष्ट करता है। इन स्थितियों में अंधश्रद्धा निर्मूलन समिति धर्मनिरपेक्षता की एक विधायक सकारात्मक जनसंवादी भूमिका निभाती है और उसी पर हमें यहाँ विचार-विमर्श करना है।

यूरोप की अंतर्यात्रा

14वीं सदी में इटली देश के मार्सिग्लिओ ने सर्वप्रथम सेक्युलर राज्य की संकल्पना का रचना-विन्यास किया। उसने प्रतिपादित किया कि मनुष्य के इहलौकिक जीवन का नियमन मानवीय कानून से हो, इसका अधिकार राजसत्ता को होना चाहिए, धर्मसत्ता को नहीं। इसीलिए सर्वशक्तिमान धर्मसत्ता को राजसत्ता से चुनौती मिली। उस समय तो यह विचार अत्यधिक क्रांतिकारक माना गया। लेकिन धर्मसत्ता ने खुशी के साथ यह अधिकार नहीं छोड़े थे। 18वीं सदी तक इस विवाद से संपूर्ण यूरोप में उथल-पुथल मचती रही, अंतर्बाह्य संघर्ष जारी रहे। यूरोप में विज्ञान की खोज हो गई। तत्त्वचिंतकों का जन्म हुआ। प्रोटेस्टेंट पंथ ने पुरोहितवाद को नकार दिया। देश-विदेश की यात्राएँ शुरू हो गईं। इन सबके फलस्वरूप धर्मालोचन के जरिए वैचारिक मंथन भी हुआ। भारत के भीतर ऐसा कुछ भी नहीं हुआ। विज्ञान बाहर से आ गया। भारतीय पूँजीपतिवाद ब्रिटिश साम्राज्यवाद की मजबूती के लिए निर्मित हुआ। भारत धर्म और जाति-व्यवस्था की बेड़ियों से जकड़ चुका था। सच तो यह है कि भारत में जाति ही धर्म थी और उसका संसर्ग, मुस्लिम, ईसाई आदि धर्मों में भी हो गया था। आज भी ये चौखटें कायम हैं। इसलिए धर्म संकल्पना को लेकर यूरोप में जो मंथन चलते रहे, वे भारत में नहीं हो पाए। अर्थात् धर्मनिरपेक्षता को लेकर जिस वैचारिक मंथन की जरूरत थी, वह भी नहीं हो पाया। दूसरा यह है कि मध्यकालीन भारत में सभी शासकों के मन में अन्य धर्म को लेकर उदार भाव थे। सामन्तशाही का रिश्ता भी राजा और सरदार तथा सैनिक और सेवक तक ही था। वह स्वामित्व की भावना पर अवलंबित था। 'नमक का कर्ज अदा करना चाहिए' की भावना धर्म की अपेक्षा अधिक बलवती थी और निष्ठा को अधिक अहमियत देनेवाली थी। इसलिए लगभग 600-700 वर्षों तक मुसलमान शासकों

की सत्ता के बावजूद हिंदू धर्म अपने अस्तित्व को बरकरार रखने में सफल रहा। इतिहास यह बताता है कि महाराणा प्रताप के सैन्यदल में हकीमखान नामक पठान के नेतृत्व में तोपों की टुकड़ी काम करती थी। औरंगजेब का प्रधान मंत्री रघुपतिदास हिंदू था और वह उसकी मृत्यु तक इस पद पर बना रहा। औरंगजेब ने अहमदाबाद के हिंदू जगन्नाथ मंदिर के लिए वर्षाशन दिया था। सन् 1791 में श्रृंगेरी के शारदा मंदिर की लूट मराठों ने की। उसे टीपू सुलतान ने दुबारा बनवाया। भीषण लड़ाई के दौरान भी युद्ध में पाए गए कुरान का छत्रपति शिवाजी महाराज ने सम्मान बनाए रखा। पेशवाओं ने मस्जिद को भी सम्मान दिया।

ऊपरी सारी पृष्ठभूमि के साथ भारतीय स्वतंत्रता संग्राम अंजाम तक पहुँच गया। सभी जाति-धर्म के लोगों ने अपना बलिदान देते हुए बढ़-चढ़कर हिस्सा लिया। इस आजादी की लड़ाई के दौरान एक बात स्पष्ट हो गई कि भारत जैसे बहुधार्मिक, बहुवांशिक, बहुसांस्कृतिक समाज की राष्ट्रीयता केवल धर्मनिरपेक्षता के आधार पर एकसंघीय हो सकती है। इसलिए जब देश को आजादी मिल रही थी, तब धर्म के आधार पर विभाजन हुआ, तो भी भारत ने जानबूझकर धर्मनिरपेक्षता को स्वीकार किया। धर्मनिरपेक्षता शब्द का भारतीय संविधान में सन् 1976 में समावेश किया गया। लेकिन धर्मनिरपेक्ष समाज-जीवन तथा प्रशासन को स्पष्ट करनेवाली संविधान की धारा 25, 26, 27, 28 आरंभ से संविधान में मौजूद है। पिछले 60 वर्षों में उसमें एकाध बार भी किसी शब्द को संशोधित करने की आवश्यकता नहीं पड़ी है। फिर भी धर्मनिरपेक्षता पाश्चात्य देशों का अंधानुकरण है और अल्पसंख्यकों का तुष्टीकरण है, ऐसा प्रचार इन तत्त्वों की विरोधी ताकतें हमेशा करती रही हैं। वे नारे लगा देते हैं कि यह हिंदू राष्ट्र है।

संविधान और धर्मनिरपेक्षता

अंधविश्वास निर्मूलन आंदोलन की दृष्टि से संविधान की धारा 25 अत्यंत महत्त्वपूर्ण है। उसमें धर्मनिरपेक्षता के अर्थ को स्पष्ट किया गया है। वह निम्नलिखित है—

1. भारत के प्रत्येक व्यक्ति को उसके मनमुताबिक उचित लगनेवाली उपासना, धर्मपालन, पारलौकिक कल्याण, आध्यात्मिक उन्नति का पूर्ण अधिकार है।
2. व्यक्ति और व्यक्ति के बीच धर्म के आधार पर राजनीतिक और सामाजिक जीवन में भेदाभेद नहीं किए जाएँगे।
3. शासन धर्माचरण के लिए मदद नहीं करेगा, विरोध नहीं करेगा और दखलंदाजी भी नहीं करेगा।
4. भारत में धर्म समाज-जीवन को नियंत्रित कर रहा है तो ऐसी परिस्थिति में सामाजिक कल्याण और सुधार के लिए कानून बनाने की आजादी है।

5. यदि सार्वजनिक नीतिमत्ता, कानूनी सुव्यवस्था, सार्वजनिक स्वास्थ्य, राष्ट्रीय एकात्मता जैसी बातों को लागू करते वक्त धर्म रुकावटें पैदा कर रहा है, तो धर्म की आजादी शासन द्वारा नियंत्रित की जाएगी।

सार संक्षेप

व्यक्ति मंदिर जाए, मस्जिद जाए या चर्च जाए, यह वह खुद तय करेगा। उसे अल्लाह की, यीशु की, तथागत गौतम बुद्ध की या अन्य किसी की पूजा करनी है अथवा नहीं करनी है, यह उसका अधिकार है। वह हिंदू, मुस्लिम, ईसाई आदि धर्मों में से किसी भी धर्म को चुन सकता है। विवेक के साथ कोई धर्म परिवर्तन करना चाहे तो कर सकता है। नए धर्म की निर्मिति कर सकता है अथवा सभी धर्मों को नकारकर भी जी सकता है। इसमें से उसने कुछ भी किया तो भी उसे भारतीय होने के नाते जो अधिकार दिए गए हैं, कम नहीं होंगे और न ही बढ़ेंगे। शासन धर्म के नाम पर व्यक्ति के साथ प्रिय और अप्रिय व्यवहार नहीं कर सकता है। व्यक्ति का धर्माचरण उसकी व्यक्तिगत आजादी है। शासन उसका विरोध नहीं करेगा और मदद भी नहीं करेगा। वह तटस्थ रहेगा। लेकिन भारत में धर्म ने कई बार प्रभावी रूप से शोषक की भूमिका अदा की है और अपने प्रभाव के बलबूते पर समाज का नियंत्रण करते हुए शोषण को मान्यताएँ दी हैं। लेकिन सामाजिक कल्याण और सुधारों के लिए शासन कानून बनाकर शोषण का खात्मा कर सकता है। कुछ लोग छुआछूत प्रथा को आज भी धर्म का हिस्सा माना करते हैं और अपने कुओं का पानी लेने पर अछूतों पर रोक लगाने की मंशा रखते हैं। लेकिन उसी कुएँ से गाँव का अन्य समाज पानी भर रहा है, तो इस पाबंदी को धर्म स्वतंत्रता का हिस्सा नहीं माना जा सकता है। इसीलिए महाराष्ट्र विधानसभा में जादू-टोना और अघोरी प्रथा के विरोध में कानून पारित किया गया। वह पारित इसलिए हुआ कि इन प्रथाओं और कर्मकाडों को कोई व्यक्ति अपने धर्म का हिस्सा कहने की इच्छा रखता हो (और ऐसे महासज्जन हैं ?) तो भी भारतीय संविधान की उसे अनुमति नहीं है। इसी कानून के तहत सार्वजनिक स्वास्थ्य, सार्वजनिक नीतिमत्ता, कानूनी सुव्यवस्था, राष्ट्रीय एकात्मता को लेकर भी शासन दखलंदाजी कर सकता है। पंढरपुर के विट्ठल पर विश्वास रखकर वह मेरे जीवन की सुरक्षा कर सकता है, यह मानने का अधिकार व्यक्ति को उसके धर्म-विश्वास ने दिया है। लेकिन उस विश्वास के तहत पंढरपुर के तीर्थाटन के दौरान कॉलरा का टीका लगाने से इनकार नहीं किया जा सकता है। चंद्रगुप्पी (जिला—शिमोगा, कर्नाटक) के नंगे मेले को नैतिकता से खिलाफ मानकर उस पर शासन द्वारा पाबंदी लगाई गई। धार्मिक जुलूसों के पारंपरिक मार्ग से अगर कानूनी सुव्यवस्था में विकृति आ रही है तो उसे बदला जा सकता है। अमृतसर का स्वर्ण मंदिर सिखों का सर्वोच्च पवित्र स्थल है फिर भी जिस समय वहाँ पर

खालिस्तान की स्थापना करके देश को विभाजित करने का षड्यंत्र रचा गया, तब सेना ने मंदिर के भीतर प्रवेश किया था। इस षड्यंत्र के खात्मे के समय मंदिर की पवित्रता दोयम मानी गई।

मार्गदर्शक तत्त्वों में संविधान निर्मिति को धर्मनिरपेक्षता का सकारात्मक अर्थ अभिप्रेत था। यह अर्थ भारत की आजादी की लड़ाई के दौरान विकसित हो गया था। इस राष्ट्र की निर्मिति धर्मनिरपेक्षता के बिना नहीं हो सकती है, यह स्पष्ट था। लेकिन इस धर्मनिरपेक्षता को वास्तविक धरातल पर उतारने के लिए रोजगार का भरोसा देना, आर्थिक विषमता दूर करना, विज्ञानवादी दृष्टिकोण का प्रसार करना, समान नागरिक कानून लागू करना जैसे मार्गदर्शक तत्त्वों पर अमल करना आवश्यक था। सभी धर्मों के सह-अस्तित्व के लिए इससे पक्की भूमि तैयार हो सकती है। धर्म का भारतीय समाज पर बहुमुखी प्रभाव है। उसे ध्यान में रखते हुए धर्मनिरपेक्षता के मूल्यों को समाज में स्थापित करने की भूमिका लेनी चाहिए। सर्वधर्म समभाव के नाम पर सभी धर्मों के शोषणवादी तबके को अथवा कर्मकांडों को बल प्रदान करने या अनुमति देने का मतलब धर्मभावना का आदर नहीं है। नास्तिकता की अनुचित हद भी धर्मनिरपेक्षता नहीं है। धर्मनिरपेक्षता का अभिप्राय सकारात्मक पद्धति से जनसामान्य तक पहुँचाने का कार्य किसी भी संगठन और आंदोलन ने नहीं किया है। राजनीतिक पार्टियों ने धर्म और उसके अनुयायियों के संख्याबल को ध्यान में रखते हुए मतदाताओं पर नजरें जमाईं, अतः धर्मनिरपेक्षता उनके लिए मौका-परस्ती रही है। प्रबोधन का अभाव और राजनीतिक पार्टियों की समझौतावादी भूमिका के कारण धर्मनिरपेक्ष जीवनदृष्टि की स्थापना भारत के जनमानस में होना मुश्किल है। बाजारवाद की आँधी ने धर्मांधता बढ़ाने का कार्य किया है। बाजारवाद से गरीबों पर अत्याचार होता है, उनका शोषण होता है; लेकिन इस शोषण के लिए जिम्मेदार कौन है, स्पष्ट नहीं होता है। स्थानीय साधनों और पारंपरिक कौशल के आधार पर जीविकोपार्जन करनेवाले गरीबों के समूह और उनके व्यवसाय खत्म किए जा रहे हैं। सबसे अधिक अफसोस की बात यह है कि बाजारीकरण की प्रक्रिया में सामाजिक आस्था और संवेदनशीलता कम होती जा रही है। इसलिए गरीबों में भौतिक निश्चिंतता और सुरक्षा का अभाव पाया जाता है। गरीब असहाय हो जाता है। मुश्किल में फँसे और असुरक्षित जीवन जीनेवाले बड़े समूहों की बहुत अधिक जनसंख्या मनःशांति की प्राप्ति हेतु धार्मिक व्रत-उपवास और पूजा-पाठ की ओर आकर्षित होती है। जिन्हें सब कुछ प्राप्त है, उन्हें अपनी संपत्ति कैसे बरकरार रहेगी और वह अधिक कैसे बढ़ेगी इसकी चिंता सताती है। फिर वे भी मनःशांति के लिए धर्म का आधार लेते हैं। यह आधार अधिकाधिक कठोरता से स्वीकारा जाए, इसलिए धर्म का आधार लेकर राजनीति की मंशा रखनेवाली ताकतें तैयार रहती हैं। ये ताकतें मन में स्वधर्म के प्रति कट्टरता और परधर्म के प्रति क्रोध

भर देती हैं। उसके लिए काल्पनिक शत्रु भी ढूँढ़े जाते हैं। वर्तमान हालात के लिए काल्पनिक शत्रु को जिम्मेदार माना जाता है। इन सारी मानसिकताओं से मौजूदा भौतिक संघर्ष की जगह धार्मिक संघर्ष लेता है। कर्मकांड और उत्सवों के रूप में धर्मप्रेम प्रकट होता है। अतः अंधविश्वासी प्रदर्शन से विवेक की अपेक्षा मगरूरी-घमंड को अधिक मौका मिलता है। धर्म और धर्म के बीच द्वेषपूर्ण संबंध बनते हैं। सत्य-अहिंसा पर आधारित नैतिक धर्म की अपेक्षा धर्म का सामूहिक शक्ति के नाते इस्तेमाल होता है। धार्मिक सद्भावना की जगह धार्मिक द्वेष ले लेता है। यह सफर धर्म की अस्मिता बढ़ाना (एक-दूसरे से मिलने पर जय श्रीराम, जय गणेश, हरि ओम कहना), धार्मिक राष्ट्रवाद (बढ़ते हुए धार्मिक कर्मकांड, त्योहार-उत्सव करना), जमातवाद (धर्म के नाम पर दंगे करना) और मूलतत्त्ववाद (अन्य धर्मियों का जीने का अधिकार नकारना या दोयम दर्जे का नागरिकत्व उन पर थोपना, उदाहरणार्थ—तालिबान तथा तोगड़िया का प्रतिपादन) इन मार्गों से होता है। यह सफर धर्मनिरपेक्षता का पूर्णतः विरोधी है। अंधविश्वास निर्मूलन के कार्यों से जो मानसिकता तैयार होती है, वह इस प्रकार के अविचारी धर्मद्वेष पर आधारित विषयों को स्वीकारती नहीं है, उसका प्रतिवाद करती है। इसलिए अंधविश्वास निर्मूलन का कार्य एक तरफ धर्मनिरपेक्षता के व्यापक कार्य का हिस्सा बन जाता है तो दूसरी तरफ जिन्हें यह देश धर्मनिरपेक्ष नहीं होना चाहिए, ऐसा लगता है, वे ताकतें अंधविश्वास निर्मूलन के कार्यों को धर्म को डुबोनेवाला बताकर कड़ा विरोध करते हैं। अगर ऐसा हो रहा है, तो यह मानने में कोई हर्ज नहीं कि अंधविश्वास निर्मूलन का कार्य अपना प्रभाव दिखा रहा है।

धर्म का राजनीतिक कारणों के लिए उपयोग करें और उससे धर्मनिरपेक्ष विचारों में अवरोध पैदा हो इसलिए कुछ चुनिंदा गलतफहमियाँ जानबूझकर फैलाई जाती हैं, उनका उचित प्रतिवाद ढूँढ़ना होगा।

इनमें बाकायदा फैलाया गया जहरीला प्रचार यह है कि प्रत्येक मुसलमान राष्ट्रद्रोही नहीं है मगर राष्ट्रद्रोह केवल मुसलमान ही करता है। संसद, लाल किला, शेयर मार्केट, अक्षरधाम, मुंबई की रेल, ताजमहल होटल इन सारी जगहों पर हमला करनेवाले मुसलमान नहीं थे? ऐसे प्रश्नों में जहरीले संकेत होते हैं। कई बार यह प्रतिपादन उचित लगता है। इस आपत्ति का उत्तर बड़ी बारीकी से समझना होगा और बाद में इसे पूछनेवालों के सामने रखना पड़ेगा—

1. आतंकवादी किसी विशिष्ट धर्म के हैं इसलिए उनका धर्म आतंकवाद का पाठ पढ़ाता है और इसलिए उस धर्म के सारे लोगों को हमेशा संदेह से देखा जाना चाहिए, यह दलील गलत है। घातक भी है। इस तर्क का उपयोग किया गया तो वह दलील देनेवालों पर बूमरैंग की तरह पलट सकती है। पंजाब में आतंकवादियों द्वारा आंदोलन किए गए। देश से

अलग होने का ऐलान किया गया। उसकी कीमत भी देश ने चुकाई है। लेकिन यह सिख आतंकवाद है, ऐसा किसी ने कहा नहीं। लंका में लिट्टे का आतंकवादी संगठन पिछले कई वर्षों से सशस्त्र संघर्ष कर रहा था। उस संगठन के सभी लोग धर्म से हिंदू थे, इसीलिए उसे किसी ने हिंदू आतंकवाद नहीं कहा है। देश के कई हिस्सों में नक्सलवादी आतंक के माध्यम से सक्रिय हैं। उनमें से बहुसंख्य हिंदू हैं लेकिन उस आतंकवाद को कोई हिंदू आतंकवाद नहीं कहता है। हिंदू धर्म के कथित साध्वी-स्वामी आतंकवादी कृत्यों को अंजाम देने के बाद पकड़े गए, लेकिन इसका अर्थ यह नहीं होता कि हिंदू धर्म आतंकवाद को पनाह देता है। आतंकवादी हिंसा का आधार लेकर स्वयं के मनमुताबिक दुष्कृत्यों को अंजाम देना चाहते हैं। इसलिए उनके संगठन सदस्यों का ब्रेन वॉश किया करते हैं। गलत-हिंसक विचार उनके मन पर अंकित किए जाते हैं। उसके लिए जिन तकनीकों का आधार लिया जाता है, उसमें धर्म भी एक हिस्सा होता है। पाकिस्तान इस्लामिक राष्ट्र होने के बावजूद इस्लाम के कट्टरपंथी अनुयायी तालिबानी आतंकवादी स्वधर्मियों के विरुद्ध लड़ रहा है। इराक में सद्दाम हुसैन की सत्ता का अंत कुछ साल पहले हुआ। उसके पश्चात् सारे देश में चारों तरफ अराजकता फैली। उसमें शिया, सुन्नी और तालिबानी एक ही धर्म के आतंकवादी आपस में संघर्ष करते रहे जिसमें लाखों निरपराध लोगों की जीवनयात्रा समाप्त हुई। इन सारी बातों की ओर ध्यान देना पड़ेगा। आतंकवादी कार्यों में मुसलामान सक्रिय हैं इसलिए सारे मुसलमान समुदाय को राष्ट्रद्रोही करार देना सर्वतः अनुचित होगा।

2. अर्थात् जो-जो राष्ट्रविघातक कार्रवाई में शरीक होते हैं, उनका कड़ा प्रतिकार और उसके ठोस उपाय ढूँढ़ने चाहिए। उसके लिए जरूरत पड़े, तो सैनिक मदद भी लेनी चाहिए।
3. मुस्लिम समाज शिक्षा में पिछड़ा हुआ है। वे शिक्षा लें और मातृभाषा में लें, यह बताना पड़ेगा। ऐसे मौके उनके लिए उपलब्ध करवाना चाहिए, उन्हें सामाजिक जीवन में प्रतिष्ठा, रोजगार जैसे क्षेत्रों में समान मौके मिलने चाहिए; वैसी कोशिश भी करनी चाहिए। साथ ही मुस्लिम समाज को यह भी समझाया जाना जरूरी है कि जमाते तबलीक जैसे कड़वे धार्मिक संगठनों में सहभाग लेकर एक ओर झुके-उलझे विचारों का स्वीकार उनके हित में नहीं है।
4. हिंदू और मुस्लिमों की दोस्ती सभी स्तरों पर बननी चाहिए। पाकिस्तान ने तीन लड़ाइयाँ आजाद भारत के साथ लड़ीं। लड़ाई शुरू होने से

पहले पाकिस्तानी मानसिकता यही थी कि लड़ाई शुरू होने के बाद भारत के मुसलमान पाकिस्तान का पक्ष लेकर विद्रोह कर उठेंगे; कम-से-कम पाकिस्तान को गोपनीय तौर पर मदद करेंगे या तटस्थ रहेंगे। लेकिन इनमें से कुछ भी घटित नहीं हुआ। भारतीय मुसलमानों ने अपनी राष्ट्रभक्ति का परिचय दिया और हृदय के साथ भारत की रक्षा के लिए खड़े हो गए। गुजरात की सीमा पाकिस्तान से जुड़ी है और उस सीमा विभाग में भारत के मुस्लिम समाज की बहुलता है। उन सबने लड़ाई के दौरान भारतीय सैनिकों को अमूल्य मदद की। तीनों लड़ाइयाँ तो यही इतिहास बता रही हैं। धर्म के नाम पर भारत के बहुत बड़े जनसमुदाय को राष्ट्रद्रोही करार देने का प्रयास करना बड़ी भूल है।

5. शेयर मार्केट में तेलगी ने बहुत बड़ा घोटाला किया। उसे मदद करनेवाले सारे वरिष्ठ पुलिस अधिकारी मुस्लिम धर्म के नहीं थे। हर्षद मेहता ने बहुत बड़ा आर्थिक घोटाला करके देश की आर्थिक व्यवस्था को नुकसान पहुँचाया। मुंबई विस्फोटों के दौरान विस्फोटकादि सामग्री समुद्रतट से मुंबई पहुँची। अनेक चेक पोस्ट और पुलिस चौकियों से बड़े आराम के साथ उसे लाया गया। यह काम करनेवाले सारे अधिकारी मुसलमान नहीं थे। देशद्रोहियों और आतंकवादियों का कोई धर्म नहीं होता।

समान नागरी कानून

सामाजिक प्रगति के लिए आवश्यक कानून का पालन करने का अधिकार संविधान ने शासन को दिया है। इसलिए समान नागरी कानून बनाने में कोई गलत बात नहीं है। लेकिन समान नागरी कानून बनाने से मुसलमानों को सबक सिखाया जा सकता है, यह कल्पना अत्यंत गलत है। समान नागरी कानून बनाते वक्त हिंदुओं को भी ध्यान में रखकर कानून में बहुत बड़े परिवर्तन की आवश्यकता रहेगी। स्त्री-पुरुष समानता, विरासत से प्राप्त संपत्ति के अधिकार आदि को लेकर कानूनी सिफारिशें की गईं, तो हिंदू समाज कितनी सहजता से मानेगा, यह प्रश्न उठता है। वर्तमानकालीन कानून लगभग 95 प्रतिशत समान है। फौजदारी कानून देश के सभी निवासियों के लिए समान है। खरीद-बिक्री, आयकर का कानून सबके लिए समान है। केवल शादी, तलाक, पति से त्यागी स्त्री की जीविका के लिए वृत्ति, दत्तक विधान को लेकर बनाए गए कानून अलग-अलग धर्मों को ध्यान में रखकर भिन्न हैं। यह कानून कॉमन सिविल कोड नहीं तो यूनीफॉर्म सिविल कोड के रूप में होना चाहिए। यूनीफॉर्म एक अर्थ से सबके लिए समान होता है लेकिन वह प्रत्येक व्यक्ति के प्राकृतिक मापदंडों के हिसाब से बनता है। इसका अर्थ यह होता है कि समानता का कानून ऐसा हो जिसमें सभी धर्मों की अन्याय और शोषण करनेवाली प्रथाओं का

समान विरोध होता हो। आज समान नागरी कानून की माँग हिंदुत्ववादी पक्ष खुले तौर पर राजनीतिक फायदे के लिए किया करते हैं। शिवसेना और भाजपा महाराष्ट्र में जब सत्ता पक्ष में थी तब महाराष्ट्र में सभी धर्मों के लिए द्विपत्नी प्रतिबंधक कानूनी विधेयक मंजूर करवाया था। उसे संस्तुति के लिए केंद्रशासन के पास भेजा गया। उस समय केंद्रशासन में भाजपा थी। शिवसेना सत्ता की महत्त्वपूर्ण घटक पार्टी थी। अत: इस विधेयक को राष्ट्रपति से सहज स्वीकृत करवाना संभव था। लेकिन बिना सत्ता के हमेशा समान नागरी कानून की रट लगानेवाले संघ परिवार ने अब इस विधेयक को हाशिए पर छोड़ रखा है।

किसी भी धर्म की स्त्री को धर्म के नाम पर दोयम दर्जे का व्यवहार सहन करना पड़ता है और अगर समान नागरी कानून से इस पर प्रतिबंध लग रहा है, तो इसे स्वीकारने में कोई हर्ज नहीं है। मुस्लिम धर्म में एक से अधिक पत्नियों की इजाजत है। यह बात मुस्लिम स्त्री को लेकर निश्चित तौर से अन्यायकारक है। इस धार्मिक छूट के कारण मुस्लिम समाज की आबादी आनेवाले समय में हिंदू से ज्यादा होगी, ऐसा कहा जाता है, परंतु इस प्रकार के झूठे भय में कोई तथ्य नहीं है। यह सच है कि मुस्लिम समाज की जनसंख्या की बढोतरी-दर हिंदुओं की अपेक्षा थोड़ी अधिक है। लेकिन यह दर और आज भारत में स्थित हिंदू और मुसलमानों की जनसंख्या के प्रतिशत को ध्यान में रखते हुए भविष्यकालीन जनसंख्या की त्रैराशिकता स्पष्टता से निकाली जा सकती है। उससे यह पता चलता है कि इस पद्धति से मुसलमानों की जनसंख्या हिंदुओं से अधिक होने के लिए 250 वर्ष लगेंगे। इस प्रदीर्घ काल के दौरान मुस्लिम समाज में जनसंख्या नियंत्रण के लिए कुछ भी सुधार नहीं होंगे, मानकर चलना समाज प्रक्रिया को लेकर गहन अज्ञानता को प्रकट करता है। केरल राज्य शत-प्रतिशत शिक्षित है। उत्तर प्रदेश और बिहार में बहुत अधिक मात्रा में निरक्षरता है। केरल में मुसलमानों की जनसंख्या की बढ़ोतरी-दर उत्तर प्रदेश और बिहार के हिंदुओं की जनसंख्या बढ़ोतरी से कम है। इसका मूल कारण है केरल की सुशिक्षित मुस्लिम महिला परिवार नियोजन के महत्त्व को समझ चुकी है, उत्तर प्रदेश की निरक्षर हिंदू स्त्री इसका महत्त्व नहीं समझ पाई है। परिवार नियोजन अनिवार्य नहीं है, ऐच्छिक है। परिवार नियोजन में ज्यादा सहभाग हिंदुओं का है, परंतु वह अनिवार्यता से नहीं है। परिवार नियोजन को नकारकर हिंदू परिवार हिंदू धर्म के हितार्थ जनसंख्या बढ़ा सकते हैं, परंतु वे ऐसा करते नहीं और करेंगे भी नहीं। परिवार की स्थिरता और उन्नति बच्चों की संख्या सीमित रखने से होती है, इस बात का ज्ञान उन्हें अनुभव से आ चुका है। उन्हें पता है कि इसमें परिवार हित के साथ राष्ट्र का भी हित है। मुस्लिम समाज में शिक्षा का प्रचार-प्रसार होने पर बाल-मृत्यु दर घट सकती है और वे भी अनुभव से छोटे परिवार का महत्त्व समझ सकते हैं। केरल तथा अन्य जगहों का अनुभव यही बता रहा है। मुसलमान पुरुष चार-चार बीवियाँ रख रहा है, इस कारण मुसलमानों की आबादी

बेहद बढ़ रही है, यह दावा भी गलत और हास्यजनक है। मुस्लिम समाज में फिलहाल 1000 पुरुषों की तुलना में स्त्रियों की संख्या 937 है। प्रत्येक मुसलमान ने चार स्त्रियों से शादी की तो हजार मुसलमान पुरुषों में से 765 पुरुषों को बिना विवाह जिंदगी बितानी पड़ेगी।

हिंदू-मुस्लिम संबंधों का विवेकीकरण

हिंदू-मुस्लिम संबंधों को लेकर एक बात की मन में गाँठ बाँधनी पड़ेगी कि भारत में हिंदू-मुस्लिम का प्रश्न शांति के साथ सहजीवन का है और उसकी वैचारिक धरोहर धर्मनिरपेक्षता है। साथ ही इस सहजीवन को एक सीधी-सरल व्यावहारिक समझदारी के नाते भी देखा जा सकता है। इस देश में मुस्लिम आबादी 17-18 करोड़ है। उनको लेकर कट्टरपंथी हिंदू संगठन जो उपाय बताते हैं, वे न केवल धर्मनिरपेक्षता को, बल्कि देश की राष्ट्रीय एकात्मता को खतरा पैदा कर सकते हैं। मुसलमानों को भारत से भगाना चाहिए, खत्म करना चाहिए या दोयम नागरिकत्व देना चाहिए आदि उपाय बताते हैं। इस पर विचार करें तो 17-18 करोड़ के जनसमुदाय को खत्म करना या निकाले जाने की बात करना पागलों का कल्पनाविलास है। उन्हें दोयम नागरिकत्व देकर देश में रहने की इजाजत देने की बात भी लोकतांत्रिक व्यवस्था में असंभव है और यह स्थिति 'जेब में बम रखकर मैं सुरक्षित हूँ' का ढिंढोरा पीटने जैसी खतरनाक है। मुसलमान समाज सुधर नहीं सकता, यह भ्रम भी हमेशा पैदा किया जाता है पर यह सच नहीं है। फ्रांस के संविधान में धर्मनिरपेक्षता को स्वीकारा गया है, जिसे 2005 में 100 वर्ष पूर्ण हो गए। उस समय वहाँ के शासकों ने आह्वान के साथ निवेदन किया कि अपने देश ने लंबी यात्रा की है, अब समय आ चुका है कि लोग सार्वजनिक जीवन में अपनी धार्मिक पहचान त्याग दें। फ्रांस में 50 लाख मुसलमान रहते हैं, अनेक मुस्लिम स्त्रियों ने सार्वजनिक जीवन में बुरका त्यागने को लेकर पहल की। 4000 सिख हैं। उन्होंने पगड़ी त्यागने के लिए नकार दर्शाया। उनके नकार को शासन ने स्वीकारा। परिवर्तन का यह मार्ग धर्मनिरपेक्षता को मजबूती प्रदान करता है।

हिंदुओं का वोट बैंक तैयार करना चाहिए, ऐसा प्रचार कुछ शक्तियाँ हमेशा से करती रही हैं। इसका अर्थ यह है कि हिंदू मतदाता को इसी एक कारण से उसे मत देना है कि वह उम्मीदवार जन्म से हिंदू है। यह बात खतरनाक तो है ही, साथ ही गलत भी है। सर्वोच्च न्यायालय ने ऐसे स्पष्ट निर्देश दिए हैं कि मैं इस धर्म का हूँ इसलिए मुझे मत दो, ऐसा अगर कोई प्रचार करे और वह चुनाव में जीत हासिल भी करे तो उसका लोकप्रतिनिधित्व समाप्त किया जा सकता है। इसका कारण यह है कि प्रत्येक मनुष्य को इस देश में मताधिकार है। उसके पीछे भूमिका यह है कि उस व्यक्ति का एक सार्वभौमिक स्वतंत्र मूल्य है। उसका धर्म के साथ कुछ भी संबंध नहीं है। जन्म से मतदाता फलाँ धर्म का है, इसलिए चुनाव में उसी धर्म के उम्मीदवार

को मत देने का मतलब व्यक्ति का सार्वभौम स्वतंत्र मूल्य के नकार का आह्वान करने जैसा होगा। धर्म के आधार से मतों की माँग का मतलब धर्म को राजनीति से जोड़ना है और यह स्थिति धर्मनिरपेक्षता को खत्म करती है। धर्म और राजनीति को एक करने की घातक कृति से हिंसा का साथ देने के प्रयत्न हो गए तो लोकतंत्र खत्म होगा। भारत जैसा बड़ा देश, जो विविधताओं से भरा है। वही विविधता पिछले 60 वर्षों से चल रही लोकतांत्रिक व्यवस्था की ताकत है। दुनिया की नजर में कौतूहल और आदर का विषय है। और वह लोकतंत्र धर्मनिरपेक्ष है तो उसकी हिफाजत जरूर करनी चाहिए।

धर्मनिरपेक्षता का समाज कारण

समाज धर्मनिरपेक्ष कैसे बनेगा, यह मूल प्रश्न है। इसके लिए एक बात की सजगता बार-बार बरती जानी चाहिए, वह यह है कि व्यक्ति को अपने धर्म-विश्वासों का पालन करने का पूर्ण अधिकार है। अन्यों को अर्थहीन, कालबाह्य लगनेवाले कर्मकांड और धार्मिक व्यवहार व्यक्ति कर सकता है। लेकिन अन्य व्यक्तियों को अवलोकन और विवेचन करने का भी अधिकार है। विश्वासों का आदर करें, यह सच है; वैसे ही विश्वासों के आधार से जो-जो चलता है उसका कोई भी विवेचन न करे, यह कहना भी अनुचित है। समाज का इतिहास विश्वासों की जाँच-पड़ताल का इतिहास है। विश्वासों का अगर परीक्षण नहीं हुआ होता, तो आज भी घर्षण से निर्मित अग्नि को महादेव माना गया होता। लोगों की धर्मभावना को लेकर विवेकवादी दृष्टि से कृतिशील संवाद करने की लंबी परंपरा महाराष्ट्र में समाजसुधारकों और संतों ने निर्मित की है। इसका अवलोकन करते वक्त धर्मनिरपेक्ष जनमानस बनाने के लिए धर्म के अवैज्ञानिक, अर्थहीन कर्मकांडों का यथासंभव विरोध करने के लिए प्रबोधनात्मक आंदोलन करना चाहिए। धर्म-विश्वास की सहायता से अगर शोषण किया जा रहा है, तो उसका भी विरोध करना चाहिए। दूसरा प्रमुख विषय यह है कि धर्मनिरपेक्षता का खाली प्रबोधन कोई मायने नहीं रखता है। लोगों के जीवन में जैसे धर्म है वैसे ही दैनिक जीवन के कई प्रश्न भी हैं। इन प्रश्नों से लोगों का ध्यान हटाने के लिए गरीबों में धार्मिक उन्माद पैदा किया जाता है। अतः लोगों के दैनिक जीवन के प्रश्नों को अहमियत देकर जनसंघर्ष की राजनीति हो गई तो सहजता से लोग समझ सकते हैं कि धर्म की अपेक्षा अलग और अधिक बुनियादी जरूरतों के नियमित प्रश्न हमारी जिंदगी के समक्ष हैं। समाजमानस को धर्मनिरपेक्ष बनाने में इसकी मदद होगी। धर्मनिरपेक्ष बनने के लिए शासन द्वारा सोची-समझी विचार-नीति के तहत धर्मनिरपेक्ष व्यवहार करना अभिप्रेत है। कई बार शासन अपने स्तर पर धर्मनिरपेक्षता को नजरअंदाज कर सभी धर्मों के अंधविश्वासों को, शोषण को और धर्म के अनुयायियों की अविवेकी माँगों के संदर्भ में समर्थक की भूमिका निभाता है। राजनीतिक पक्ष-पार्टियों का शासन बनता है। अतः

इन पक्ष-पार्टियों को धर्मनिरपेक्षता का सही अर्थ समझना जरूरी है और आग्रह के साथ उसे अमल में लाना भी अपेक्षित है।

उपरोक्त आदरयुक्त अपेक्षाएँ व्यक्त करते वक्त वर्तमान वास्तविकताओं को भी ध्यान में रखना आवश्यक है। जो कर्मकांड कालबाह्य और अर्थहीन हैं उनको लेकर भी समाज में प्रेमादर है। वर्तमान युग में समय का मूल्य असाधारण माना जाता है। फिर भी मृत व्यक्ति के पिंडदान के समय कौए के स्पर्श की निरर्थक प्रथा के लिए अनेक लोग अपना समय, श्रम, पैसा और बुद्धि का अपव्यय करते हैं। देश स्तर पर इसकी गिनती की जाए तो करोड़ों कामकाजी घंटों की बेवजह बर्बादी होती है। लेकिन ऐसी प्रथाओं को लेकर बोलना भी लोगों को पसंद नहीं है तो इस कृति और प्रथा का विरोध तो बहुत दूर की बात है। इससे भी भयानक स्थिति उससे भी आगे है, जहाँ लगता है कि धर्म की गलत धारणाओं से सीधा शोषण हो रहा है तो भी केवल विश्वास के भरोसे पर लोकभावना उससे जुड़ती है, उसे स्वीकारती है। यह लोकभावना गलत बातों का समर्थन करती है। जैसे मुस्लिम महिलाओं को तलाक के बाद उसके खर्चे के लिए मासिक वृत्ति देना जरूरी है। यह निर्णय उचित था। धर्मादेश से निर्मित शोषण का इसमें विरोध है। फिर भी अदालत के इस निर्णय से धर्मादेश में दखलंदाजी होती है, यह कहा गया कि मुस्लिम महिलाओं की ऐसी भावना बनी, बनाई गई और धर्म-विश्वास को बचाए रखने के लिए महिलाओं के हितकारक निर्णय के विरोध में हजारों महिलाओं ने बड़े जुलूसों के साथ आवाज उठाई।

सामान्य मनुष्य रोजमर्रा की जिंदगी के संघर्षों से धर्मनिरपेक्ष बनेगा, ऐसा माना गया, और माना जाता भी है। असल में अनुभव इसके विपरीत आता है। आर्थिक लाभों के लिए मजदूर वामपंथी विचारों वाले मजदूर संगठनों के साथ जुड़कर संघर्षपूर्ण लड़ाई करते हैं। परंतु जीवन के अन्य क्षेत्र में उनका धार्मिक अभिनिवेश अन्यों के जैसा ही होता है। राजसत्ता धर्मनिरपेक्षता का पालन करे, यह उचित है; लेकिन भारत का एक प्रमुख पक्ष मानता है कि यह देश हिंदू राष्ट्र है और यदि नहीं है तो बनाना है। उसके लिए धर्मांधता की भूमिका ली जाती है। आश्चर्य यह है कि फिर भी वे सत्ता की कुर्सी पर बैठ जाते हैं। इसलिए राज्यसंस्था के आधार पर देश की धर्मनिरपेक्षता को बनाए रखने की मंशा संदेह के कटघरे में खड़ी हो जाती है।

उपर्युक्त बातों से यह स्पष्ट होता है कि धर्मनिरपेक्षता के प्रसार के लिए शोषण करनेवाले धर्म के भीतरी तत्त्वों का विरोध, रोजमर्रा के विविध प्रश्नों को उठाकर जनसंघर्ष से जनमानस को धर्मनिरपेक्ष बनाना और राज्यसत्ता द्वारा धर्मनिरपेक्षता का पालन करना ये तीनों बातें आकर्षक और आवश्यक लगती हैं, लेकिन उनकी कुछ सीमाएँ हैं। वर्तमानकालीन स्थितियाँ धर्मनिरपेक्षता के लिए दिनोदिन मुश्किलें बढ़ा रही हैं। इस देश का जनमानस लंबी परंपरा से परधर्म-सहिष्णु और धर्मनिरपेक्ष है। इस मानसिकता को एक षड्यंत्र के तहत केवल राजनीतिक लाभ उठाने के लिए

धार्मिक अभिनिवेश, धार्मिक अस्मिता, धार्मिक अहंकार, परधर्म द्वेष और धर्मांधता की ओर मोड़ने के प्रयास हो रहे हैं। वे उसमें थोड़े-बहुत सफल भी हो रहे हैं। इन स्थितियों में धर्म का विवेचन करके विवेकवादी मूल्य-परिवर्तन का 'कृतिशील संवाद' स्थापित करने का मार्ग कौन सा है, जनमानस के साथ अंधविश्वास निर्मूलन के आंदोलन के सामने भी यह प्रश्न उपस्थित होता है कि इसे अमल में लाने के लिए उचित मार्ग कौन सा है? समिति यह मानती है कि इस देश के धर्मनिरपेक्षता आंदोलन का मूलगामी रिश्ता संत परंपरा से स्फूर्ति प्राप्त कर चुके महात्मा फुले, महर्षि विट्ठल रामजी शिंदे, संत गाडगे बाबा आदि के धर्मचिंतन से जोड़ना चाहिए। इनके द्वारा किया गया धर्म का विवेचन कुछ अलग नहीं बल्कि विवेकजागरण है। न्यायमूर्ति रानडे, लोकहितवादी देशमुख, महर्षि विट्ठल रामजी शिंदे, महात्मा फुले, महात्मा गांधी, डॉ. बाबासाहब आंबेडकर, स्वातंत्र्यवीर सावरकर आदि की धर्मभावना का अभिप्राय हिंदू का और अधिक अच्छा नैतिक हिंदू होना है। सत्य की खोज धर्म का प्रयोजन है। उसका पथ अहिंसा है। और अंतिम विजय कल्याण की ही हो सकती है, यह धर्म का विश्वास है, जैसा प्रतिपादन महात्मा गांधी ने किया था। इस भूमिका से धर्म को बिना नकारे सत्य की खोज के लिए धर्म के परीक्षण का अधिकार प्राप्त होता है। इसी के आधार पर महात्मा गांधी ने हिंदू धर्म के अछूत मानदंडों को सीधे नकारा था। महात्मा फुले ने अत्यंत प्रभावकारी रूप में धर्म का प्रतिपादन किया है। वह यह कि एक ही परिवार में पिता अल्लाह के उपासक के नाते मस्जिद में जाएँगे, माँ चर्च में जाकर यीशु का स्मरण करेगी, लड़का हिंदू परमेश्वर की पूजा करेगा; तो भी यह सारे एक-दूसरे के प्रिय परिवारजन होंगे। यह विचार आचार्य विनोबा ने भी व्यक्त किया है। वे कहते हैं कि व्यक्ति के प्रौढ़ बनने के बाद उसे मतदान का अधिकार प्राप्त होता है। वैसे ही उसे उचित लगनेवाले धर्म को चुनकर स्वीकारने का अधिकार प्राप्त होना चाहिए। यह सारा विश्लेषण धर्म के मानवतावादी आलोचनात्मक रूप का स्वीकार करने की अनुमति देनेवाला है तथा धर्म के महत्त्व को स्वीकार करके उससे भी महत्त्वपूर्ण अन्य प्रश्न समाज में हैं, यह रेखांकित करनेवाला है। 19वीं सदी में महाराष्ट्र के भीतर जो भी धर्म प्रबोधनात्मक आंदोलन शुरू थे, वे धर्म को समाज सम्मुख रखकर थे। नाम धर्म का था परंतु यह धर्म सामाजिक, सांस्कृतिक, राजकीय न्याय की भाषा मुखर करता है। ये धार्मिक लोग स्त्री शिक्षा का आग्रह, छुआछूत प्रथा का निर्मूलन, मूर्तिपूजा का विरोध आदि सब कुछ करते हैं। इसलिए समाजविमुख धर्म समाजसन्मुख होता है। ईश्वरकेंद्री धर्म मानवकेंद्री होता है। परलोकवादी धर्म इहलोकवादी होता है। यह एक प्रकार की विधायक धार्मिकता है। गंभीरता से इस पर विचार करना जरूरी है कि इन इकाइयों को लेकर धर्मनिरपेक्षता की यह विकास-यात्रा महत्त्वपूर्ण बन सकती है। प्रत्येक व्यक्ति के लिए सुरक्षा चाहिए। इस सुरक्षित माहौल से उसे आजादी मिलती है। इस

आजादी से व्यक्ति को विकास के मौके मिल जाते हैं। सुरक्षा, आजादी और विकास की प्राप्ति करनेवाली व्यवस्था नैतिक मानी जानी चाहिए; लेकिन वर्तमानकालीन व्यवस्था व्यक्ति को यह सुरक्षा, आजादी और विकास के मौके नहीं देती है। ये कब मिलेंगे इसका भरोसा भी नहीं देती है। ऐसे समय में व्यक्ति को लगता है कि धर्म की संकल्पना हमारे मन को हिम्मत और नैतिक मजबूती दे सकती है। बहुत अच्छे समाज निर्माण के लिए महाराष्ट्र में समाजसुधारकों ने धर्म की कृतिशील खोज करवाई। इसके साथ दूसरा महत्त्वपूर्ण विषय यह है कि धर्म व्यक्ति के बाह्य आचार-विचारों का नियंत्रण करता है। वह व्यक्ति के काम, क्रोध, लोभ, मोह और वासना आदि विकारों पर विजय पाने के लिए मदद करने का दावा भी करता है। दया, प्रेम, क्षमा, करुणा, शांति से व्यक्ति का नैतिक उन्नयन करने का प्रयत्न भी करता है। स्वयं के विकारों पर विजय पाना और नैतिक उन्नयन करने का प्रश्न विवेकवादियों के भी सामने है। इसके लिए शोषण को दूर करने की जरूरत है। लेकिन इसके साथ और बहुत कुछ करना शेष है। विवेकवादी अपनी क्षमतानुरूप उसे करते भी हैं। इन विषयों को लेकर धार्मिक व्यक्ति और धर्म न माननेवाले व्यक्ति के बीच जो संवाद होते हैं, वे धर्मनिरपेक्षता की पृष्ठभूमि को व्यापक बना सकते हैं।

धर्मनिरपेक्षता का अर्थ केवल सर्वधर्म समभाव नहीं है, केवल धर्म और राजनीति को अलग करना नहीं है, अल्पसंख्यकों की खुशामद और बहुसंख्य हिंदुओं पर अन्याय तो बिलकुल नहीं है। धर्मनिरपेक्षता व्यक्ति और धर्म, धर्म और राज्यसंस्था, व्यक्ति और राज्यसंस्था, व्यक्ति और समाज तथा व्यक्ति और भिन्न धर्मीय समुदाय का आपस में रिश्ता कैसे हो, इसका एक नक्शा है। इसलिए धर्मनिरपेक्षता की दिशा धर्म उन्मूलन की नहीं है। शोषण को लेकर धर्म पर नियंत्रण की जरूरत है; लेकिन इससे भी अधिक धर्म के यथार्थवादी स्थान की है। धर्मनिरपेक्षता की यह कल्पना बहुआयामी और समृद्ध पद्धति से समाज-जीवन में पहुँचाना जरूरी है। राज्यसंस्था ने धर्मनिरपेक्षता को स्वीकार किया, तो इसका अर्थ यह नहीं होता कि समाज भी धर्मनिरपेक्षता को स्वीकार करता है।

इन सारी बातों के लिए मनुष्य-मनुष्य में आपसी रिश्ते प्रकट करनेवाला धर्मनिरपेक्षता का भावात्मक अर्थ भी व्यक्त करने का कौशल होना चाहिए। इसका अभिप्राय और कुछ नहीं बल्कि संत और समाजसुधारकों के धर्म शब्द के उपयोग से किया हुआ विवेक जागरण है। यह ज्ञान समाज में प्रसारित करना जरूरी है।

विवेकवाद

संगठित धर्म की प्रभुता मनुष्य के इतिहास में लंबे समय से प्रभावी ढंग से चलती आ रही है। मनुष्य जीवन की सभी दिशाएँ धर्म से व्याप्त थीं। जीवन के किसी भी निर्णय का और समाज-जीवन में किसी भी समस्या का विचार करते समय अंततः धर्म की आज्ञा प्रमाण मानी जाती थी। यूरोप में 15-16वीं सदी में प्रबोधन युग की शुरुआत हो गई। विज्ञान, तत्त्वज्ञान, साहित्य और कला जीवन के इन सारे अंगों का नवीन विचार शुरू हो गया। इस प्रक्रिया में धर्मप्रामाण्यता नकारी गई और दुनिया में भौतिकता तथा इंद्रियों द्वारा प्राप्त अनुभूति को प्रधानता दी गई। वैज्ञानिक क्रांति से वैज्ञानिक दृष्टिकोण का निर्माण हो गया। व्यक्तिनिरपेक्ष और धर्मनिरपेक्ष नियमों की विश्व को प्राप्ति हुई। इसलिए धार्मिक प्रथा, परंपरा, अंधविश्वास आदि में गँवाया गया स्वयं का आत्मज्ञान दुबारा पाने की संभावनाएँ दृष्टिपथ में आ गईं। सांसारिक विकास-यात्रा जारी रखते हुए विविध अनुभव लेने और मन को संस्कारित करते हुए ज्ञान-प्राप्ति का नवीन मार्ग खुल गया। इसलिए अपने 'स्व' की प्राप्ति और उसके आधार पर आसपास के यथार्थ से स्वायत्तता की प्राप्ति (व्यक्ति स्वातंत्र्य) से यूरोप में प्रबोधन युग का आरंभ हो गया। दुनिया को विवेक की मदद से नई नजर से देखने की परिस्थितियाँ निर्मित हुईं। हेगेल ने विवेक की कल्पना व्यक्ति में करने की अपेक्षा मानव इतिहास में की है। मनुष्य प्राणी ही है। अतः अन्य प्राणिजगत् के समान वह भी प्रकृति का हिस्सा है। उत्क्रांति के एक मकाम पर मनुष्य प्रकृति से अलग हो गया है। उसने मनुष्य संज्ञा से आत्मज्ञान का विकास तय किया। हेगेल ने इसी सफर को इतिहास के रूप में स्पष्ट किया है। एशियाई और अफ्रीकी समाज-व्यवस्था में यह आत्मज्ञान हेगेल को बहुत कम और प्राथमिक अवस्था में दिखा। उसने यह भी पाया कि यूरोप में आत्मज्ञान उच्च स्तर तक जा पहुँचा है। प्रबोधन युग से गढ़े गए 'स्व' के इतिहास को परिमाण देते वक्त हेगेल ने विवेक का सामूहिक रूप बहाल किया है। मार्क्स ने हेगेल के सामूहिक विवेक को स्वीकार किया है। उसे केवल आदर्शवादी आदिभौतिकी रखे बिना भौतिक आधार प्रदान किया और संपूर्ण इतिहास के अन्वयार्थ को समझने की पद्धति भी उसने बताई। इसी दौरान अनेकानेक वैज्ञानिक खोजों के कारण प्रकृति की भयावहता भी कम होती गई। वह अधिक नरम,

मनुष्यानुकूल तथा विश्लेषण का तत्त्व बन गई। चार्ल्स डार्विन और हर्बर्ट स्पेंसर ने उत्क्रांति सिद्धांत के द्वारा प्रकृति के साथ मनुष्य प्राणी के विकास का अर्थ बताया। इन सारी नवीन खोजों एवं परिवर्तन के कारण प्रबोधन युग में वैज्ञानिक दृष्टिकोण को 20वीं सदी की दहलीज पर अधिक आत्मविश्वास प्राप्त हुआ। उससे पता चला कि अपना जो ऐहिक यथार्थ प्राप्त है; उसमें जटिल और न समझ में आने लायक कुछ भी नहीं है। हम इस यर्थाथता को बुद्धि की सहायता से समझ सकते हैं और उसके साथ मनुष्य विवेक में यह दुर्दम्य विश्वास भी बढ़ सकता है कि उसे समतावादी, पुरोगामी रूप में भी परिवर्तित किया जा सकता है। मार्क्सवाद से प्रेरित समाजवादी विचार, पूँजीवादी व्यवस्था को हटाकर, यांत्रिक सामर्थ्य पर काबू पाकर उसकी उत्पादन क्षमता को कल्याणकारक स्वरूप देने के लिए तैयार हो गया और मजदूर अथवा श्रमिक रूप में उसके लिए एक प्रबंधक भी सिद्ध हो गया।

लेकिन इस सामूहिक विवेक-शक्ति और इतिहास निर्माण करनेवाली उस शक्ति की क्षमता पर कुछ सवाल भी बड़ी गंभीरता के साथ उठाए गए हैं। पहला यह कि नवीन खोजों की प्राप्ति होने से यथार्थवादी चीजों को पाने के लिए यंत्र की मध्यस्थता की आवश्यकता पड़ने लगी। उसके बिना वहाँ तक पहुँचना असंभव हो गया। दूसरा यह कि फ्रायड ने मनुष्य मन के अज्ञान क्षेत्र को दुनिया के सम्मुख रखा। मनुष्य इस क्षेत्र को अनन्त बुद्धि से समझने की कोशिश करने लगा। लेकिन उसने यह समझ लिया कि इस क्षेत्र पर मनुष्य विवेक से हुकूमत नहीं कर सकता। फ्रायड का मानना था कि इस अज्ञानता से दबी हुई भावनाएँ, आसक्ति और प्रबल इच्छाएँ 'विकृत' स्वरूप में मनुष्य मन में रहा करती हैं। फ्रायड ने आगे यह भी विवेचन किया है कि ये प्रबल इच्छाएँ मनुष्य विवेक के सामाजिक मूल्य-व्यवस्था में अवरोध बनकर उपस्थित होती हैं। अहसासों के क्षेत्र में विवेक जितना महत्त्वपूर्ण है, उतना या उससे भी अधिक अनन्त बौद्धिकता के क्षेत्र में दबी हुई भावना 'स्व' की निर्मिति करती है, यह फ्रायड का मत था। अज्ञान की इस संकल्पना ने व्यक्तिधिष्ठित और सामूहिक विवेक के सार्वभौमत्व को चुनौती दी है। 20वीं सदी के उत्तरार्ध में उत्तर-आधुनिकता के नाते प्रसिद्धि-प्राप्त प्रवाह ने—विवेक ही मनुष्य संस्कृति के साम्प्रत विपत्तियों का कारण है—ऐसा घोषित किया है। 1990 के आसपास सोवियत यूनियन का विघटन हुआ। इन सारे कारणों से हेगेल-मार्क्स परंपरा का सामूहिक विवेकवाद बदनाम हो गया। इन स्थितियों में लगता है कि कंप्यूटर और इंटरनेट के स्वरूप का तंत्रवैज्ञानिक विवेक तथा निजीकरण-उदारीकरण का पूँजीपति व्यवहारवादी विवेक हावी हो गया है। फिलहाल वर्तमान स्थितियों को देखकर सबको यह लगता है कि यंत्र और पूँजी की ताकत को टक्कर देनेवाला, सार्वत्रिक दास्य विमोचन के लिए कटिबद्ध रहनेवाला सामूहिक मनुष्य प्रबंधक मार्क्सवादी मजदूरों के बाद मौजूद नहीं है। आज सामूहिक प्रबंधनकर्ता धर्म, जाति, भाषा, वंश, लिंग, प्रदेश आदि से तय होता है। वर्गों की एक ही प्रकार की चौखटों

में व्यक्ति के 'स्व' को बिना बाँधे उपर्युक्त बातों के 'स्व' निर्मिति में जो योगदान है, उसे स्वीकारना चाहिए। लेकिन यह भी देखा जाता है कि उपर्युक्त स्वरूपों की विविध अस्मिताओं के हित-संबंधों पर खड़े हो चुके आंदोलन पूँजीवाद के चलते अपने अलग अस्तित्व की लड़ाई लड़ रहे हैं। उनके हक और अधिकारों की भाषा थोड़े अपवादों के साथ पूँजीवादी दुनिया को भेदने की महत्त्वाकांक्षा में सफल नहीं हो पा रही है। आधुनिक पूँजीवादी व्यवस्था का फैलाव बहुत विस्तृत है। विश्व स्तर पर मनुष्य के व्यवहार यंत्र के कारण अधिकाधिक परस्परावलंबी बनते जा रहे हैं। ऐसे समय में विविधता की हिफाजत करनेवाले, न्यायसंगत समाज-रचना के लिए कटिबद्ध रहनेवाले सार्वत्रिक सामूहिक विवेक की नवीन रूप में निर्मिति हो सकती है या नहीं, इन संभावनाओं की परख होनी चाहिए और यही विवेकवादी आंदोलन के लिए आज चुनौती है। अंधविश्वास निर्मूलन के आंदोलन ने जो विकास का सफर कृति के आधार पर विचारों के क्षेत्र में शुरू किया है, वह क्रमशः धर्मालोचन, धर्मनिरपेक्षता के मार्ग से होकर मानवाधिष्ठित विवेकवादी मकाम पर स्थिर होता है और स्थिर भी होना चाहिए। खैर, आज अंधविश्वास निर्मूलन आंदोलन की पहचान शोषण करनेवाले खुले अंधविश्वासों के विरोध के रूप में है, लेकिन भविष्य में उसके सफर की व्यापक परिवर्तनवादी दृष्टि विवेकवाद तक पहुँच सकती है, इन बातों का स्पष्ट अहसास अंधश्रद्धा निर्मूलन समिति के आंदोलन को है।

धर्म और नीति

धर्म को लेकर नैतिक ज्ञान का सच्चा बुनियादी प्रश्न निर्मित होता है। कांट जैसे प्रसिद्ध दार्शनिक ने इसका जो विवेचन किया है, वह अत्यंत मूल्यवान है। वह कहता है कि जिन दो बातों को लेकर अधिकाधिक स्मरण करें, चिंतन करें, उससे उतना अधिक मन आश्चर्य और गंभीरता से भर जाता है। उसमें पहली बात असंख्य तारों से भरा हुआ आकाश का नभांगन है और दूसरा अंतस्थ नैतिक विवेक है। जीवन क्षणभंगुर है। सामाजिक व्यवहार अस्थिर है तो फिर नीति को शाश्वत मूल्य कहाँ से प्राप्त होता है? सारी दुनिया मेरे विरोध में भले खड़ी हो परंतु मैं नीति से ही जिऊँगा, यह हिम्मत व्यक्ति में कहाँ से आती है? नीति-नियमों को तोड़ा गया तो भय लगता है, यह भय किसका होता है? यह तर्क अकाट्य नहीं है। लेकिन धार्मिक विश्वास की पृष्ठभूमि पर इन सबका श्रेय धर्म अथवा ईश्वर को दिया जाता है। मनुष्य जीवन की विवेक-बुद्धि अलग-अलग आयामों में इसी उत्तर को समर्थता से खोजना चाहती है। स्थूल रूप से यह समझा जाता है कि मनुष्य की समूचे विचार करने की शक्ति विवेक-बुद्धि है। यह विवेक-बुद्धि दो क्षेत्रों में काम करती है—ज्ञान और आचरण के क्षेत्र में। ज्ञान के क्षेत्र में सत्य क्या है और असत्य क्या है, इसका निर्णय वैज्ञानिक दृष्टिकोण के आधार पर विवेक-बुद्धि लेती है। ठोस सबूत और तर्कशक्ति की मदद से वैज्ञानिक

कार्य–कारण भाव की सिद्धि प्रमाणित होती है। अत: इसके सामने धर्म को बिना शर्त पराजय स्वीकारनी पड़ती है। विवेकवाद का दूसरा क्षेत्र आचरण का है। आचरण की दुनिया में इष्ट क्या है, अनिष्ट क्या है, इसका निर्णय विवेक–बुद्धि करती है। विवेकी आचरण की महत्त्वपूर्ण कसौटी यह है कि वह आत्मकेंद्री नहीं होता है। अपने विचारों के साथ दूसरों की भावनाओं का विचार भी उसमें किया जाता है। 7–8 वर्षों तक बच्चे ज्यादा आत्मकेंद्री होते हैं। विवेकपूर्ण मनोविकास का मतलब आत्मकेंद्रितता का नाश होकर सामाजिक चेतनाओं की निर्मिति होना है। यह जागृति नैतिक आचरण का कार्य–कारण भाव बता देती है। वह यही है कि 'दूसरों से अपने लिए जिस व्यवहार की हम अपेक्षा करते हैं, वैसा ही व्यवहार हम दूसरों के साथ करें। अन्यों के जिस व्यवहार को हम पसंद नहीं करते, वैसा व्यवहार हम दूसरों के साथ न करें।' वैज्ञानिक दृष्टिकोण के लिए प्राप्त मूल्यात्मक रूप विवेक है। विवेकवाद मनुष्य जीवन के प्रति मूल्याधिष्ठित दृष्टिकोण है। मनुष्य आचरण के पीछे उपभोग, कीर्ति, अंधविश्वास आदि अनेक प्रेरणाएँ होती हैं। विवेक–शील बौद्धिक प्रेरणा भी होती है, लेकिन वह कई बार प्रभाव नहीं जमाती है। अंधविश्वास निर्मूलन से लेकर विवेकवाद तक के विकास का अर्थ आलोचनात्मक वृत्ति रखना, आँखें खुली रखकर व्यवहार रखना, उसके लिए वैज्ञानिक दृष्टिकोण का उपयोग करना और उससे विचार और कृति हेतु विवेकी दृष्टि प्राप्त कर लेना है। विवेकशीलता केवल मनुष्य प्राणी की असाधारण विशेषता है। वह प्रत्यक्ष जीवन के संदर्भ में होती है; क्योंकि उसका जीवन में प्रत्यक्ष आचरण करना पड़ता है। चातुर्य का अर्थ विवेक नहीं है। चतुराई का भले–बुरे के साथ संबंध नहीं होता है। विवेक–बुद्धि विचार कर लेती है और केवल अच्छे को स्वीकार करती है। बुद्धि से दिया गया निर्णय उचित है या नहीं, इसकी परख भी विवेक–शक्ति करती है। मानवी जीवन में बुद्धि के साथ मूल्य, भावना, विश्वास इन सबका विवेक भी विवेक–शक्ति ही करती है। धर्म पर अवलंबित आचरण की दुनिया भी इसी से बदलती है। धर्मग्रंथ और रूढ़ि को बिना प्रमाण माने विवेक को ही अहम मानना चाहिए। विवेकवाद धर्म विश्वास की जगह लेनेवाले ऐहिक दर्शन के रूप में सामने आता है। मनुष्य के हित और प्रतिष्ठा को आचरण की दुनिया के केंद्र में रखना उसकी आधारभूत कसौटी है। मनुष्य विचार करनेवाला प्राणी है। सोच–समझकर विचार करने से विवेक निष्पन्न होता है। वैसे मनुष्य मूलत: समाजशील प्राणी है। इसी विशेषता में मनुष्य की विवेकशीलता का उद्‌गम होता है। सृष्टि की विविध घटनाओं का ज्ञान ऐहिक पद्धति से होता है। विवेकवाद में यह अभिप्रेत है कि व्यक्ति और मनुष्य समूह के हित की दृष्टि से मनुष्य और व्यवहार तथा सामाजिक संबंधों की पुनर्स्थापना हो। मनुष्य की अच्छाई केवल समाज–जीवन के संदर्भ में संभव है। निर्जन द्वीप पर पूर्णत: एकांत में रहनेवाले इनसान का विवेकपूर्ण रहना कोई मायने नहीं रखता है। विवेकशीलता के उद्‌गम का यह सामाजिक संदर्भ है, इसे ध्यान में रखते हुए विवेक–दृष्टि से अच्छा

इस संज्ञा का अर्थ तय करना चाहिए। 'सामाजिक होना' मनुष्य अस्तित्व की बुनियादी शर्त मानी गई तो मनुष्य की आत्मकेंद्रितता खत्म होना और अन्यों को लेकर भावनाएँ निर्मित होना, विवेक-बुद्धि से विचार करना ही अच्छा या विवेकी व्यवहार माना जा सकता है। विवेकवाद मनुष्य के सुखी जीवन का दर्शन है। यह सुख केवल भौतिक नहीं है। भौतिकता के साथ भावात्मक, बौद्धिक, सर्जनशील और नैतिक भी है। यह सुख संपूर्ण मानव जाति के समवेत प्राणी और प्रकृति से सुसंवादपूर्ण होना चाहिए। विवेकवाद यह मानता है कि यह सुख-प्राप्ति का साधन भी है। अत: इन सुखों के साथ सुसंगति भी होनी चाहिए। विवेकवाद की अभिलाषा मानव जाति की सर्वांगीण उन्नति ही है। आत्मकेंद्रितता का सामाजिक जागृति में रूपांतर होना और तात्कालिक स्व-सुखों की सीमाओं को लाँघकर विश्वात्मक स्तर पर पहुँचने का मतलब विवेकशील होना है।

यह नैतिकता सच्चे मायने में धर्मनिरपेक्ष है। मनुष्य की नैतिक भावना का उद्गम धर्म अथवा दैवी शक्ति में नहीं है। मनुष्य समाज में ही रहता है। उसका भविष्य सहृदयता, प्रेम, दया, अहिंसा, सामाजिक सहयोग पर अवलंबित होता है। ये भावनाएँ कुछ अंशों में प्रकृति से प्राप्त हैं, लेकिन उत्क्रांति काल के दौरान और सामाजिक गठन के समय नैतिक भावना मनुष्य जीवन के लिए पोषक होती है। इसलिए एक स्वाभाविक प्रवृत्ति बनने की संभावनाएँ होती हैं और वैसे बनती भी हैं। अत: धर्म के सिवाय नीति के लिए कोई आधार नहीं और मनुष्य प्राणी स्वार्थी होने से धर्म के भय के बिना नैतिक व्यवहार भी नहीं करेगा, ऐसा एक गलत तर्क दिया जाता है, जो ठीक नहीं है। मनुष्य स्वभाव की उत्क्रांति में विकसित जीवन-धारणाओं को उपयुक्त प्राकृतिक प्रवृत्ति के नाते नैतिक भावनाओं को देखा जा सकता है। किसी भी प्राकृतिक प्रवृत्ति को मौका मिला कि मनुष्य समाधान पाता है। इसलिए नीतिवान लोग सुखी होते हैं। परोपकार से उन्हें समाधान मिलता है और पीड़ितों से उन्हें दुख होता है। इस नैतिकता की बुनियादी बुद्धि दैवी देन नहीं है। उसे धर्म, ईश्वर, पारलौकिक दिव्यशक्ति के आधार की आवश्यकता नहीं है। यह प्राकृतिक उत्क्रांति से निर्मित और व्यक्ति का जीवन सफल तथा समाधान करनेवाली एक मन:प्रवृत्ति है। इस विवेचन का सबसे महत्त्वपूर्ण हिस्सा यह है कि कोई भी मनुष्य अपनी विवेक-बुद्धि और उसके द्वारा अपनी नैतिकता प्रखर कर सकता है, इसे ध्यान में रखना जरूरी है। उसके लिए अनिवार्यता से ईश्वर और धर्म की आवश्यकता नहीं है। व्यक्ति के सुख के लिए समाज नीतिमान हो और इसलिए उसके भीतर का व्यक्ति भी नीतिमान हो, यह कार्य-कारण भाव कोई भी स्वीकार कर सकता है। विवेकी इनसान की नीतिमत्ता स्वयंस्फूर्त होने से वह स्वतंत्र होकर भी नीतिमान हो सकता है। यह संकल्प-स्वतंत्र केवल मनुष्य ही हो सकता है। बाह्य परिस्थिति प्राणियों को गढ़ती है। मनुष्य एकमात्र ऐसा प्राणी है जो बाह्य परिस्थितियों का दास

नहीं रहता है। वह बाह्य परिस्थिति और अपनी आंतरिक शक्ति को मूल्यात्मक मोड़ दे सकता है। यह घटित होता है केवल मनुष्य प्राणी के पास होनेवाली विवेक-शक्ति के कारण। अविवेकी अंधविश्वास, मानसिक गुलामी लादना, धार्मिक रूढ़ि, परंपरा, राजकीय दबाव पैदा करनेवाली तानाशाही आदि सारी बातों का मनुष्य विवेकी आत्मज्ञान से पराभव करना चाहता है। अंधविश्वास निर्मूलन की विस्तृत भूमिका सारे शोषण और मानसिक गुलामी के विरुद्ध लड़ने की है। अर्थात् विवेकवाद अंधविश्वास निर्मूलन आंदोलन का वैचारिक दर्शन है। मानव के इतिहास में बहुत बड़ा कालखंड इसके निर्माण में गुजर चुका है कि अंधविश्वास जीवन के सारे क्षेत्रों में व्यवहार का नियामक तत्त्व है। इसकी जगह पर विवेकवाद दावा करता है कि विवेक-शक्ति सारे जीवन-व्यवहारों का नियामक तत्त्व होना चाहिए। नीति मनुष्य-व्यवहार का बुनियादी विषय है। विवेकवाद आग्रह करता है कि नीति विवेकनिष्ठ होनी चाहिए, न कि धर्माष्ठित। परंपरा से जीवनयापन कर रहा समाज, व्यक्ति, परिवार, सामाजिकसंस्था, राज्यसंस्था आदि में निहित व्यावहारिक नैतिकता का स्वरूप आज भी बड़ी मात्रा से धार्मिकता पर आधारित है। इस व्यवहार का विवेकाधिष्ठित सम्यक् स्वरूप स्पष्ट करना और वैसे व्यवहार समाज में प्रचलित करना ही सच्चे मायने में विवेकाधिष्ठित नीति है।

इस संपूर्ण विश्लेषण के साथ दो बातों का ज्ञान रखना भी जरूरी है। मानव के लिए उत्क्रांति के समय प्राप्त नीति के प्राकृतिक प्रवृत्ति के आविष्कार के लिए उचित समाज-व्यवस्था का अस्तित्व में होना मूलभूत शर्त है। यह ऐसे भी कहा जाता है कि समाज की विवेक-शक्ति की प्रबलता और समाज-व्यवस्था के द्वारा उसके लिए अनुकूल साबित होनेवाली सामाजिक संरचना परस्परावलंबी बातें हैं। वैसे ही धर्म के आधार पर जो लोग आचरण क्षेत्र में प्रत्यक्ष तौर पर नैतिक व्यवहार करते हैं, उसको लेकर अंधश्रद्धा निर्मूलन समिति की भूमिका संवाद की है, संघर्ष की कतई नहीं।

उपर्युक्त विचारों को जब सामने रखा जाता है तब उस पर एक प्रभावी आक्षेप किया जाता है, उसका निराकरण भी जरूरी है। यह युक्तिवाद है कि उत्क्रांति के प्रवाह के दौरान अंततः मनुष्य की उत्पत्ति होती है। एक अलग प्रकार का अस्तित्व पृथ्वी पर अवतरित होता है। प्राणी-जीवन कार्य-कारण नियमों से बद्ध है। लेकिन मनुष्य उसको लेकर स्वतंत्र है। वह कार्य-कारण भावों से ऊपर उठता है और स्वतंत्र निर्णय लेनेवाले कर्ता की भूमिका में भी होता है। उसे सुलझाने के लिए विश्व में और मानव में अतीत तत्त्व को स्वीकार करना चाहिए।

इस युक्तिवाद की वस्तुस्थिति क्या है?

प्राणियों की उत्क्रांति के क्रम में अधिकाधिक जटिल प्राणी-सृजन की प्रक्रिया के तहत लगभग 10 लाख वर्षों पहले मानव प्राणी ने धरती पर कदम रखे। मनुष्य प्राणी

प्राकृतिक ज्ञान-प्राप्ति के लिए अनेकानेक क्रियाएँ करता है और कई संभव कर्मों में से एक का चुनाव करने का आलोचनात्मक बुद्धि कौशल भी वह दिखाता है। मनुष्य के ये कर्म सही (Right) अथवा गलत (Wrong) प्रकार से जाँचे जा सकते हैं। इस मूल्यांकन के नियम प्राकृतिक कार्य-कारण के नियम नहीं हैं; वे कर्म की युक्तता और अयुक्तता तय करनेवाले नियम हैं। जिन नियमों के अनुसार हम कर्मयुक्त हैं अथवा अयुक्त है, तय किया जाता है, वे नियम कार्य-कारण पद्धति के नहीं स्वतंत्र मूल्यांकन के होते हैं। मूल्यांकन करने और उसके अनुसार व्यवहार करने की आजादी मनुष्य को होती है। यह आजादी अमर्यादित नहीं है; वह मर्यादित रूप में है, इसका प्रत्यक्ष अनुभव मनुष्य हमेशा करता है। हम क्या करें, यह तय करने की मर्यादित आजादी अपने पास है, यह बात मनुष्य याद रखता है। उसे अलौकिक अथवा अथाह मानने का कोई कारण नहीं है। उदाहरणार्थ—शरीर पोषण के लिए आहार जरूरी है यह कार्य-कारण भाव है। कोई भी उसके लिए निरंतर प्रयासरत रहता है। मनुष्य विकसनशील प्राणी है। अतः समतोल आहार के साथ स्वयं का स्वास्थ्य बनाए रखने का कार्य-कारण भाव सहजता से उसकी समझ में आता है, इसमें कोई आश्चर्य नहीं। लेकिन कई बार आहार की आवश्यकता होती है पर वह खाना खाता नहीं है, इसका कारण कभी अन्न सत्याग्रह हो सकता है, कभी घर के छोटे बच्चे ने अभी तक खाना खाया नहीं है यह हो सकता है, तो कभी मेहमानों के आने का इंतजार होता है। निर्णय लेने के लिए विवेक काफी है। उसके लिए धार्मिक आदेश की आवश्यकता नहीं है। ईश्वर, परलोक, मरणोपरांत अस्तित्व आदि के बिना शायद बात बनती नहीं है। इन सारी बातों को मानने के लिए विश्वास की आवश्यकता है। लेकिन नीति के लिए विश्वास की आवश्यकता नहीं है। नैतिक प्रेरणा अपना स्वतंत्र अस्तित्व रखती है, वह स्वतंत्रता से फल-फूल सकती है।

सभी संगठित धर्मों का उद्‌गम मनुष्य के लिए लाभदायी नैतिक जीवन के आकर्षण से हुआ है। किसी भी संगठित धर्म के उद्‌गम से पहले वह जिस स्थान पर और जिस पृष्ठभूमि में उदित हुआ है उन-उन स्थानों पर जुल्म, शोषण, अनीति थी। मनुष्य समाज स्वास्थ्य तथा शांति बनाए रखने के लिए नीति की आवश्यकता महसूस कर रहा था। धर्म निर्मिति के कालखंड के दौरान समाज का वर्गीय ढाँचा ही ऐसा था कि केवल धर्म के आदेशों से नीति निर्माण संभव था। लेकिन इस ज्ञान की प्राप्ति उस समय नहीं हो पाई थी। इसलिए अनेक कारणों से पीड़ित सामान्य लोगों को धर्म सुखी जीवन के लिए सबसे ज्यादा भरोसेमंद लग रहा था। धर्म पर विश्वास, ईश्वर की भक्ति और मोक्ष-प्राप्ति के लिए नीतिपालन हो ऐसी अपेक्षा थी। लेकिन प्रत्यक्ष जीवन में इसके विरुद्ध व्यवहार शुरू था। धर्म में प्रभावात्मक ढंग से पुरोहितशाही के स्वार्थ संबंध निर्मित हो गए थे। अतः मनुष्य की मुक्ति का ढिंढोरा पीटनेवाली धार्मिक नीति लोगों को कुचलने लगी थी। यह व्यवहार धर्माज्ञा के तहत पवित्र और

नीतिवान माना जाने लगा था। ईसाई धर्म खुले तौर पर गरीबों का धर्म था। 'हो सकता है गलती से एकाध बार सुई के छिद्र से ऊँट इधर से उधर जाए लेकिन किसी अमीर को स्वर्ग में प्रवेश नहीं मिलेगा।' यह ख्रीस्ट का आदेश था। वास्तव में उस धर्म में भी लोगों से पैसे लेकर स्वर्ग हेतु पास बाँटने के तरीके हो गए। इतना ही नहीं, आगे बकर लेन-देन का धंधा इतना पतनोन्मुख हो गया कि कहा जाने लगा, जो भक्त जितने अधिक पैसे देगा स्वर्ग में वह उतने अधिक ईश्वर के नजदीक जगह पा सकता है। इनसानों में ही नहीं सारे प्राणिजगत् में एक ही आत्मा है, यह बतानेवाला हिंदू धर्म अछूतों के साथ जिस अमानवीयता से बर्ताव करता है, वह भी धार्मिक नीति की कथनी और करनी के अंतर को अधोरेखित करता है। सभी धर्मों में ऐसे उदाहरण भरे पड़े हैं। इसके अलावा गतिमान समाज-जीवन में पारंपरिक धार्मिक मूल्यों की विश्वसनीयता को खतरा पैदा हो गया है। पतिव्रत पारंपरिक मूल्य है, लेकिन पति अगर व्यसनाधीन, व्यभिचारी होता है तो केवल इस मूल्य के लिए स्त्री अपना सारा जीवन बर्बाद करे, यह कहाँ की बुद्धिमानी है! ऐसी स्थिति में व्यक्ति के नाते खुद की जिंदगी को आजादी के साथ सँवारना ही उचित होगा। अर्थात् व्यक्ति के नाते स्त्री की प्रतिष्ठा में यह नवीन मूल्य तैयार हो गया है, जो पतिव्रता के धार्मिक-नैतिक मूल्य के विरुद्ध है। माँ-बाप की किसी भी आज्ञा का पालन करना पारंपरिक मूल्य है, लेकिन माँ-बाप पुरानी रूढ़ि-परंपराओं का पालन करनेवाले होते हैं। अत: जाति के आधार पर ऊँच-नीच माना करते हैं। अर्थात् अंतर्जातीय विवाह का नकार होता है। इस नकार तथा जाति के बंधनों को तोड़कर सभी लोग जन्मत: समान हैं—के नवीन मूल्य पर आधारित व्यवहार रखना अधिक उचित, कालसंगत और विवेकपूर्ण है। संक्षेप में विवेकवाद धर्म की अपेक्षा भिन्न और इहवादी दर्शन है। इसलिए आचरण की धर्म पर आधारित सारी धारणाएँ बदलती हैं, जो बहुत बड़ा परिवर्तन है। अत: विवेकवादी विश्लेषण को ऐसे धोखों से आगाह किया जाता है कि नीति के बिना समाज जी नहीं सकता है। धर्म के बिना नीति जी नहीं सकती है। बुद्धिवाद की सहायता से धर्म परखा गया तो नीति की बुनियाद हिल सकती है और सामाजिक ढाँचा बिखर सकता है। अर्थात् यह भय झूठा साबित हो गया है। विवेकवाद मनुष्य के हित और प्रतिष्ठा को केंद्र में रखकर इहवादी नीति का विवेचन करता है। व्यक्ति की आजादी और उससे निर्मित होनेवाली व्यक्ति की जिम्मेदारियाँ इन नीतियों की आधारभूमि हैं। विवेकपूर्ण नीति धर्म विरोध नहीं है, लेकिन वह धर्म की अपेक्षा पृथक् है। विवेकवाद मानता है कि जिसके कारण समाज की धारणा स्वस्थ बनती है और व्यक्ति की आजादी अबाधित रहती है, ऐसी अनेकानेक नीतियाँ विवेक के आधार पर निर्मित हो सकती हैं। इस नीति का मूलाधार अधिकाधिक लोगों का अधिकाधिक हित और सहज प्रवृत्ति की पूर्ति करना है। एक समय ऐसा था कि जहाँ स्त्री का साड़ी के अलावा अन्य वस्त्र पहनना अनीतिपूर्ण माना जाता था।

अधिकाधिक लोगों का अधिकाधिक हित का अर्थ होता है कि शरीर पूरा ढँक जाए और सामाजिक व्यवहारों के दौरान सुविधाजनक लगे, ऐसे वस्त्र पहन सकते हैं। सहज प्रवृत्ति की पूर्ति इहवादी नैतिकता के साथ सुसंगत माननी चाहिए परंतु ऐसा नहीं होता है। समूचे विवेक का ज्ञान उतना ही स्वीकार किया जाता है कि सहज प्रवृत्ति की जो इच्छापूर्ति है वह अन्य अनेक इच्छाओं को असंभव बनाती है। यह इच्छापूर्ति उचित नहीं है, उदाहरणार्थ—शराब पीना और उसकी अधीनता में जाना। धार्मिक नीति के लिए शारीरिक उपवासों की, विधवा विवाह नहीं करें जैसे मानसिक बंधनों की जरूरत होती है। इहवादी नीति को ऐसी जरूरत नहीं होती। इहवादी नीति में खुद के सुखों को लेकर विविध निर्णय लेने की आजादी स्वीकार्य है। लेकिन उसके साथ आनेवाली जिम्मेदारी को स्वीकार करना भी उतना ही आवश्यक माना जाता है। इससे शादी किसके साथ करें इसका निर्णय व्यक्ति स्वयं की इच्छानुरूप लेता है और उसकी जिम्मेदारी भी निभाता है। अपने हित के लिए अन्यों का अहित करना इहवादी नीति के लिए स्वीकार्य नहीं है। इसलिए समाज के ऐहिक कल्याण में अवरोध पैदा करनेवाली संस्था और विचार का विवेकवाद इहवादी नीति के आधार पर परीक्षण करता है।

नीति-मूल्यों के निर्माण में सामाजिक परिस्थिति बहुत बड़ा योगदान देती है। पूँजीवाद का जब आरंभ हुआ तब कारखानों में मजदूरों की आवश्यकता थी। परंतु वे खेत के कामों में व्यस्त थे। स्वामिनिष्ठता के तहत पीढ़ी-दर-पीढ़ी एक घर के मालिक के लिए उसने अपना जीवन समर्पित किया था, अतः उसका कारखानों के काम पर आना संभव नहीं था। इसलिए व्यक्ति के कौशल को ध्यान में रखकर उसे अधिकाधिक अवसर देने के लिए व्यक्ति स्वतंत्रता के मूल्य का बखान शुरू हो गया। यह मूल्य आवश्यक और उपयोगी भी है, इसमें कोई शक नहीं है। लेकिन इसका उद्गम सामाजिक हित के लिए हुआ है, इसे याद रखना पड़ेगा। सामाजिक परिस्थिति अनुकूल नहीं है, ऐसे में नैतिक आचरण का उपदेश दिए जाने का मतलब अरण्यरोदन करना होगा। मनुष्य पड़ोसी से प्रेम करे, यह नीतितत्त्व उचित है। लेकिन किसी झोंपड़पट्टी में 100 परिवार के लिए पानी का एक ही नल है। पानी एक ही घंटा रहता है। एक ही समय नल पर भीड़ उमड़ पड़ती है। गाली-गलौज, झगड़े होते हैं। उस पर रोक लगानी हो तो केवल कोरा नैतिक उपदेश करना कोई मायने नहीं रखता। ऐसी स्थिति में यह जरूरी है कि सबके लिए पानी की व्यवस्था कराई जाए। इहवादी नीति मनुष्य के मूल्य-विवेक से जन्म लेती है; लेकिन नीतिवान समाज-रचना के लिए अनुकूल सामाजिक परिस्थिति आवश्यक है, इसका वह ज्ञान भी करवाती है।

किसी भी विचार-प्रणाली का प्रयोजन समाज में इष्ट बदलाव लाना होता है। विचार-प्रणाली के आधार पर समाज में अगर ऐसा परिवर्तन करना है, तो राजनीति करनी पड़ती है। सामान्य आदमी आज कदम-कदम पर अनुभव करता है कि

वर्तमान राजनीति पैसा, सत्ता, जाति, गुंडागर्दी इन चतुरंगिनी सेना के बल पर लड़ी जाती है। अर्थात् सामान्य आदमी के लिए राजनीति का क्षेत्र आज असंभव बन गया है। समाज-परिवर्तन का दूसरा स्रोत है अर्थ-कारण। लेकिन इस मकाम पर भी सामान्य आदमी पूर्णत: दुर्बल है, हतोत्साहित है। देश की अर्थनीति बाजार अर्थनीति के साथ जुड़ चुकी है और उसकी उन्नति-अवनति सामान्य जनता की परिधि से बाहर है। समाज-व्यवस्था की तीसरी संगठित शक्ति है जातिनीति और धर्मनीति। कई बार इसके विश्लेषण की पृष्ठभूमि अभिनिवेश की होती है। व्यक्ति की दृष्टि स्वयं की जाति-धर्म को लेकर गौरवान्वित करने की रही है और अन्य जाति-धर्म को लेकर अविश्वास तथा कई बार विद्वेष की होती है। अर्थात् इससे समाज में इष्ट परिवर्तन कैसे हो सकते हैं? इन सीमाओं के कारण सामाजिक परिवर्तन के लिए लड़नेवालों के मन में निराशा फैल सकती है। व्यापक रूप में विचार करने की अपेक्षा केवल अंधविश्वास निर्मूलन के कार्यों का और उसके अनुभव का विचार किया जा सकता है। संपूर्ण आधुनिकता, विज्ञान प्रसार आदि को बिना माने अंधविश्वास के विविध प्रकार समाज में बड़ी मात्रा में बढ़ रहे हैं। धार्मिक उत्सव, तथाकथित बाबा, बुवा, बापू आदियों के सत्संग तूफानी भीड़ को आमंत्रण दे रहे हैं। इन सारे दृश्यों का आँखों-देखा दृश्यांकन प्रसार माध्यमों द्वारा बड़ी भक्ति के साथ हो रहा है। समाज का नेतृत्व करनेवाले प्रमुखों का पूरा वर्ग इन सबके सामने घुटने टेककर नतमस्तक है। इन सबको देखकर कोई भी निराश हो सकता है। निष्कर्ष यह है कि मेरी इच्छा हो तो भी इस समाज को इष्ट दिशा में परिवर्तित करना मेरे हाथों में नहीं है। अंधश्रद्धा निर्मूलन समिति अपनी संगठित शक्ति के बलबूते पर अपने अस्तित्व को बनाए रखा करती है। लेकिन परिवर्तन की इच्छा मन में रखनेवाले बहुसंख्य लोग अपनी शक्तियों की मर्यादा ध्यान में आते ही नाउम्मीद हो जाते हैं। कुछ लोग इससे आगे जाकर सोचना शुरू कर देते हैं कि समाज अगर ऐसे ही चलते रहनेवाला है, उसका परिवर्तन संभव नहीं है, तो उससे तटस्थ रहने की अपेक्षा बहती गंगा में खुद भी हाथ धोने में क्या गलत है!

अंधविश्वास निर्मूलन के कार्य को अगर एक वाक्य में बताना चाहें तो कह सकते हैं कि वह मूल्य-परिवर्तन का कर्मशील संवाद है। कर्म करने के लिए तत्त्वज्ञान की आवश्यकता तो पड़ती ही है। अंधविश्वास निर्मूलन का कार्य एक प्रकार से समाज घटकों को परिवर्तन की प्रक्रिया में खींचकर ले आने का प्रवेश द्वार है। इस प्रवेश द्वार से अंदर जा चुकी व्यक्ति की चेतनाएँ परिवर्तन के लिए सक्षम बनें इसलिए उन्हें विचार और व्यवहार तो देना ही पड़ेगा। अंधश्रद्धा निर्मूलन समिति मानती है कि व्यक्ति को अगर राजनीति, अर्थनीति में परिवर्तन के लिए दखलंदाजी करना संभव नहीं है तो धर्मनीति में तो परिवर्तन की कोशिश करनी ही नहीं चाहिए; क्योंकि वही इस बीमारी का प्रभावी निदान होता है। तो फिर एक ही संभावना बचती

है, वह है विवेकवाद की। विवेकवाद यह मानता है कि विचार जब जनसमुदाय को गिरफ्त में लेता है, उस समय वह मानो एक भौतिक शक्ति ही बनता है। इसे बड़ी सूक्ष्मता के साथ समझना होगा। यह सच है कि भौतिक शक्ति बाँध के पानी और बिजली के प्रवाह में होती है। लेकिन उससे भी ज्यादा अमर्यादित शक्ति सभी इनसानों के मन में एक ही समय इकट्ठा हो चुके विचारों में होती है। वह मंगलमय बन सकती है और प्रलयंकारी भी हो सकती है। विधायक विचार और शक्ति पूर्णत: एकजुट हो जाएँ तो बहुत कुछ हो सकता है। इसके उत्कृष्ट उदाहरण महाराष्ट्र में मौजूद निर्मलग्राम और ग्रामस्वच्छता अभियानों में राज्य-पुरस्कार प्राप्त गाँव बताए जा सकते हैं। निर्मलग्राम अपने गाँव के स्वास्थ्य संबंधी विषयों पर इस प्रकार अमल करता है कि गाँव की सारी बीमारियाँ खत्म होती हैं। भारत के गाँव बीमारियों और साफ-सफाई को लेकर बहुत पिछड़े और अज्ञानी हैं। लेकिन उनमें से कुछ गाँव ग्रामस्वच्छता अभियान में आमूलचूल परिवर्तन कर लेते हैं। गाँव इतने साफ-सुथरे होते हैं कि जो भी देखता है चकित हो जाता है। इसके लिए कोई पैसा देता नहीं है और न ही कोई जोर-जबर्दस्ती होती है। अपना गाँव आदर्श करने के विचार से गाँव के लोग मन में गाँठ बाँधते हैं तब उसका स्पष्ट भौतिक परिणाम दिखाई देता है। उसी प्रकार कोई गलत सोच किसी जनसमुदाय के मन पर कब्जा कर लेती है, तब वह विध्वंसक भी बनती है। कुछ साल पहले एक धार्मिक स्थल को गिरवाकर उसी जगह दूसरा धार्मिक स्थल खड़ा करने का देश में माहौल बनाया गया था। यह आत्मघाती विचार देश की जनता के मन पर हावी हो गया। देश का विकास और सामाजिक सौख्य आदि महत्त्वपूर्ण विषय गौण माने गए। प्रक्षुब्ध बनानेवाली इस अविवेकपूर्ण मानसिकता से धार्मिक उन्माद, करोड़ों रुपयों की संपत्ति का नुकसान, हत्याएँ और एकाध राजनीतिक पार्टी के लिए राजसत्ता का लाभ आदि भौतिक बातें घटित हो गईं। इसका अर्थ यह होता है कि लोकमानस को सही दिशा में मतलब विवेकाधिष्ठित पद्धति से गढ़ना बहुत अधिक महत्त्वपूर्ण है। कोई बात नहीं है कि राजनीति और अर्थनीति हमारे हाथों में नहीं है, परंतु विवेकनीति से निर्मित होनेवाली शक्ति समाज-परिवर्तन का एक हथियार उपलब्ध करवाकर देती है।

इस विवेकीकरण की शुरुआत होती है समाज का प्रमाणमूल्य बदलने से। विवेकीकरण का ही अर्थ प्रमाणमूल्य बदलना है। सामाजिक व्यवहार का जिन मूल्यों के आधार पर गलत या सही का निर्धारण होता है वही मूल्य प्रमाणमूल्य है। परंपरा से प्रभाव, अवैज्ञानिक वृत्ति, सामाजिक दबाव आदि कारणों से प्रमाणमूल्य इष्ट लगते हैं, ऐसा समझा जाता है, परंतु वह गलत होता है। सूक्ष्मता से सोचें तो इन प्रमाणमूल्यों के कारण समाज के सामने मुश्किलें खड़ी होती हैं। इन मूल्यों की चाहत से मानसिक गुलामी निर्मित होती है। अत: समाज के सामने संकट भी आ जाए तो भी इन मूल्यों को बदलने की हिम्मत नहीं दिखाई जाती है। थोड़ा विचार करें तो समझ में आता

है कि ये प्रमाणमूल्य कौन से हैं, ये कैसे शोषण करते हैं और फिर भी लोग उन्हीं का आग्रह कैसे करते हैं? आज समाज में वैवाहिक प्रसंगों में हो रहे काफी बड़े खर्चे का उदाहरण लिया जा सकता है। यह खर्चा कई बार वधू और वर दोनों पक्षों की सामर्थ्य के बाहर का होता है। उससे उस परिवार पर कर्जा बढ़ जाता है जिसे आगे कई वर्षों तक भरने की नौबत आती है। जमीन बेचनी पड़ती है, इसके सिवाय यह खर्च पूर्णत: अनुत्पादक भी होता है। इससे अर्थव्यवस्था को किसी भी प्रकार की गति मिलती नहीं है। यह सारा प्रतिपादन सबकी समझ में आता है। सब मानते भी हैं, फिर भी कर्जा लेकर बड़ी धूमधाम के साथ शादी की जाती है। वैसे अगर नहीं करें तो समाज क्या कहेगा इसका संदेह मन में पैदा होता है! शादी-ब्याह में जरूरत पड़े तो कर्जा ले, पर शादी बड़ी धूमधाम से होनी चाहिए, यह प्रमाणमूल्य समाज में मौजूद है। यही बात स्त्री गर्भ की पहचान करवाकर गर्भाशय में ही उसकी हत्या करने में भी है। सामाजिक प्रमाणमूल्य ऐसा बताता है कि वारिस के नाते लड़का होना ही चाहिए। अत: गर्भवती स्त्री की जाँच करवाकर यदि लड़का नहीं है, तो लड़की को मरवाया जाता है। लड़का चाहिए का प्रमाणमूल्य पुरुषप्रधान व्यवस्था की निर्मिति है और मानसिक गुलामी का द्योतक है। इसलिए लड़कियों की संख्या लड़कों की तुलना में भारत के कई राज्यों में बहुत कम है। महाराष्ट्र के कई जिलों में यह प्रतिशत बहुत कम होता जा रहा है। फिर भी स्त्रीभ्रूण हत्या शुरू है। समाज के इससे बहुत गंभीर संकट में पड़ने की आशंका है। इन परिणामों के बावजूद प्रमाणमूल्य बदलने की हिम्मत दिखाई नहीं जाती है। इस तरह के अलग-अलग प्रमाणमूल्य व्यक्तियों का आर्थिक शोषण करते हैं जिससे राजनीतिक दिशाहीनता तथा मानसिक गुलामी जन्म लेती है। इन मूल्यों में सत्ता संबंध होता है। अत: इन गलत मूल्यों को बदलने के लिए सत्ता के विरुद्ध संघर्ष करना पड़ता है। वह करने की मनुष्य की तैयारी नहीं होती है और किया तो भी परिस्थिति बदलेगी, ऐसा भरोसा नहीं होता है। वर्तमान काल में इन प्रतिकूल परिस्थितियों के कारण विवेकवाद की कड़ी परीक्षा ली जाती है। विवेकी व्यक्ति को इस गलत प्रमाणमूल्य के सामने समर्पण करने की जरूरत नहीं है। व्यक्ति के नाते हर एक के पास विवेक-बुद्धि है। व्यक्ति अपनी विवेक-बुद्धि और उसके आधार से नैतिकता को अधिक ताकतवर बना सकता है। उसकी सहायता लेकर प्रमाणमूल्यों से निर्मित मानसिक गुलामी के विरोध में लड़ाई लड़ी जा सकती है। इतना ही नहीं अपना जीवन, अपना परिवार, अपने प्रभाव के भीतर आनेवाले समाज के छोटे-बड़े हिस्से आदि की परिधि में आनेवाले प्रमाणमूल्य बदले जा सकते हैं। मतलब समाज को आगे लेकर जानेवाले, किसी भी प्रकार के शोषण को नकारनेवाले नवीन कालोचित मूल्य निर्मित किए जा सकते हैं। इन नवीन मूल्यों का निर्माण मनुष्य की बुद्धि करती है इसलिए बुद्धिजीवी वर्ग का होना बहुत जरूरी है। व्यक्ति के विवेक में जो शक्ति है उसके लिए बुद्धिजीवी वर्ग की आवश्यकता होती है। ऐसा वर्ग सत्ता में न हो तो भी प्रभावी बन सकता है। यह

कार्य समाज हित का तो है ही, पर व्यक्ति को दृष्टि प्रदान करनेवाला मानवतावादी कार्य भी है। साथ ही भारतीय संविधान में वर्णित नागरिकों के कर्तव्य से भी सुसंगत है। संवैधानिक कर्तव्यों में स्पष्टता से यह कहा गया है कि प्रत्येक व्यक्ति वैज्ञानिक दृष्टिकोण, मानवतावाद और समाजसुधार के तत्त्व (Scientific temper, Humanism and spirit of reform) का अनुसरण करेगा। इन कर्तव्यों का पालन करने का मतलब समाज में निहित प्रमाणमूल्य बदलने का प्रयास करना है।

यह काम आसान नहीं है परंतु व्यक्ति, समाज तथा लोकतंत्र की सफलता हेतु अत्यधिक महत्त्वपूर्ण है। प्रमाणमूल्य को परिवर्तित करते समय व्यक्ति प्रतिभाशाली बन जाता है। उसका आत्मज्ञान जाग्रत् और तेजोमय बनता है। भौतिक वस्तुओं के साथ समाज के अनेक अंगों से प्रमाणमूल्य बनते हैं। उसके बदलने का प्रयास व्यक्ति की आजादी का हिस्सा होता है। समाज को धोखा देनेवाले प्रमाणमूल्य का परिवर्तन सामाजिक हित में होता है। लोकतंत्र का अर्थ एक व्यक्ति एक मूल्य और एक मत है। व्यक्ति को जिस मूल्य की अहमियत लगती है उसके लिए जरूरत पड़े तो सामाजिक प्रमाणमूल्य के विरोध में जाकर वह अनुग्रह करता है, तब लोकतंत्र का हित होता है; कारण स्वयं को उचित लगनेवाले मूल्य का आग्रह करना ही लोकतंत्र की मजबूती का प्रतीक है।

प्रमाणमूल्य को परिवर्तित करते समय इस बात का ध्यान रखना होगा कि प्रमाणमूल्य से सत्ता संबंध जुड़े होते हैं। अत: प्रमाणमूल्यों का संबंध अनिवार्यता से समाज-स्थापना के सर्वांगीण पुनर्रचना का होता है। स्त्री भ्रूण-हत्या पर रोक लगाने के लिए स्त्री-पुरुष समानता का मूल्य अपने जीवन में आरोपित करना तो पड़ेगा ही परंतु केवल इतना ही काफी नहीं है। उसका संबंध जीवन के सभी क्षेत्रों में स्त्री के दोयम दर्जे को खत्म करने के लिए सोच-समझकर भी जोड़ना पड़ेगा। स्त्रियों की शिक्षा हेतु प्रत्येक तहसील में अग्रक्रम से छात्रावास खोलने की पहल होनी चाहिए। पिता और पति की संपत्ति में स्त्री को कानूनी अधिकार की बात भी होनी चाहिए। राजनीतिक स्तरों पर स्थानीय स्वराज्य संस्थाओं में जैसा लोकप्रतिनिधित्व दिया गया है वैसे विधानसभा और लोकसभाओं में महिलाओं को प्रतिनिधित्व देना, आरक्षण देना भी जरूरी है। इसके साथ ही किसी भी लड़की को दान की वस्तु मानकर किए जानेवाले कन्यादान जैसी धार्मिक विधि तथा प्रथा को नकारना भी पड़ेगा। संक्षेप में शैक्षिक, आर्थिक, राजनीतिक, धार्मिक सभी क्षेत्रों में आज स्त्री को जो दोयम दर्जे का माना जाता है, उसे बदलना पड़ेगा। अगर ऐसा हो गया तो समाज में स्त्री को लेकर जो गलत प्रमाणमूल्य है, उसे बदला जाएगा। असल में इसके सामाजिक स्तर पर हकीकत बन जाने का इंतजार करने की जरूरत नहीं है। परिवर्तन की शुरुआत व्यक्ति स्वयं के विचारों से स्वयं के जीवन में स्त्री-पुरुष समता के मूल्य का अनुगमन करवाने से भी कर सकता है।

आज जीवन के सभी क्षेत्रों में इन गलत प्रमाणमूल्यों को बदलने की मन में गाँठ बाँधने और जरूरत पड़े तो अकेले आचरण करने की बड़ी आवश्यकता है, और वैसे मौके भी हैं। उदाहरणार्थ पेप्सी और कोकाकोला में कोई पोषणमूल्य नहीं है, उसमें हानिकारक तत्त्व हैं। उसकी अपेक्षा कच्चे आम का शरबत, लस्सी, कोकम शरबत, गन्ने का रस, छाछ इनमें सबसे अधिक पोषणमूल्य हैं और उपयुक्तता भी है, तथा पेप्सी और कोकाकोला की अपेक्षा इनकी कीमत भी कम है। इन वस्तुओं की खरीदारी से ग्राहकों की जेब का पैसा सीधे हमारे देशी भाइयों के पास जाता है। इसके विरुद्ध पेप्सी अथवा कोकाकोला की खरीदारी से ग्राहकों का पैसा बहुराष्ट्रीय कंपनियों के पास जाता है। ये सारी बातें सबको पता हैं, फिर भी बच्चे से लेकर बड़ों तक स्थापित किया गया प्रमाणमूल्य यह है कि ठंडा मतलब कोकाकोला। कोकाकोला की अंतर्राष्ट्रीय कंपनी पर जब कार्रवाई होनी हो तब होगी लेकिन तब तक अपने स्तर पर ठंडा मतलब कोकाकोला नहीं के मूल्य की स्थापना करने में क्या हर्ज है? चुनाव में किसी भी प्रकार से जीत हासिल करें, उसके लिए जरूरत पड़े तो जाति, पैसा, सत्ता, गुंडागर्दी आदि का उपयोग क्षमा लायक न होने पर भी प्रचलित है। यह स्थिति आज प्रमाणमूल्य है। चुनाव की यह प्रक्रिया बदलने की आवश्यकता है। परंतु यह परिवर्तन एक व्यापक लड़ाई है। अत: यह होने तक तथा उसकी सफलता तक उपरोक्त सभी अनिष्ट प्रवृत्तियों को एक व्यक्ति के नाते नकार दें, अपने विवेकी आत्मज्ञान की मदद करना शुरू कर दें तो वह अत्यंत महत्त्वपूर्ण राजनीतिक दिशादर्शनात्मक घटना हो सकती है।

उपर्युक्त विश्लेषण विचार के नाते हमारे गले सहजता से उतरता है परंतु उसे आचरण में लाना कठिन लगता है। इसका कारण यह है कि मनुष्य विवेकवादी प्राणी है, यह बिलकुल सच भी है; लेकिन सारे रास्ते जब तक बंद नहीं होते तब तक विवेकी व्यवहार नहीं करता है। रोज व्यायाम करें सबको पता है, सब मानते भी हैं परंतु अपना शरीर जब तक व्यायाम की माँग करता नहीं है तब तक बहुसंख्य लोग व्यायाम नहीं करते हैं। विवेकपूर्ण व्यवहार को लेकर भी वैसा ही है। इसके सिवाय कुछ अन्य कारणों से भी मनुष्य विवेकपूर्ण आचरण नहीं कर सकता है। एक तो मनुष्य केवल तर्कवादी प्राणी नहीं है, वह भावनाशील भी है। कई बार वह भावनाओं के आधार पर निर्णय लेता है। यह भावना निश्चित तौर पर विवेक पर हावी होती है। उसके साथ यह भी ध्यान रखें कि व्यक्ति की शारीरिक-बौद्धिक क्षमता जैसे कमोबेश होती है, वैसे ही विवेक-व्यवहार की क्षमता भी कमोबेश होती है। बचपन से प्राप्त संस्कार भी व्यक्ति को विवेक की अपेक्षा परंपरा के प्रभाव से जीने के लिए मजबूर कर देते हैं। स्वार्थ संबंधों के सामर्थ्य की ओर भी ध्यान देना पड़ेगा। व्यक्ति के विवेकी व्यवहार में अवरोध पैदा करना और स्वार्थ संबंध के अनुकूल अविवेकी व्यवहार रखने का दबाव स्वार्थी प्रवृत्ति के कारण निर्मित होता है। इसकी अपेक्षा

और एक महत्त्वपूर्ण परंतु अलग कारण भी है उसकी ओर ध्यान आकृष्ट करना जरूरी है। मनुष्य प्राणी है। आज भी मनुष्य मस्तिष्क का बहुत बड़ा हिस्सा अन्य प्राणियों के दिमाग जैसा है। आहार, निद्रा, भय, मैथुन आदि प्रेरणाएँ जैसे प्राणियों के लिए होती हैं वैसे ही मनुष्य प्राणी के लिए हैं। उत्क्रांति के कई हजार वर्षों पश्चात् मनुष्य में Neocortex मस्तिष्क का विकास हुआ है। उत्क्रांति के करोड़ों वर्षों के विकास के बाद मनुष्य को प्राप्त दिमाग एक अमूल्य निधि है। मात्र उत्क्रांत-विकास की अवस्था में पहुँचा विवेकी मस्तिष्क को तुलनात्मकता से देखें तो बड़ी गति के साथ कुछ हजार वर्षों के भीतर उसका निर्माण हुआ है। स्वाभाविक तौर पर संभव है कि मनुष्य में मौजूद प्राणी दिमाग और उत्क्रांत अवस्था में पहुँचे विवेकी मस्तिष्क में सुसंगति के लिए जितने समय की जरूरत थी उतना समय प्राप्त नहीं हुआ है। व्यक्ति कई बार प्राणी दिमागी भावना के प्रभाव में रहता है और उस पर विवेकी मस्तिष्क का जरूरी नियंत्रण न होने से वह भावनाओं के आधार पर निर्णय लेता है। विवेकी मस्तिष्क की क्षमता, परिणामकारकता बढ़ाना और मूलत: प्राप्त प्राणी दिमाग पर पूरी तरह से सार्वकालिक नियंत्रण पाना, अंजाम तक पहुँचाना शिक्षा का उद्देश्य है और होना भी चाहिए। लेकिन इसके लिए समय लग सकता है और इसे अनिवार्य मानकर समय देना भी पड़ेगा।

बुद्धि मनुष्य की सेवक है। भावना मनुष्य का मालिक है। बुद्धि ज्यादा मीठा न खाएँ, नियमित व्यायाम करें, परस्त्री को वासना की नजरों से न देखें, बताती है। लेकिन भावना इससे अलग व्यवहार को उकसाती है। कहाँ जाना है वह मार्ग बुद्धि दिखा देती है लेकिन उस मार्ग से जाना है या नहीं इसका निर्णय भावना लेती है। ग्रंथालय का मार्ग और पढ़ाई की आवश्यकता विचारों को मालूम होती है। परंतु भावना उसके कदमों को मदिरालय और सिनेमागृहों में लेकर जाती है। इसके लिए मनुष्य मस्तिष्क को औपचारिक और अनौपचारिक पद्धति से विवेकी शिक्षा देना एक महत्त्वपूर्ण मार्ग है। दूसरा मार्ग यह है कि सबके प्रति प्रेम, स्नेह, करुणा जैसी भावना से जीवन उद्युक्त करना है, परंतु इन भावनाओं की पूर्णता के लिए आचरण केवल ज्ञान के मार्गदर्शनात्मक विचारों से करना पड़ेगा। बर्ट्रेंड रसेल नामक प्रसिद्ध विवेकवादी का मत है : Our life should be inspired by love and guided by knowledge.

विवेकवादी विचार प्रकट करने पर यकीनन एक प्रश्न उपस्थित किया जाता है कि केवल बोलने से क्या होने वाला है ? आचरण में लाने की हिम्मत है, तो ही बोलें। ऊपर से आकर्षक लगनेवाला यह वाक्य सच नहीं है। कहा गया है कि 'बोलें तैसा चलें, उनके पैरों का वंदन कर लें।' अर्थात् यह बिलकुल सच है कि ऐसे 'वंदनीय व्यक्ति' बहुत कम हुआ करते हैं। परंतु ऐसा व्यवहार संभव नहीं इसलिए बोलने पर पाबंदी लगाना अनुचित है। सुधारवादी आगरकर का लिखा हुआ एक वाक्य ऐसा ही है, 'जो इष्ट है वह बोलूँगा और जो साध्य है उसको पाऊँगा।' एक व्यावहारिक मर्यादा

भी याद रखनी चाहिए। इसलिए विवेकवादी कार्य के छह चरण हैं। उचित विचार समझने के लिए मेहनत करना पहला चरण है। भ्रमित करनेवाले अनेक भूलभुलैयों के विचार समाज में मौजूद होते हैं या जानबूझकर तैयार किए जाते हैं। उनमें से उचित विचार को चुनना आसान नहीं होता है। इन विचारों का उच्चारण करना, यह केवल वाणी की वीरता नहीं है, बल्कि उसे व्यक्त करना भी एक संघर्ष होता है। बिना जन्मकुंडली देखे शादी करें; शरीर में आत्मा नहीं होती है; जन्माधिष्ठित उच्च-नीचता एकदम गलत है, इसलिए जाति को बिना माने अंतर्जातीय शादी करें आदि विचार वैज्ञानिक दृष्टिकोणों से समाज में प्रकट करना—यह भी संघर्ष का कारण बन सकता है। जरूरी प्रभावी प्रचार हो जाए तो विचार जनसमुदाय के मन को परिवर्तित कर सकते हैं और उसके अनुसार समाजनीति और राजनीति के परिवर्तन में भी मदद होती है। अर्थात् यदि विचारों के प्रसार का प्रभावकारी असर पड़ना है तो उसे संगठन के माध्यम से संगठित रूप देना उचित है और यह परिणामकारक भी होता है। विवेकवाद की यात्रा के कम-से-कम इन चार चरणों को तो जीवन में शामिल करने का प्रयास होना चाहिए। विचारों के अनुसार आचरण रखा और जरूरत पड़ने पर संघर्ष किया तो विवेकवादी कार्य गति के साथ आगे बढ़ सकता है। अंतर्जातीय शादी करना इष्ट है, बतानेवाला व्यक्ति खुद अथवा अपने परिवार के सदस्य की अंतर्जातीय शादी करवाए तो प्रकट किए जानेवाले विचारों की परिणामकारकता बहुत अधिक बढ़ जाती है। लेकिन 'आचरण करनेवाले हो तो ही उच्चारण करो' की पूर्व शर्त उचित नहीं है। व्यक्ति को वह प्रामाणिक मर्यादा माननी चाहिए। अर्थात् मर्यादा और दांभिकता का फर्क समाज आसानी से जान लेता है। उचित विचारों को प्रकट करनेवाला व्यक्ति वैसा व्यवहार न करे तो कोई विशेष फर्क नहीं पड़ता है। परंतु उसके विपरीत व्यवहार बिलकुल नहीं करना चाहिए। अंतर्जातीय विवाह का प्रचार करनेवाला व्यक्ति खुद वैसा नहीं कर रहा है, कोई बात नहीं है; परंतु ऐसा विवाह करनेवालों को आवश्यक मदद करने के लिए उसे तत्पर रहना चाहिए, साथ ही ऐसी शादियों का विरोध तो बिलकुल नहीं करना चाहिए।

विवेकवाद एक उच्चतम स्तर के मनुष्य जीवन को निर्देशित करता है। विवेकवाद का सार माना जाए तो ऐसे व्यक्ति के स्वतंत्र मन का वर्णन बर्ट्रेंड रसेल ने किया है : To abandon the struggle for private happiness, to expel all eagerness for temporary desires, to burn with passion for enternal things, that is emancipation, that is free man's worship. इन्हीं मार्गों से कृतिशील होने का प्रयास करना ही जीवन की कृतार्थता है।

परिशिष्ट

महाराष्ट्र अंधश्रद्धा निर्मूलन समिति के कार्य पर दृष्टिक्षेप

- स्थापना 1989
- महाराष्ट्र के सारे जिलों में 180 कार्यरत शाखाओं के द्वारा पूर्णतः लोगों के लिए जनांदोलन। किसी भी शासकीय अनुदान के बिना अथवा संगठन चलाने के लिए देशी-विदेशी नियमित अर्थसहायता के बिना अपने बलबूते पर कार्यरत।
- विवेकवादी कार्य का निरंतर प्रभावी स्रोत।
- दिशाभ्रम, धोखा और शोषण करनेवाले अंधविश्वासों के विरुद्ध निरंतर संघर्ष।
- समाज के सभी लोगों में वैज्ञानिक दृष्टिकोण निर्मित करना और उसे गहराई से अंकित करने के लिए अथक प्रयत्न।
- धर्म, धार्मिक रूढ़ि, प्रथा-परंपरा आदि की कालानुरूप विधायक कृतिशील आलोचना।
- विवेकवाद की सहायता से नीतिसंपन्न समाज निर्मिति का निरंतर प्रयास।
- विस्तृत समाज-परिवर्तन के सभी प्रगतिशील आंदोलनों को तहेदिल से सहयोग।
- भारतीय संविधान के लोकतंत्र, समाजवाद, धर्मनिरपेक्षता, सामाजिक न्याय, स्त्री-पुरुष समता आदि बातों पर दृढ़ विश्वास।

प्रबोधन—वैज्ञानिक दृष्टिकोण बनाने का

1. प्रतिवर्ष संपूर्ण महाराष्ट्र में अंधविश्वास निर्मूलन और वैज्ञानिक दृष्टिकोण के विविध पहलुओं पर कार्यकर्ताओं के साथ लगभग 2000 व्याख्यान और बुवा-बाबाओं के चमत्कारों का प्रस्तुतीकरण के जरिए भंडाफोड़।
2. स्थापना से अब तक 'अंधश्रद्धा निर्मूलन वार्तापत्र' जैसी स्तरीय मासिक पत्रिका का निरंतर प्रकाशन। इस पत्रिका के 12,000 सदस्य हैं।
3. ग्रामीण इलाके के स्कूलों में 'विज्ञान बोध वाहिनी' हँसते-खेलते वैज्ञानिक दृष्टिकोण को बढ़ावा देनेवाला उपक्रम।
4. आंदोलन से संबंधित लगभग 50 पुस्तकों का लेखन। प्रकाशन। वितरण।

5. अध्यापकों के लिए अंधविश्वास निर्मूलन और वैज्ञानिक दृष्टिकोण को लेकर ज्ञान देनेवाला वैज्ञानिक जागृति प्रकल्प चलाया जाता है। इसके द्वारा हजारों अध्यापकों को प्रशिक्षण दिया गया है। इसके तहत लगभग 2 लाख विद्यार्थियों ने परीक्षा दी है।
6. विद्यार्थियों द्वारा स्वयं अध्ययन और फिर प्रश्नपत्र लेखन का अभिनव 'स्वयं अध्ययन प्रकल्प' संचालन। इससे लगभग 1 लाख विद्यार्थियों ने परीक्षा दी है।
7. विद्यार्थियों को एक बहुत बड़े अर्धगोलाकृति गुंबद के माध्यम से दिन में आधुनिक यंत्रों की सहायता से आकाश के ग्रहगोल-तारों के दर्शन देनेवाले नभांगन की निर्मिति। इसे पूरे महाराष्ट्र में लेकर गए और सबको दिखाया गया। शिक्षा क्षेत्र में इसकी बड़ी प्रशंसा हुई।
8. 2009 में अंतर्राष्ट्रीय खगोल वर्ष के औचित्य पर पूरे राज्य में खगोल यात्रा का आयोजन।
9. अंतर्जातीय, अंतर्धर्मीय विवाह परिषद और समय-समय पर ऐसे विवाहों का आयोजन एवं सहायता।
10. सर्पविज्ञान, सर्पदंश पर प्रथमोपचार, सर्प और अंधविश्वास विषय को लेकर सैकड़ों व्याख्यानों से प्रभावी जनजागृति। संपूर्ण महाराष्ट्र में वन विभाग की सहायता से जहरीले और बगैर जहरीले साँपों सहित सर्प मेले का सफल आयोजन। सर्पमित्रों को मान्यता और पहचान-पत्र दिलवाने में अहम भूमिका का निर्वाह। विवेकी युवाशक्ति अभियान संकल्प परिषद।
11. महाराष्ट्र के मराठवाड़ा में भानमती नामक संस्कृति बंधित मानसिक बीमारी है। स्त्रियों में अकेले अथवा कइयों के शरीर में एक साथ आती है, वे जोर-जोर से गरजने लगती हैं, चिल्लाने लगती हैं। इसको लेकर पूरे मराठवाड़े में और विशेषत: लातूर जिले में प्रभावी प्रबोधन तथा उपचार मुहिम को अंजाम तक पहुँचाया गया।
12. आदिवासियों की आबादी जिन जिलों में अधिक है वहाँ आज भी 'डायन' प्रथा मौजूद है। गाँव में आई एकाध विशिष्ट बीमारी अथवा हानि की घटना को गाँव के ही किसी स्त्री को मांत्रिक के माध्यम से डायन करार दिया जाता है। उसका गाँव में रहना मुश्किल हो जाता है। कई बार उसको पीट-पीटकर जान से भी मरवाया जाता है। इसके विरोध में प्रभावी प्रबोधन और कृतिशील मुहिम चलाई गई।
13. चमत्कारों को साबित करें तो अंधश्रद्धा निर्मूलन समिति की ओर से 21 लाख रुपए की चुनौती। व्यापक जागृति के लिए संपूर्ण महाराष्ट्र में दो बार चमत्कार सत्यान्वेषी चुनौती यात्रा निकाली गई।

14. महाराष्ट्र के कोंकण विभाग में भूत-प्रेत के अंधविश्वास को माननेवाली मानसिकता अधिक है। उसके विरोध में 'खोज भूतों की बोध मन का' इस मुहिम के तहत कोंकण विभाग में 170 कार्यक्रम किए गए।
15. भ्रामक वास्तुशास्त्र के संदर्भ में वैज्ञानिक दृष्टिकोण का घोषणा-पत्र प्रकाशित किया गया। महाराष्ट्र में कई व्याख्यान दिए गए।
16. फलितज्योतिष का विश्वविद्यालय पाठ्यक्रम में समावेश करने का विश्वविद्यालय अनुदान आयोग ने निर्णय लिया था। उसके विरोध में प्रखर प्रचार मुहिम चलाई गई। परिषद का आयोजन भी किया गया।
17. अंधश्रद्धा निर्मूलन समिति की अपनी स्वयं की अंग्रेजी और मराठी भाषा में वेबसाइट है। (अंग्रेजी—www.antisupersition.org) वैसे ही 'Thought and action' नामक त्रैमासिक पत्रिका अंग्रेजी में इंटरनेट पर प्रकाशित होती है।

परिषदों का आयोजन

महाराष्ट्र राज्य स्तर पर कुछ महत्त्वपूर्ण विषयों को लेकर विचार-मंथन करवाने के लिए समिति ने निम्नलिखित परिषदों का आयोजन पिछले 20 वर्षों में किया है—

1. अंधविश्वास की जंजीरों को तोड़ दो।
2. महिला अंधविश्वास निर्मूलन घोषणा-पत्र।
3. बुवा-बाबा संघर्ष।
4. वैज्ञानिक चेतना कृति समिति।
5. विवेक जागरण परिषद।
6. धर्मनिरपेक्षता और सामाजिक न्याय की शैक्षिक सनद गठन परिषद।
7. शिक्षा क्षेत्र के वैज्ञानिक दृष्टिकोण और अंधविश्वास निर्मूलन के घोषणा-पत्र का रचना-विन्यास करनेवाली परिषद।
8. विवेकी युवा संकल्प परिषद।

उपक्रम

नवीनतम उपक्रम, यह समिति का शक्तिस्थल है जिनमें कुछ उपक्रम निम्नलिखित हैं—

1. संविधान कर्तव्यपालन महोत्सव—संविधान का घोषणा-पत्र समिति के कार्य की वैचारिक धरोहर है। इस उपक्रम के माध्यम से कर्तव्यपालन की जिम्मेदारियों को विविध रूपों में स्पष्ट किया जाता है। मजदूर, दलित बहनों के हाथों से ध्वजारोहण करवाना उनमें एक महत्त्वपूर्ण पहल थी।
2. व्यसन विरोधी निश्चय दिवस—व्यसन और अंधविश्वास ये दोनों बातें व्यक्ति

के विवेक को खत्म करती हैं। अत: 31 दिसंबर को समिति व्यसन विरोधी निश्चय दिवस के नाते मनाती है। विविध प्रतीकात्मक उपक्रमों से यह निश्चय प्रकट किया जाता है।

3. जाति-व्यवस्था की चौखटों को तोड़ने का महत्त्वपूर्ण कार्य अंतर्जातीय विवाहों से हुआ है। समिति मानती है कि जाति-व्यवस्था के लिए सामाजिक, धार्मिक, आर्थिक, राजनीतिक पहलू हैं लेकिन एक स्तर पर जन्मत: उच्च-नीचता निर्मित करनेवाली जाति-व्यवस्था निश्चित रूप से अंधविश्वास ही है। इसके लिए जनवरी महीने में अंतर्जातीय और अंतर्धर्मीय विवाहित दंपतियों को निमंत्रित करके स्वागत महीने का आयोजन समिति करती है। ऐसी शादियाँ जिन्होंने की हैं उनका सम्मान और अनुभव कथन के कार्यक्रम का आयोजन किया जाता है।
4. चमत्कार सत्यान्वेषण दिवस—21 सितंबर, 1995 को सारे भारत में गणपति के दूधप्राशन की अफवाह बड़ी तेजी के साथ फैलती गई। ऐसी घटनाएँ दुबारा घटित न हो जाएँ इसलिए समिति इस दिवस को चमत्कार सत्यान्वेषण दिवस के रूप में मनाती है। चमत्कार प्रस्तुतीकरण के कार्यक्रमों का आयोजन करके चमत्कारों के पीछे का विज्ञान समाज के सामने रखा जाता है।

संघर्ष

1. बुवा-बाबा—विविध स्वरूपों में अनेक दिशाओं से शोषण करनेवाले सैकड़ों बुवा-बाबाओं की घटनाओं में अंधश्रद्धा निर्मूलन समिति के सदस्य पिछले 20 वर्षों से अथक संघर्ष कर रहे हैं। समिति के कार्यकर्ताओं ने बुवा-बाबाओं के अनेक गलत कृत्यों का पर्दाफाश किया है और सच को लोगों के सामने रखा है। कुछ घटनाओं में ऐसे बुवा-बाबाओं को कानूनी सजा भी हो गई है। यह लड़ाई इतनी बड़ी और व्यापक है कि इस पर स्वतंत्र किताब लिखी जा सकती है।
2. भानमती—घर पर अचानक पत्थरों का गिरना, कपड़े अपने-आप जलना या फटना, घर से अचानक किसी वस्तु का गायब होना आदि स्वरूपों की रहस्यमय बातों को भानमती माना जाता है। ऐसी घटनाओं से जनमानस में अंधविश्वास बढ़ने लगता है। पिछले 20 वर्षों में समिति के पास आई लगभग 250 घटनाओं में से सारी घटनाओं का सफल सत्यान्वेषण किया गया और उन घटनाओं को दुबारा होने से रोकने में सफलता पाई है। हाल के दिनों में ऐसी घटनाएँ बहुत कम घटित हुई हैं। यह समिति के निरंतर प्रयासों का फल है।
3. फलितज्योतिष—फलितज्योतिष का किसी प्रकार का शास्त्रीय आधार नहीं है। शास्त्र के नाम पर फलितज्योतिष दैववाद को बढ़ावा देता है। इसलिए समिति ने फलितज्योतिष का आधार जन्मकुंडली को मानकर तथा दैववाद

का नक्शा भी इसे ही मानकर दहन किया है। फलितज्योतिष शास्त्र है या नहीं, इसका वैज्ञानिक अन्वेषण समिति ने पूना विश्वविद्यालय के संख्याशास्त्र विभाग, आयुका की अंतर्राष्ट्रीय स्तर की मान्यता प्राप्त खगोलशास्त्र संस्था और प्रसिद्ध शास्त्रज्ञ जयंत नारळीकर की मदद से किया है। उसमें शास्त्र के रूप में मान्यता प्राप्त करने में फलितज्योतिष पूर्णत: असफल रहा है। महाराष्ट्र विधानसभा चुनाव 2009 के अचूक आँकड़े बतानेवाले ज्योतिषाचार्य को 21 लाख रुपयों का पारितोषिक घोषित किया था। इसमें भी ज्योतिष और ज्योतिषाचार्य असफल रहे हैं।

4. डायन प्रथा—इस प्रथा के कारण होनेवाले शोषण के विरोध में प्रत्यक्ष संघर्ष किया गया है। स्त्रियों को डायन घोषित करनेवाले भगत-बाबाओं को अपने गलत कार्यों के लिए माफी माँगने के लिए मजबूर किया गया है। उनके धंधों को बंद करवाया गया है। जिन महिलाओं को डायन कहकर पीड़ित किया गया उन्हें सभी प्रकार की सहायता दी गई।

कानून

जादू-टोना की घटनाओं के विरोध में तथा उसकी रोकथाम के लिए कानून हो इसके लिए महाराष्ट्र अंधश्रद्धा निर्मूलन समिति स्थापना काल से कार्यरत रही है। डॉ. नरेंद्र दाभोलकर की हत्या के बाद हरकत में आकर सरकार ने वह कानून पारित किया है। 'महाराष्ट्र नरबलि तथा अन्य अमानुष, अनिष्ट, अघोरी प्रथा एवं जादू-टोना प्रतिबंधक एवं उन्मूलन अधिनियम 2013' नाम से वह अमल में आया है।

धर्मनिरपेक्षता

विविध प्रकार से विधायक और कृतिशील धर्मालोचन इस समिति के आंदोलन का बड़ा पहलू है। उनका संक्षिप्त विवरण निम्नलिखित है—

1. महाराष्ट्र में प्रतिवर्ष लगभग तीन-चार हजार मेलों-उत्सवों में भारी तादाद में पशुहत्या होती है। इनमें से लगभग डेढ़ सौ जगहों पर समिति के कार्यकर्ताओं ने प्रबोधनात्मक सत्याग्रह किए हैं। कुछ अंश में उसे सफलता भी मिली है।
2. शनि-शिंगणापुर देवस्थान में शनिदेव के चबूतरे पर महिलाओं को जाने की पाबंदी है। इस विषमता के विरोध में समिति ने सत्याग्रह किया है। वह पूरे महाराष्ट्र में चर्चा का विषय बना था। इसकी सुनवाई मुंबई उच्च न्यायालय में अंतिम चरण में है।
3. दहेज, पुरोहित, खर्चा, मुहूर्त इन बातों को त्यागकर महात्मा फुले द्वारा विश्लेषित सत्यान्वेषी विवाह पद्धति की एक मुहिम समिति चलाती है। अब तक ऐसे

लगभग 200 विवाह किए गए हैं।

4. अंतर्जातीय, अंतर्धर्मीय विवाह केंद्र—आज भी इन विवाहों का प्रखर विरोध होता है। ऐसे विवाह की इच्छा रखनेवाले युगलों को संपूर्ण मदद और मार्गदर्शन करने के लिए लातूर और कोल्हापुर में समिति के केंद्र हैं। अनेक संकटों का सामना करते हुए यह कार्य सफलता से जारी है।
5. यज्ञ संस्कृति पुनर्जीवन के लिए विरोध—कालबाह्य हो चुकी यज्ञ-संस्कृति को पुनर्जीवित करने के कई प्रयास अनेक जगहों पर होते हैं। इन सब जगहों पर समिति ताकतवर प्रबोधन और प्रत्यक्ष सत्याग्रह द्वारा विरोध प्रदर्शन करती है।
6. गणेश मूर्ति और उसके साथ पूजादि सामग्री के विसर्जन से जल-स्रोतों का प्रदूषण होता है। इसलिए विसर्जित गणपति का दान करें यह मुहिम समिति ने चलाई। महाराष्ट्र की जनता ने बड़ी मात्रा में इसे सराहा और सहयोग भी दिया है। स्वयं को धर्मरक्षक कहनेवाले संगठनों ने इस उपक्रम का प्रखर विरोध किया। लेकिन इसी दौरान जल प्रदूषण को रोकने के लिए सर्वोच्च न्यायालाय से आदेश प्राप्त हो गए; अत: इस मुहिम को अधिक ताकत मिल गई। वास्तव में शासन इस आदेश के प्रति गंभीर नहीं है और उसको अमल में लाने के लिए उचित पहल भी नहीं करता है। शासन को पहल के लिए बाध्य करने का प्रयास समिति करती है। परिणाम प्रगति पर है।
7. पर्यावरण सुसंगत होली—होली के समय काफी बड़ी मात्रा में लकड़ी को अनावश्यक रूप में जलाया जाता है और गंदी-गंदी गालियाँ भी दी जाती हैं। पूरनपूरी और गोबर से बनाए उपलों को जलाया भी जाता है। इसके विकल्प के रूप में अपने-अपने परिसर की साफ-सफाई करना, इकट्ठा हो चुके कचरे की होली करना, पूरनपूरी को एक जगह पर इकट्ठा कर गरीबों की बस्ती में बाँटना और गोबर के उपले खेत में खाद के रूप में इस्तेमाल करना आदि उपक्रम समिति ने शुरू किए। इसमें लोगों ने सक्रिय सहभाग भी लिया है। इससे आगे जाकर भ्रष्टाचार, व्यसनाधीनता आदि सामाजिक दुर्गुणों की तथा कामचोरी, आलस्य आदि व्यक्तिगत कमियों की होली करने के लिए संकल्प-पत्र लोगों से भरवाकर लेने का उपक्रम समिति ने किया है। इस पहल से लोगों में जनजागृति हो रही है और कारवाँ आगे बढ़ता जा रहा है।
8. प्रदूषणविरहित दीपावली—दीपावली के दौरान पटाखों से और बारूदों की आतिशबाजी से बड़ी मात्रा में ध्वनि और वायु प्रदूषण होता है। हादसे होते हैं। बाल-मजदूरी की प्रथा मजबूत होती है। इसकी रोकथाम के लिए विद्यार्थियों से पटाखे न फोड़ने का आह्वान तथा उसमें होनेवाले खर्चे में कटौती करवाकर

उन पैसों से किताबें, खिलौने, मिठाई लेने के विकल्पों पर गंभीरता से सोचने के समिति के आह्वान ने व्यापक आंदोलन का रूप धारण किया है। 2001 में संकल्प-पत्र भरवाकर पटाखों के पैसों को बचाने के हामीपत्रों का कुल मूल्य 1 करोड़ 70 लाख था। इसमें हर वर्ष इजाफा होता आया है।

9. जटा निर्मूलन—केवल अंधविश्वास के कारण स्त्री के बालों में बनी जटा को आधार बनाकर उसे देवदासी प्रथा की ओर धकेला जाता है। पुरुषों के बालों में जटा का बनना उसे पोतराज बना देता है। पोतराज प्रथा के विरोध में समिति ने परिषद का आयोजन किया था। उस समय अनेक पोतराजों का जटा निर्मूलन किया गया। साथ ही अनेक देवदासियों का जटा निर्मूलन करते हुए उनकी जिंदगी को पुनर्स्थापित किया गया है।

नरेंद्र दाभोलकर व्यक्तिगत

1. 1982 से व्यक्तिगत और स्थानीय स्तर पर अंधविश्वास निर्मूलन का कार्य।
2. 1989 में महाराष्ट्र अंधश्रद्धा निर्मूलन समिति की स्थापना। तब से अब तक समिति के कार्याध्यक्ष।
3. महाराष्ट्र में हजारों व्याख्यान दिए। आकाशवाणी तथा विविध चैनलों पर अनेक कार्यक्रम तथा भाषणों के रेकॉर्ड जारी।
4. बुवाबाजी, भूत, भानमती, फलितज्योतिष, जादू-टोना, अनिष्ट रूढ़ि-परंपरा के विरोध में अथक संघर्ष। इसके लिए अनेक आंदोलनों और मुहिमों का नेतृत्व।
5. मराठी भाषा के लगभग सभी समाचार-पत्रों में अंधविश्वास निर्मूलन के लिए अक्सर विविध पहलुओं पर भरपूर लेखन।
6. अंधविश्वास निर्मूलन पर कुल 12 किताबों का लेखन। उनमें से कई किताबों के अनेक संस्करण और उन्हें कई पुरस्कार।
7. 2006 में अमेरिका स्थित महाराष्ट्र फाउंडेशन से दशक का सर्वोत्कृष्ट कार्यकर्ता का 10 लाख का पुरस्कार। (पुरस्कार की रकम संगठन के लिए जमा। अत: चमत्कारों को चुनौती देने के लिए समिति के पास 21 लाख रुपए उपलब्ध हैं।)
8. सानेगुरुजी द्वारा स्थापित की गई साप्ताहिक पत्रिका 'साधना' के पिछले 12 वर्षों से संपादक।
9. व्यसनाधीनता के विरोध में प्रबोधन, प्रतिबंध, प्रतिकार और उपचार के लिए कार्यरत 'परिवर्तन व्यसनमुक्ति संस्था' के संस्थापक और स्थापना से बीस वर्षों तक कार्यवाहक।
10. कार्यकर्ताओं को मदद करने के लिए निर्मित की गई 'सामाजिक कृतज्ञता

निधि' के संस्थापक, विश्वस्त और स्थापना से 20 वर्षों तक कार्यवाहक। इन्होंने कुल 1 करोड़ रुपए की निधि लोगों के छोटे-छोटे दानों से इकट्ठा किया। उससे 40 पूर्णकालिक कार्यकर्ताओं में प्रत्येक को उनके कार्य के बदले में समाज की कृतज्ञता के नाते 15 हजार रुपए वार्षिक वृत्ति दी जाती है।

11. 20 अगस्त, 2013 को अज्ञात तत्त्वों द्वारा गोली मारकर हत्या। हत्या के विरोध में देश-भर में प्रदर्शन। राज्यसभा में निषेध। मरणोपरांत 'पद्मश्री' सम्मान (2014)।

❑❑❑